흰 고래의 힘에 대하여

홍한별

글을 읽고 쓰고 옮기면서 산다. 지은 책으로 『아무튼, 사전』,
『우리는 아름답게 어긋나지』(공저), 『돌봄과 작업』(공저) 등이 있으며,
클레어 키건, 애나 번스, 가즈오 이시구로, 데버라 리비,
버지니아 울프, 수전 손택, 시그리드 누네즈, 앨리스 오스월드,
조앤 디디온, 리베카 솔닛 등의 책을 옮겼다. 『밀크맨』으로
제14회 유영번역상을 수상했다.

흰 고래의 힘에 대하여

홍한별 지음

위고

두 언어로 된 세상을 처음 보여준 아버지께

일러두기

* 인용문의 출처와 참고문헌의 서지 사항은 책 끝에 밝혔다.
* 인용문의 고딕체는 이 책의 저자가 강조한 것이며, 원저자가 강조한 부분은
  '강조는 원문'으로 표기해 구분했다. 인용문의 대괄호 속 내용은 독자의
  이해를 돕기 위해 이 책의 저자가 덧붙인 것이다.
* 외국의 인명, 지명 등의 표기는 국립국어원의 표기법에 따르되 관용적으로
  사용하여 익숙한 경우에는 그에 따랐다.

차례

흰 고래의 흼에 대하여

> 내가 고래를 아무리 해부해보더라도 피상적인 것
> 이상은 알 수 없다. 고래에 대해서는 지금도 모르고
> 앞으로도 영영 알 수 없을 것이다.
> — 허먼 멜빌, 『모비 딕』

고등학교에 다닐 때 미술 선생님이 하얀 석고상을 그리라고 시킨 일이 있었다. 아니, 그 선생님은 말 같은 것을 하는 분이 아니어서 그저 무표정한 얼굴로 교실에 석고상을 들고 와 교탁 위에 올려놓았다. 미술학원에 다니는 아이들이 한숨을 토하듯 '아그리파'라는 이름을 중얼거렸다. 그게 갓 태어난 것처럼 순결하고 눈부신 하얀 머리의 이름이었다. 선생님이 말없이 내어준 과제는 우리 눈에 보이는 새하얀 형체를 종이 위에 그림으로 번역하는 일이었다. 그날의 준비물인 스케치북과 4B 연필만을 가지고. 흰 도화지와 시커먼 연필을 가지고 어떻게 하얀 것을 그리라는 걸까. 막막했지만 흰 종이에 더듬더듬 선을 그어 형상을 흉내 내기 시작했다. 시간이 지날수록, 손을 댈수록 석고상 그림은 점점 더 어두워졌다. 흰색을 그린다는 불가능한 과제.

수업 종이 울리고 고개를 들어보니, 나를 포함한 예순 명의 아이들이 전부 시커먼 형상을 앞에 두고 앉아 있었다. 저마

다의 좌절감을 담은 그림 예순 장. 흰 석고상을 그린 검은 그림은 번역 불가능성의 증거다. 이게 이렇게 생겼는데, 눈에 뚜렷이 보이는데, 왜 종이에 그대로 그려지지 않나. 이게 이런 뜻인데, 너무나 빤한데, 왜 글로 옮겨지지 않나.

흰색은 모든 색이 합해진 색이라고 한다. 그렇지만 엄밀히 말하면 틀린 말이다. 일단 흰색은 색(특정 파장의 빛만 흡수하는 표면에서 반사된 빛을 인식한 것)이 아니고, 미술 시간에 실험한바 여러 색의 물감을 섞어 봐야 흰색을 얻을 수 없다. 색을 합할수록 어둡고 탁해질 뿐이다. 우리가 색이라고 인식하는 빛—가시광선을 전부 합해야 흰빛이 된다. 흰빛 안에는 무지개를 이루는 모든 색이 다 들어 있는 셈이다. 빨간색, 노란색, 녹색, 파란색… 다만 '모든 색'에 흰색은 포함되지 않는다. 흰색은 색이 아니니까.

어떤 단어는 의미를 하나가 아니라 여럿 담고 있다. 빨간 의미, 노란 의미, 파란 의미… 책 제목은 일부러 둘 이상의 뜻을 담아 짓는 경우가 많다. 내 등 뒤의 책꽂이에는 *Will in the World*라는 스티븐 그린블랫의 셰익스피어 연구서가 꽂혀 있다. 번역본은 '세계를 향한 의지'라는 제목으로 나왔다. 'will'에 '의지'라는 뜻도 있지만 'Will'이 윌리엄 셰익스피어의 이름이기도 하니 한국어 제목에 아쉬움이 남았을 것이다.

　　셰익스피어는 'will'의 다의성을 이용한 글을 쓰기도 했다. 소네트 135번에는 'will'이 수차례 되풀이된다.

Whoever hath her wish, thou hast thy Will,

And Will to boot, and Will in overplus;

More than enough am I that vex thee still,

To thy sweet will making addition thus.

Wilt thou, whose will is large and spacious,

Not once vouchsafe to hide my will in thine?

[…]

이 소네트를 점잖게 해석하고 싶어서 'will'을 '의지'라고 생각하고 읽어나가다가는 곧 고개를 갸웃하게 된다. '달콤한 의지(sweet will)'? '크고 광대한 의지(large and spacious will)'? '내 의지를 당신의 것 안에 감춰(hide my will in thine)'? 사실 이 시는 성적 암시로 읽지 않기가 불가능하다. 'will'을 육체적 욕망으로 읽으면 무척이나 노골적인 시가 된다. 게다가 이 단어가 윌리엄 자신이나 그의 신체 일부도 가리킨다고 보면 의미는 더욱 복잡해지고 점잖은 책에 인용하기 부끄러울 정도로 야해진다. 흠모하는 여인에게 자기를 제발 가져달라고 온갖 말장난과 궤변을 동원해서 애원하는 시다.

그러면 이 시를 어떻게 번역할 것인가? 나도 시도해보긴 했지만 공개하고 싶지는 않다. 대신 비겁하지만 다른 사람의 번역을 빌려오자면, 피천득 시인은 소네트의 첫 행 "Whoever hath her wish, thou hast thy Will"을 "소원 성취하는 여인이 있다면, 그대는 윌(意志)을 구현시켰도다"라고 번역했다. 'will'을 음역한 뒤에 괄호를 열고 한자로 '의지'라고 적었다. 마치 한 단어를 한글과 한자로 병기하듯이, 한자리에는 한 단어만 써야 한다는 글쓰기 원칙을 위배하지 않은 듯이, 괄호를 사용해서 시인의 이름과 '의지' 두 단어를 한자리에 넣었다. 당연히 그래 봐야 충분하지 않다. 괄호와 슬래시나 기타 여러 기호를 동원해 'will'의 여러 뜻을 한자리에 다 담으면 어떻게 될까. 계속 붓을 더하다 보면 시커먼 석고상이 되고 말 것이다. 모든 색을 다 칠한다고 해도 모든 빛이 합해진 흰색을 표현할 수는 없다. 이 소네트의 'will'이라는 단어는 한 가지로 의미를 고정할 수 없는 표상의 공백이다. 글 위에 뿌려진 하얀 물감 얼룩이다.

번역을 하다가 이런 단어를 맞닥뜨리면 한참 고민 끝에 이렇게 빈칸을 남겨두기도 한다.

　　낮 시간의 ＿＿＿ …

　　빈칸에 들어갈 단어의 원문은 'arrangement'였는데, 바람 피우는 상대와의 만남이었기 때문에 그냥 무구한 약속이 아니라 비밀스럽고 떳떳하지 못한 데가 있다는 느낌을 한 스푼 정도 넣고 싶었다. 도모, 계획, 꿍꿍이, 궁리 등의 단어가 떠올랐지만 어떤 것도 딱 이거다 싶지는 않았다. 무언가 말로 표현하기 힘든 내포된 의미를 어떤 단어들로 표현하려다 보면 눈에 보이는 것을 그대로 옮기지 못하고 왜곡하는 연필 선처럼 느껴질 때가 있다. 그러면 일단 빈칸을 남겨두고 한 걸음 물러선다. 일상을 살다가 혹은 책을 읽다가 혹은 누군가와 이야기를 나누다가 그 자리에 딱 맞는 단어가 문득 떠오를 수도 있다. 아닐 수도 있고.

허먼 멜빌의 『모비 딕』은 무려 135장(章)으로 이루어진 거대한 고래 같은 책이다. 줄거리는 어린이용 그림책으로 축약할 수 있을 정도로 간단하다. 에이해브 선장이 자신의 한쪽 다리를 앗아간 거대한 흰 고래에게 복수하기 위해 흰 고래를 추적하다 마침내 최종 한판을 벌이는 이야기라고 할 수 있다. 그런데 어린이 책으로 먼저 『모비 딕』을 처음 접한 사람은 원본의 두께에 당황하게 된다. 이렇게까지 길게 할 이야기인가? 그리고 한없이 곁가지를 뻗는 서술 방식에 또다시 당황한다. 이 책은 모비 딕을 뺀 다른 모든 것에 대해 광폭으로 이야기하려는 것 같다. 도대체 모비 딕은 언제 나오나? 에이해브는? 에이해브는 책의 4분의 1 지점이 되어서야 비로소 고래 뼈로 만든 의족을 딛고 등장한다. 모비 딕은 135장으로 이루어진 책의 133장까지 가야 마침내 드디어 흰빛을 번뜩인다. "물줄기다! 고래가 물을 뿜고 있다! 눈 덮인 산처럼 하얀 혹이다! 모비 딕이다!"[1] 돌아버릴 지경으로 지연된 클라이맥스.

　　『모비 딕』은 고래를 추적하는 이야기일 뿐 아니라 이슈메일이라고 하는 소설의 화자가 흰 고래를 알기 위해 애쓰다가 실패하는 이야기이기도 하다. 이 소설은 에이해브 선장의 고래 추적과는 아무 상관 없는 고래의 어원을 밝히는 데서 시작한다. 이어 고래를 언급한 온갖 문헌을 나열하고, 세 장에 걸쳐 고래 그림을 평가하고, 고래를 생물학적으로 분석하고, 화석을 통해 고래의 역사를 탐구하고, 고래의 앞날을 예측하는 등 과거와 현재와 미래의 고래를 온갖 분야에서 다각도로 설명한다. 그래놓고 이슈메일은 결국 이렇게 말한다. "내가 고래를 아무리 해부해보더라도 피상적인 것 이상은 알 수 없다. 고래에 대해서는 지금도 모르고 앞으로도 영영 알 수 없을 것이다."[2]

    '고래의 흰색'이라는 제목이 붙은 이 책의 42장은 에이해브 선장이 피쿼드호를 이끌고 집요하게 추적하는 고래가 하얗다는 점을 파고든다. 이슈메일은 흰색이 전통적으로 고귀함, 기쁨, 고결함, 순결, 무구함, 신성함 등 온갖 좋은 가치와 연관되어온 사례("대리석의 흰색, 동백꽃의 흰색, 진주의 흰색, 시암의 흰 코끼리 […]—이상적인 인간으로서—백색인종, 신부의 순결한 흰옷, 무구한 새끼 양 […]")를 끝없이 열거하다가, 갑자기 어조를 바꾸어 그러나 흰색에는 "좀처럼 포착하기 어려운 무언가가 숨어 있어서"[3] 극한의 공포를 불러일으킨다고 말한다. 흰색은 눈에 보이는 것 없이 텅 비어 있기 때문에. 이슈메일은 흰색이 주는 섬뜩한 공포감을 과학적으로 설명하려 한다. "무서운 절멸감으로 우리의 등을 찌르는 것은 그 색깔의 막연한 불확정성이 아닐까? 흰색은 본질적으로 색깔이라기보다 눈에 보이는 색깔이 없는 상태인 동시에 모든 색깔이 응집된 상태가 아닐까? 넓은 설경이 그렇게 아무것도 없는 공백이지만 그렇게 의미로 가득 차 있는 것은 이런 이유 때문일까?"[4]

    흰 고래는 모든 것을 표상하지만, 동시에 아무것도 나타내지 않는 공허다. 멜빌은 이 흰 고래를 그리려고, 연필 선을 더해 흰 고래를 그리는 대신 흰 고래를 제외한 모든 것을 그렸다. 그렇게 글자들을 새카맣게 포개어 그리고 남은 중앙의 빈 공간, 흰 여백이 바로 흰 고래다.

번역을 시도한 적이 있는 사람은 누구나 흰 고래 같은 텍스트를 만났을 것이다. 잡히지 않는 공허. 포착할 수 없는 의미. 이쪽을 붙들면 저쪽을 놓치고, 저쪽을 잡으면 이쪽이 사라지는 단어를, 의미를 고정하는 순간 무수한 틈이 생겨버리는 그것을 어떻게 표현할 것인가? 붓질을 더할수록 더럽혀지기만 하는 순백을? 그것을 표현하기 위해 번역은 얼마나 투명해져야 하는가?

번역은 투명해야 한다고들 말한다. 그런데 이 말에는 중요한 문제가 하나 이상 있다. 첫 번째 문제는, 투명한 번역이라는 말이 두 가지 정반대의 뜻으로 버젓이 쓰인다는 점이다.

　대개 번역이 투명하다고 하면 번역이 존재하지 않는 것처럼 느껴진다는 의미다. 특이하거나 거슬리는 단어나 표현 없이 술술 읽히고, 번역문이 아니라 마치 원문인 것처럼 읽힌다는 뜻이다. 그럴듯하고 자연스럽고 가독성이 높은 번역문을 만들어서 독자가 번역 과정을 인식하지 않고 원문을 읽듯이 읽을 수 있게 되면 번역과 번역자는 투명한 유리창처럼 보이지 않게 된다.

　이런 의미에서 투명한 번역은 결함 없이 매끈한 표면을 이루는 듯한 환상을 주려고 한다. 우리는 19세기 영국 소설의 국역본을 읽을 때 19세기 영국에 사는 인물이 현대 한국어로 대화하는 일이 아무리 터무니없다고 한들 그런 일이 정말 일어나고 있다고 기꺼이 믿는다. 번역자는 그 환상을 유지하려고 노력해야 한다. 독자가 환상에서 깨어나지 않도록 끌고 가야 한다. 번역서를 읽는 행위는 일종의 '불신의 자발적 유예'를 전제로 한다. 어떤 허구든 불신을 유예하고 기꺼이 믿어야만 제대로 즐길 수 있지만, 번역서는 두 배의 유예가 필요하다. 예를 들어 『맥베스』에 마녀들이 나올 때 독자는 초현실적인 존재를 의심 없이 믿어야 작품에 잘 빠져들 수 있다. 그에 더해 한국어 독자는 마녀들과 맥베스가 한국어로 대화하는 상황도 자연스럽게 받아들여야 한다. 이런 불신의 유예가 잘 일어나려면 무엇보다도 번역의 존재가 느껴지지 않아야 한다. 번역 투가 계속 느껴지거나, 역자가 뜻을 잘못 이해하는 바람에 앞뒤가 잘 이어지지 않는 문장이 연달아 나오면 몰입이 매우 힘들다. 또 글의 표면이 매끈하지 않아 독서가 정체되면 번역이 잘못된 것이 아닌가, 원문으로 읽는 것에 비해 손해를 보는 게 아닌가 하는 생각이 자꾸 든다. 번역이 개입하지 않았다고 믿을 수 있어야 원문을 읽는 듯한 환상을 유지하며 작품을 더 잘 즐길 수 있다.

번역의 투명함을 반대 의미로 쓰는 사람도 있는데, 대표적으로 발터 벤야민이 그랬다. 아마도 번역에 관한 에세이 가운데 가장 유명한 글일 「번역가의 책무」에서 벤야민은 이렇게 말했다.

진정한 번역은 투명하다. 진정한 번역은 원문을 가리지 않고, 원문의 빛을 차단하지 않고, 순수 언어가 매체를 통해 더욱 강화된 듯이 원문에 더욱 충만한 빛을 비추게 한다. 이런 번역은 무엇보다도 구문을 자구 그대로 옮겨, 번역가의 기본 원료는 문장이 아니라 단어임을 보여줌으로써 달성된다. 만약 문장이 원문의 언어를 막아서는 벽이라면, 직역은 아케이드다.[5]

벤야민이 추구하는 번역은 원문이 투명하게 비치는 번역이고, 구문을 자구 그대로 옮기는 극강의 직역이다. 나는 얼마 전에 어떤 번역 소설을 읽다가 이런 의미에서 투명하다고 할 만한 사례를 몇 개 찾았다. 번역이 어찌나 투명한지 한국어 너머의 영어가 자동 번역되어서 보였다. "방들은 다시 수색을 받을 예정이었다" 같은 문장이 많았는데 혹시라도 그 책 역자가 자기 문장을 알아보면 안 되니까 예를 더 들지는 않겠다. 어떤 문장이든 누가 보느냐에 따라 어색하거나 거슬리는 부분이 있겠지만, 이 문장은 특히 사물 주어와 수동태 등 영어의 특징이 남아 있어 번역 투가 뚜렷하게 느껴졌다. 벤야민은 이런 문장을 써야 한다고 했다. 번역자가 만약 최대한 번역문 같지 않은 문장—원본이라는 환상을 주는 자연스러운 문장을 써내면, 그게 벽이 되어 독자가 원문의 정수에 접근하지 못하게 막는다는 것이다. 반면 원문을 자구 그대로 옮기면 기둥과 아치로 이루어진 아케이드처럼 빛과 공기를 통과시켜 원문과의 원활한 소통이 이루어질 수 있다. 독자는 양피지에 적힌 글자를 긁어내거나 씻어서 지우고 그 위에 다시 글자를 쓴 팔림프세스트를 읽듯이 원문의 흔적과 겹쳐진 번역문을 읽는다. 이때는 번역의 존재가 투명해져서 보이지 않는 게 아니라 번역된 문장이 투명해져 그 너머가 들여다보인다.

이렇게 보면 직역한 글의 덜컹거리는 이물감은 충돌 방지 스티커하고 비슷하다. 창문에 스티커가 붙어 있지 않으면 새나 사람들이 유리창이 있다는 사실을 모르고 아무 방해물도 벽도 없다는 착각에 빠진다. 그래서, 정신 차려. 이건 원문이 아니라 번역문이야. 이렇게 일깨우기 위해서 유리창에 충돌 방지 스티커를 다닥다닥 붙이는 것이다. 그게 '번역가의 책무'라고 발터 벤야민은 말했다.

이럴 때 번역은 단단하고 매끈한 표면이 아니라 깨진 항아리 같아야 한다. 깨진 틈새로 원문이 들여다보여야, 원문을 읽는 사람과 마찬가지로 '진짜 그 작품'을 읽을 수 있다는 것이다. 그렇지만 투명한 번역 너머의 원문을 보려면 출발 언어를 어느 정도 알아야 한다. 모든 독자에게 그런 지식을 기대할 수는 없다.

재미있게도 투명성의 두 가지 의미 중 어떤 쪽을 택하든 번역가가 보이지 않는 것은 마찬가지다. 번역의 존재를 은폐하기 위해 투명해지면 번역도 번역가도 보이지 않는다. 원문이 훤히 보이도록 투명해지면 번역의 문학적 완성도 같은 것은 중요하지 않게 된다. 번역은 원문이 잘 보이게 거드는 편광 렌즈 같은 것에 불과하니까. 그래서인지 번역가의 존재는 늘 기본적으로 무시된다. 번역된 책 안의 모든 글자를 번역가가 (일부는 편집자가) 썼다는 사실을 생각해보면, 그 가운데 단 한 글자도 원저자가 쓰지 않았다는 사실을 생각해보면, 이렇게 늘 기본적으로 무시받는 게 신기할 지경이다.

예전에 내가 번역한 책을 한 친구에게 선물했는데, 몇 달 뒤에 책을 다 읽은 친구가 그 책의 내용을 한참 나에게 설명해준 적이 있다. 나는 잠자코 들으면서 '그 책 내가 번역했잖아. 거기 들어간 단어 한 개도 안 빼고 다 내가 쓴 거야'라고 속으로만 생각했다. 아마 친구는 그 글을 쓴 사람은 책의 '저자'니까 나는 내용을 잘 모르리라고 생각한 것 같다. 번역가는 이렇게 투명하다. 앞에 앉아 있어도 보이지 않을 정도로. 번역가가 호명될 때는, 투명한 무존재로 취급되지 않을 때는 책이 마음에 안 들 때뿐이다. 기대했던 책이 예상에 미치지 못하면 많은 사람은 번역을 탓한다. 책을 만드는 과정에 저자, 출판사, 편집자, 역자 등 여러 주체가 개입하고 품질에 가장 큰 영향을 미치는 사람은 저자일 테지만 사람들은 어째서인지 원문은 훌륭한데 번역 과정에서 손실이 일어났다고 여기고는 한다. 번역의 본질이 그런 것이라고—무언가를 잃어버리는 것이라고—생각하기 때문인 듯하다. 아니라고는 말할 수 없다. 흰 고래 같은 글을 생각해보면.

항해의 목적이 흰 고래에 대한 복수라는 사실이 드러나자 이성적인 일등항해사 스타벅은 미친 짓이라며 반발한다. 하지만 에이해브 선장은 자신도 어쩔 수 없다고 스타벅에게 해명한다. 에이해브의 미친 논리에 따르면 "눈에 보이는 것은 모두 판지로 만든 가면"이지만 "가면 뒤에 뭔가 이성으로는 알지 못하는, 그러나 합리적인 무엇"이 있다. 에이해브는 가면을 뚫는 것 말고는 아무것도 생각할 수 없다. "죄수가 감방 벽을 뚫지 못하면 어떻게 바깥세상으로 나올 수 있겠나? 내게는 그 흰 고래가 바로 내 코앞까지 닥쳐온 벽일세. 때로는 그 너머에 아무것도 없다는 생각이 들 때도 있어." 흰 고래. 흰 벽. 모든 의미를 담지만 아무것도 표상하지 않는 텅 빈 공허. 그 흰색 때문에 에이해브는 다른 어떤 것에서도 의미를 느낄 수가 없다. "내가 증오하는 건 바로 그 헤아릴 수 없는 존재야."[6] 에이해브는 공백을 해석할 수도 없고 어떤 의미인지 스타벅에게 합리적으로 설명할 수도 없다. 번역 불가능한 흰색.

텍스트의 이면에는 무엇이 있나? 그것을 꿰뚫지 않으면, 그것을 해방시키지 않으면 번역은 불가능하다. 번역은 텍스트를 투명해질 정도로 들여다보아야 한다. 그렇게 벽 너머의 본질을 꿰뚫어 보았다고 해도, 그걸 언어로 표현하는 것은 또 다른 문제다. 텍스트 너머의 침묵을 어떻게 말로 표현할 것인가?

아니, 번역이라는 것을 어떻게 정의할 것인가? 투명하다는 말조차 사람들이 서로 다른 뜻으로 쓰는데(사실 나도 이 글에서 같은 말을 두 가지 이상 다른 뜻으로 썼다)? 그래서 번역에 관한 책을 읽으면 읽을수록 번역이 무엇인지 알 수 없다는 생각이 드는 것이다. 같은 용어와 개념을 가지고 저마다 다른 것을 이야기한다. 그러다 보니 번역이란 무엇이다, 번역은 어떠해야 한다는 논쟁은 특수한 상황과 개별 사례를 아우르지 못한 채 엉뚱한 곳에서 맴돌고 만다.

나는 번역을 명료하게 정의하거나 논리적으로 설명할 자

신은 없으니, 비유를 통해 비스듬하게 다가가려 한다. 내가 이 책에서 하려는 이야기는 흰 고래를 정의하려는 이슈메일의 시도 같은 것이 될지 모른다. 이슈메일이 그랬던 것처럼, 번역의 사례를 들고, 번역을 분석하고, 번역을 해부하고, 번역을 설명하려다가 결국 실패하는 이야기가 될 것이다. 여기 쓴 글들은 사람들이 저마다 번역을 어떻게 (같은 말로) 다르게 말하고 있느냐는 이야기이자, 번역이라는 실체 없는 행위를 말로 설명하려는 기도이자, 불가능한 번역을 정의하려는 불가능한 몸짓이자, 흰 고래를 그리려는 시도다.

바벨

> "아, 그는 각주를 꿈꾸고 있는데 그 각주들이 머리를
> 완전히 제압해버린 거예요. 사람들 말로는 아주 어릴 때
> 『엄지 소년』의 초록을 만들었대요. 그 후로 계속 초록을
> 만들어왔고요. 우우! 당신은 바로 그런 남자와 같이
> 있는 여자가 행복할 수 있다고 주장하는 거예요."
> "글쎄, 그는 브룩 양의 취향에 맞는 사람이오." 목사가
> 말했다. "내가 모든 아가씨의 취향을 이해한다고는
> 말하지 않겠소."
> ― 조지 엘리엇, 『미들마치』

번역의 시작에도 또 한 마리의 거대한 고래 같은 존재가 있다. 신화시대로 거슬러 올라가, 인간에게 번역이 마치 형벌처럼 부과되었던 바벨탑으로 가보자. 창세기 11장에 바벨탑 이야기가 있다.

1 온 땅의 언어가 하나요 말이 하나였더라

2 이에 그들이 동방으로 옮기다가 시날 평지를 만나 거기 거류하며

3 서로 말하되 자, 벽돌을 만들어 견고히 굽자 하고 이에 벽돌로 돌을 대신하며 역청으로 진흙을 대신하고

4 또 말하되 자, 성읍과 탑을 건설하여 그 탑 꼭대기를 하늘에 닿게 하여 우리 이름을 내고 온 지면에 흩어짐을 면하자 하였더니

5 여호와께서 사람들이 건설하는 그 성읍과 탑을 보려고 내려오셨더라

6 여호와께서 이르시되 이 무리가 한 족속이요 언어도 하나이므로 이같이 시작하였으니 이후로는 그 하고자 하는 일을 막을 수 없으리로다

7 자, 우리가 내려가서 거기서 그들의 언어를 혼잡하게 하여 그들이 서로 알아듣지 못하게 하자 하시고

8 여호와께서 거기서 그들을 온 지면에 흩으셨으므로 그들이 그 도시를 건설하기를 그쳤더라

9 그러므로 그 이름을 바벨이라 하니 이는 여호와께서 거기서 온 땅의 언어를 혼잡하게 하셨음이니라 여호와께서 거기서 그들을 온 지면에 흩으셨더라[1]

마지막 9행의 의미를 들여다보자면, '혼잡하게 만들다'라는 뜻을 가진 히브리어 동사 'בָּלַל(발랄)'과 바빌론의 다른 이름인 '바벨'의 소리가 비슷한 까닭에 이곳이 바벨이라는 이름으로 불리게 되었다는 말이다. 그래서 바벨은 고유명사면서 1차적으로 **혼란**이라는 의미를 내포한다.

그런데 신이 탑을 못마땅하게 여긴 까닭은 무엇일까? 탑을 짓는 사람들은 "그 탑 꼭대기를 하늘에 닿게 하여 우리 이름을 내고 온 지면에 흩어짐을 면하자"라고 말했다. 이 대목에

서 신의 분노를 살 만한 문제 행동을 셋으로 나눌 수 있다. 첫째, 탑을 높이 쌓아 하늘에 닿으려 했다. 둘째, 이름을 알리려 했다. 셋째, 흩어지지 않고 모여 살려고 했다. 그중 첫 번째에 주목해 바벨은 부정적 의미에서 **마천루**, 혹은 **드높고 위험한 건축 프로젝트**를 가리키는 말로 쓰이기도 한다. 신이 왜 건물 높이를 문제 삼는지는 분명하지 않지만. 다음으로 "이름을 알리려 했다"는 부분 때문에 바벨은 **오만**(hubris)의 상징으로도 흔히 쓰인다. 히브리 신화든 그리스 신화든 신에 버금가는 명성을 누리려는 교만한 자는 벌을 받아 마땅함을 거듭 강조한다. 그런데 사실 성경의 맥락에서 보면 이 두 가지보다 세 번째 포인트가 신의 뜻에 정면으로 반한다. 바벨탑 건설은 앞에 나온 신의 지시를 대놓고 위반한 행동이다. 신은 대홍수를 일으켜 노아의 가족을 제외한 인류를 절멸시킨 후에 창세기 9장에서 "노아와 그 아들들에게 복을 주시며 그들에게 이르시되 생육하고 번성하여 땅에 충만하라"[2]고 명하고, 이후 "땅에 가득하여 그중에서 번성하라"[3]며 같은 말을 거듭해 못을 박는다. 그런데 넓고 한산한 땅을 놓고 고층 건물을 세우고 밀집해서 생활하려 한 것은 땅을 채우라는 신의 지시를 거스르는 행위다. 인간이 아직도 정신을 못 차리고 신의 뜻을 다시 **배신**했으므로 신이 **벌**을 내린 것이다. 그리하여 바벨은 에덴동산과 함께 신의 뜻을 거역한 죄로 삶의 조건이 바뀌는 사례가 된다.

인간이 바벨탑을 건설하려 했을 때 신이 내린 벌은 사람들이 쓰는 언어를 서로 다르게 만드는 것이었다. 서로 의사소통이 불가능해지자 사람들은 탑을 계속 쌓을 수 없었고 신의 뜻대로 온 땅에 흩어져 살게 되었다. 그리하여 바벨은 **분열, 소통 불가능성, 언어(와 문화)의 다양성**을 상징하게 된다. 그리고 그로 인한 필연적인 결과인 **번역**도 바벨의 이미지와 밀접하게 겹쳐진다. 바벨이 번역과 언어의 메타포로 쓰인 사례를 열거하자면 끝이 없다. 『은하수를 여행하는 히치하이커를 위한 안내서』에 나오는 바벨 피시는 사람의 뇌 속에 사는 작은 물고기다. 이 물고기를 머릿속에 넣으면 어떤 종족의 언어든 해독하는 능력을 갖게 된다. 바벨스는 통번역가들의 자원봉사 국제조직, 『바벨』은 국제 언어학 잡지, 바벨 링귀스틱스는 글로벌 번역·로컬리제이션 회사, 바벨넷은 다언어 백과사전 통합 검색 사이트다. 19세기 초 영국을 배경으로 한 R. F. 쿠앙의 대체역사소설 『바벨, 혹은 폭력의 필요성』에서는 옥스퍼드대학교 안에 '바벨'이라는 이름의 건물이 있다. 이 건물에서는 번역과 언어의 비교 연구를 통해 '번역에서 사라지는 것', 곧 번역 불가능성으로 인해 생기는 편차를 신비스러운 힘으로 바꾸는 장치를 생산하고 그 힘은 영국의 제국주의적 팽창의 기반이 된다. 게임 〈세나르*의 노래〉는 번역가를 주인공으로 삼은 희귀한 게임이다. 배경은 역시 바벨탑이다. 이 탑은 다섯 구역으로 나뉘어 있고 구역마다 다른 언어를 쓴다. 사람들은 서로 말이 통하지 않아서 교류가 없고 반목하기도 한다. 플레이어는 번역가가 되어 다섯 언어를 서로 연결해 사전을 완성하고 분열된 사람들을 화합시켜야 한다.

* 바벨탑이 있었던 지역인 시날(Shin'ar)의 다른 발음이다.

바벨의 의미는 여기서 그치지 않는다. 바벨의 전설이 수없이 회자 및 재창작되면서 이 탑은 더욱 다양한 의미를 함축하게 된다. 바벨은 **인간 노력의 헛됨**을 뜻하거나, 실패할 수밖에 없는 **허황한 기획**을 가리키거나, 타로 카드에서는 **붕괴, 재해, 비극**을 뜻하는가 하면, 보르헤스의 「바벨의 도서관」에서처럼 **무한****을 의미하기도 한다.

랍비의 성경 주해서인 미드라시는 탑을 **대홍수에 대한 방비**로 해석한다. 탑을 쌓는 사람들이 분개하며 신에게 말하길, 1,656년마다 큰비가 쏟아져 대홍수가 일어났으니 물에 잠기지 않도록 기둥을 세워 높은 탑을 쌓겠다고 했다는 것이다.[4] 그러니 탑 건설은 **인간이 신으로부터 독립하려는 시도**라거나 혹은 자연에 맞서는 인간의 노력이라고도 할 수 있다. 가까운 과거에 대홍수로 인구 대다수가 사라졌음을 생각해보면 인간이 탑을 쌓으려는 까닭이 **오만**보다는 **절박함**에 가까워 보이기도 한다. 또, "벽돌을 만들어 견고히 굽자 하고 이에 벽돌로 돌을 대신하며 역청으로 진흙을 대신하고"[5]에서 **기술 발전**에 대한 인식이 드러나기도 한다. 가공물인 벽돌과 역청은 자연물인 돌

** 바벨의 도서관은 엄밀히 말해 무한한 건축물은 아니다. 보르헤스의 설명에 따르면 이 도서관은 육각형의 방이 끝없이 이어진 벌집 같은 형태로, 이곳에는 부호 25개(글자 22개, 빈 공간, 마침표, 쉼표)로 이룰 수 있는 모든 조합의 책이 소장되어 있다. 보르헤스가 각 권이 410면이고, 각 페이지에 40행, 한 행에 80글자가 들어간다고 명시했기 때문에 장서량(가능한 모든 순열의 수)을 계산할 수 있는데 대략 183만 자리의 숫자가 나온다. 이 책 「기계 번역 시대의 번역가」 참조.

과 진흙에 비해 건축재로써 상당한 이점이 있다. 벽돌은 돌보다 저렴한 비용으로 대량생산이 가능하고 형태가 균일해 다루기 쉬우며, 역청은 진흙보다 접착력과 내구성이 좋고 무엇보다 방수가 되어서 홍수 대비에 제격이다. 그러나 아무리 신화 속 바벨이 기술 발전으로 이룬 엄청난 **건축적 위업**이라 하더라도 현실의 초고층 건물에 바벨이라는 이름을 붙일 사람은 없을 것이다. 메타포로서 바벨이 갖는 강력한 자성은 이러한 양면성에 있다. 대단한 실패. 하늘까지 닿을 정도로 솟구치면서 무너져 내리는 건축물의 강렬한 이미지가 상상력을 사로잡는다.

바벨이 **산업화**와 **노동 착취**의 미래를 예견했다고 할 사람도 있을 것이다. 구약 위경 가운데 하나인 『바룩의 그리스어 묵시록』*에도 바벨탑 이야기가 나오는데, 바룩이 천국에 가서 개 같은 외양에 발은 사슴을 닮은 사람들을 보고 천사에게 이들이 누구냐고 묻자 천사는 이렇게 대답한다.

탑을 지으라고 지시한 사람들이다. 네가 보는 사람들이 [지상에 있을 때] 무수히 많은 남녀에게 벽돌을 만들게 했다. 그 가운데 벽돌을 만들던 한 여인은 해산이 임박했으나 [임무에서] 놓여나지 못하고 벽돌을 만드는 와중에 해산하여 아기를 앞치마에 담고 계속 벽돌을 만들었다. 그

---

* 『바룩의 그리스어 묵시록』 또는 『바룩 3서』는 예레미아의 서기관이며 기원전 7-6세기 인물인 바룩이 저자라고 밝히고 있으나, 실제로 쓰인 시기는 기원후 1세기 후반에서 3세기 사이로 추정된다. 유대교나 기독교 정경으로 받아들여지지 않았으므로 '위경(pseudepigrapha)'이라고 불린다.

러자 신이 나타나서 말을 뒤섞었는데, 탑을 463큐빗[약 212미터] 높이로 지었을 때였다. [⋯][6]

신이 끔찍한 노동 착취를 보다 못해 개입한 것처럼 느껴지는 서술이다. 프리츠 랑의 영화 〈메트로폴리스〉가 그린 디스토피아도 비슷한 모습이다. 이 영화에 나오는 아찔한 초고층 빌딩 '신(新)바벨탑' 꼭대기에는 지배 계층이 즐겁게 살고 있고 저 아래 지하에서는 산업화된 기계의 일부가 된 노동자들이 가혹하고 비인간적인 노동에 시달린다. 이 탑도 분열로 인한 공멸의 위기에 처한다.

바벨탑 설화를 제국에 대한 비판으로 읽기도 한다. 이런 해석의 기원에 1세기 역사가 플라비우스 요세푸스의 『고대사』가 있다. 창세기 10장에는 노아의 아들인 함의 손자 니므롯이 나오는데, 니므롯은 힘이 장사로, 세상 최초의 용사이자 '용감한 사냥꾼'으로 불린다. 니므롯은 "시날 땅의 바벨과 에렉과 악갓과 갈레"[7]를 비롯해 여러 나라를 다스렸다. 창세기에는 니므롯과 바벨탑의 관계가 명시되지 않았으나, 요세푸스는 니므롯이 바로 바벨 건축 프로젝트를 지시한 왕이라고 말한다. 요세푸스에 따르면 홍수 이후에 노아의 세 아들은 산에서 내려오기를 두려워했으나 결국은 평지로 내려와 시날 지방에 정착했다. 신은 널리 퍼져 살라고 명했으나, 함의 손자인 니므롯은 신이 인간들을 압박하기 위해 모여 살지 말고 흩어지라 했다고 생각해 그 뜻에 맞서기로 했다. 니므롯은 권력을 잡고 독재자가 되었으며 신이 홍수로 인간을 멸할 수 없도록 높은 탑을 쌓았다.[8] 따라서 바벨은 집중된 권력의 결정체이자 전체주의 체제로도 해석된다. 혹은 바벨은 다름 아닌 바빌론이고, 바빌론을 중심으로 번성한 바빌로니아 제국이 유대 민족을 탄압하고 한 가지 문화와 언어를 강요하자 신이 벌을 내려 다양한 언어와 문화가 발전하게 되었다는 이야기로 보기도 한다.[9]

이슈메일이 열거한 흰색의 의미만큼, 바벨과 연관된 의미들도 다 합하면 흰색이 될 만큼 한없이 다채롭다. 바벨은 이렇듯 다양한 의미를 띠며 종교, 문학, 정치, 기술, 언어 등 숱한 분야에서 우뚝 선 상징이 되었다. 바벨의 의미가 탑처럼 끝없이 쌓여 무한으로 뻗는다. 바벨은 은유적 잉여다. 의미가 겹치고 겹치면서, 기호는 한 가지 의미를 안정적이고 고정적으로 띨 수 없다. 의미가 벽돌처럼 하나하나 쌓였다가 스르르 무너져 내린다. 바벨은 흰 고래처럼 모든 것을 표상하지만 아무것도 나타내지 않는 공허다.

바벨탑 이전에는, 모든 사람이 한 가지 언어를 썼을 뿐 아니라 단어의 의미가 하나였다. 아담이 이름 붙인 대로 사물과 이름이 일대일로 대응했고 언어는 명징했다. 바벨의 등장과 함께 그런 명징함은 이제 불가능해졌다. 바로 바벨이라는 단어가 보여주듯이.

발터 벤야민은 앞서 말한 「번역가의 책무」라는 글에서, 언어 사이에는 매우 내밀한 관계가 있고 이것이 번역(직역)을 통해 드러난다고 했다. 번역 과정에서 출발 언어와 도착 언어의 의미와 형식이 서로 충돌하면서 보완하게 되고, 그러면서 언어가 통합되고 성장하여 보편적이고 궁극적인 잠재적 구조로 나타난다. 벤야민은 번역을 통해 도달하는 이런 하나의 진정한 언어를 '순수 언어'라고 부르고, 번역가의 책무는 의미나 메시지를 전달하는 것이 아니라 언어를 단어 대 단어로 옮기며 순수 언어를 추구하는 것이라고 했다. 번역을 통해 바벨 이전의 언어로 돌아갈 수 있다고 말한다.

데리다는 벤야민의 「번역가의 책무」를 분석하는 「바벨의 탑」*이라는 글을 썼다. 데리다는 먼저 바벨이 혼란을 뜻하는 일반명사인 동시에 바빌론을 가리키는 고유명사이기도 하고, 게다가 'Ba'는 아버지를, 'Bel'은 신을 뜻하므로 바벨이 신의 이름이기도 하다는 점에 주목한다. 고유명사는 번역이 불가능한 단어 가운데 하나다. 셰익스피어의 소네트 속 'will'처럼 여러 의미를 내포한 단어 역시 번역이 불가능하다. 바벨은 고유명사면서 다의어다. 바벨은 우리에게 번역을 처벌로서 강제하면서, 동시에 번역은 불가능하다고 선언한다. 바벨의 자리에 숱한 의미가 겹치면서 단 하나의 적절한, 진실한, 투명한 읽기는 불가능해진다.

* 데리다의 에세이를 영어로 번역한 조지프 그레이엄이 역자 후기에서 설명하길, 이 에세이의 제목인 'Des Tours de Babel' 또한 수십 가지로 해석될 수 있다. 일단 'Des'는 부정관사일 수도 있고 전치사(De)와 정관사(les)의 결합형일 수도 있다. 'Tours'는 (데리다가 교묘하게 복수형으로 만들어서 성별을 숨겼으므로) 여성명사인 '탑'이 될 수도 있고 남성명사인 '(한 바퀴) 둘러보기', '검토하기'일 수도 있다. 혹은 '회전, 기교, 곡예, 장난, 마술' 등의 뜻도 있다.[10]

번역은 신이 우리에게 지운 짐이자, 바벨 이전의 순수한 상태—원초적 언어를 회복하고 다시 하나의 언어로 말하려는 노력이다. 혹은 벤야민식으로 말하면 여러 갈래로 흩어진 불완전한 언어의 속박을 풀고 순수한 의미를 정제해내는 행위다. 태초에 말씀이 있었고 그것이 어떤 기호도 거치지 않고 바로 우리 마음에 와닿던 때로 돌아가는 것이다. 언어의 혼란과 오용이 없는 곳. 번역 과정에서 아무것도 손실되지 않는 곳으로.

번역에서 손실을 최소화하려는 노력이 기호를 탑처럼 쌓아 올리는 형태로 나타나기도 한다는 것은 재미있는 사실이다. 피천득 시인이 'will'을 '윌(意志)'이라고 번역한 것도 한자리에 두 단어 이상을 얹으려고 시도한 작은 탑이라고 할 수 있다. 블라디미르 나보코프는 『롤리타』, 『창백한 불꽃』 등의 소설도 썼지만 번역도 많이 했다. 나보코프는 집필 언어를 러시아어에서 영어로 바꾸면서 언어적·문화적 차이에 민감한 언어 감각이 자랐다. 러시아어, 영어, 프랑스어를 넘나들며 자기 작품을 비롯해 여러 작품을 꾸준히 번역했으며 독창적인 번역론을 펼치기도 했다. 푸시킨의 운문소설 『예브게니 오네긴』을 번역하면서 쓴 에세이가 대표적이다. 이 글에서 나보코프는 『오네긴』을 원문처럼 각운을 맞춰 번역하기는 불가능하므로 직역하되 주석을 달아서 모든 의미와 내포와 배경과 의도와 오류를 설명해야 한다고 했다. 나보코프가 번역한 『예브게니 오네긴』은 네 권으로 출간되었다. 『오네긴』이 5,446행으로 이루어진 길지 않은 운문소설이라는 점을 생각해보면 놀라운 뻥

튀기다. 200면가량의 본문이 영어판과 러시아어판으로 한 권씩 있고, 나머지 두 권은 무려 1,200면에 달하는 주석과 역자 해설이다. 나보코프는 이렇게 말했다. "나는 방대한 각주가 달린 번역을 원한다. 각주가 **초고층 건물**처럼 책장 꼭대기까지 뻗어 주석과 영원 사이에 텍스트 한 줄이 언뜻 비칠 틈만 남을 정도로."[11] 나보코프는 하얀 책장 위에 탑 이미지를 그린다. 번역문에 담을 수 없는 모든 의미를 각주에 쌓아 올린다. 각주는 한없이 높이, 영원을 향해 솟구친다. 주석이 설명하는 텍스트 한 줄이 탑 꼭대기에 보일 듯 말 듯 비치고, 그 위는 여백—무한—신의 영역이다.

각주가 모든 가능성을 다 다루고 있으니 본문은 간결한 직역으로 충분하다. "나는 이런 주석과 절대적인 문자적 의미를 원한다. 어떤 삭제도 덧붙임도 없이." 이 글에서 나보코프는 "가장 서툰 직역이 가장 예쁜 의역보다 천 배는 더 유용하다"며 '가독성'이 좋은 번역을 '범죄', '악행', '횡포' 등등 심한 말로 비난한다.[12] 나보코프는 "문자 그대로의 번역이라는 이상"을 위해서라면 "우아함, 좋은 소리, 명료함, 취향, 현대적 용례, 심지어 문법까지도" 전부 희생시킬 수 있다.[13] 드높은 탑의 제단에 나보코프는 모든 것을 바친다. 번역에서 잃은 것을 신이—독자가—알아주기를 기대하며 충성스럽게 탑을 쌓아 올린다.

자, 나보코프는 잡힐 듯 말 듯한 흰 고래를 분석하고, 주석을 달고, 해설해서, 결국 잡았나? 탑이 높아질수록, 가능한 한 많은 의미를 더할수록, 흰 고래는 점점 시커메지고, 번역이 실패했다는 증거는 쌓여간다. 주석의 탑은 번역 불가능성의 웅대한 증거다. 번역은 항상 부족하다는 생각, 번역은 무언가를 잃어버리고 만다는 조바심이 탑을 이룬다. 이 탑은 무한의 영역으로 뻗는다. 번역은 영원히 끝나지 않는다. 번역은 무한하다.

번역의 탑은 쌓이는 동시에 허물어진다. 주석은 원문을 보충하여 벽돌로 강화하고 역청으로 단단히 만드는 것 같지만, 번역의 탑이 높아질수록 원문은 불완전하며 그 의미는 자명하지 않음이 드러날 뿐이다. 바벨 이후에 그런 자명함은 사라졌다.

조지 엘리엇의 『미들마치』의 중심인물이며 매력적인 젊은 여성인 도러시아 브룩은 소설 초반에 독자들의 복장을 터뜨릴 행동을 저지른다. 멀쩡한 구혼자를 밀어두고, (동생의 말에 따르면) "정말로 무척 못생긴"[14] 데다가, (멀쩡한 구혼자의 말에 따르면) "한 발은 이미 무덤에 들어가 있는"[15], "송장이나 다름없는"[16] 에드워드 캐소본 목사와 결혼하겠다고 한 것이다! 도러시아는 당시 모든 여자가 그랬듯 교육을 받지 못했고 자신의 얕은 학식에 깊은 결핍감을 느낀다. 그래서 평생을 지적 추구에 바쳐온 캐소본 목사가 자신의 부족함을 채워줄 이상적인 남편이라고 생각한다. 도러시아가 자신보다 스물일곱 살이나 연상인 데다가 건강도 좋지 않은(캐소본이 마흔다섯 살에 접어들어 갑자기 결혼을 결심한 까닭은 눈이 침침해져서 책을 읽어줄 사람이 필요했던 탓이라는 의심이 강력하게 든다) 캐소본과 결혼하겠다고 하자, 주변 사람들은 다 뜨악해한다. 도러시아의 이웃에 사는 캐드윌레이더 부인은 책에 파묻혀 사는 캐소본을 신랄하게 평한다. "누가 그의 피 한 방울을 돋보기 아래에 떨어뜨려 보았더니 온통 세미콜론과 괄호뿐이었다고요. […] 그는 각주를 꿈꾸고 있는데 그 각주들이 머리를 완전히 제압해버린 거예요. 사람들 말로는 아주 어릴 때 『엄지 소년』의 초록을 만들었대요. 그 후로 계속 초록을 만들어왔고요. 우우! 당신은 바로 그런 남자와 같이 있는 여자가 행복할 수 있다고 주장하는 거예요." 남편은 캐소본을 나름 편들어주려고 이렇게 말한다. "글쎄, 그는 브룩 양의 취향에 맞는 사람이오. […] 내가 모든 아가씨의 취향을 이해한다고는 말하지 않겠소."[17]

캐소본이 각주에 사로잡힌 사람이라는 캐드윌레이더 부인의 말은 정곡을 찌른 것이었다. 캐소본 목사는 불멸의 역작, 『모든 신화의 열쇠』라는 책의 완성을 필생의 목표로 삼고 연구에 매달렸다. 아직 한 번도 정식으로 출간한 적은 없지만 이 책 한 권이면 충분하다. 이 책은 모든 신화와 종교, 철학, 사상을 아우르는 진리를 담은 궁극의 책이 될 것이기 때문이다. 그러나 사실 모든 것을 아우르는 완벽한 책이란 존재할 수 없다.

캐소본이 검토하고 싶은 원고가 바티칸에 있었으므로, 도러시아와 캐소본은 결혼식을 올리고 나서 로마로 신혼여행을 떠난다. 그런데 바티칸에서 자료를 읽다 보니 연구 범위가 점점 더 확장되고 "주석에 붙일 다양한 주제들이 드러난다"[18]는 문제가 있었다. 캐소본은 미들마치라는 작은 마을에서는 꿈도 꾸지 못한 무한한 텍스트의 세계를 접하고 조바심과 초조함을 느꼈을 것이다. 그래서 신혼여행 기간 거의 내내 도러시아를 홀로 두고 자료를 모은다. 이미 수십 권의 노트를 작성했고 이제 노트의 내용을 정리하고 압축하고 통합해야 할 텐데, 노트는 점점 불어나기만 한다. 주석은 늘어가고 텍스트는 한없이 증식해 미로를 이루며 혼란은 점점 커진다. 도러시아는 답답해져서 이렇게 말한다. "여러 줄로 쌓인 노트들 말이에요. 당신이 말씀하시던 일을 이제 시작하지 않으시겠어요? 그중 어느 부분을 사용할지 결정하고, 당신의 방대한 지식을 세상에 유용하게 만들 책을 집필하지 않으시겠어요? 저는 당신이 부르는 대로 받아쓰고, 당신이 일러주는 것을 베껴 쓰고 발췌하겠어요. 저는 달리 쓸모가 없어요."[19] 도러시아는 캐소본의 집필을 돕고 싶은 간곡한 마음에서 눈물이 그렁그렁해서 읍소하지만, 캐소본은 도러시아가 자기를 채근하고 성과물을 내라고 압박한다고 느끼고 화를 낸다.*

도러시아는 캐소본의 학식을 선망하고 캐소본에게 가르침을 받고 싶어서 그를 남편으로 택했지만, 현실의 눈으로 보면 캐소본은 터무니없는 목표를 좇고 있다. 소설 속 한 인물은 (도러시아를 두고 캐소본과 경쟁 관계에 있는 인물이기 때문에 객관적이라고 하기는 어렵지만) 캐소본을 "말라비틀어진 현학자, 노점상의 뒷방에 쓸데없이 쌓인 가짜 골동품처럼 하찮기 그지없는 것에 애써 변변찮이 주석이나 붙이려는 사

* 이 대목에서 도러시아가 깨달았을 사실을 열일곱 살 때 대학 강사와 결혼한 수전 손택도 깨달았다. "내가 막 열여덟 살이 되었을 때, 『미들마치』를 3분의 1쯤 읽다가 울음을 터뜨렸다. 내가 도러시아일 뿐 아니라 몇 달 전에 캐소본 씨와 결혼했다는 사실을 깨달았기 때문이다."[20]

람"[21]이라고 묘사한다. 캐소본의 연구는 발전하는 최신 사상을 따라가지 못해 이미 시대에 뒤떨어진 데다가, 수십 권의 노트를 정리하고 압축하는 능력이 그에게는 없다. 아니, '모든 신화를 통합한 하나의 진리'라는 목표는 애초에 정의상 이루기 불가능하다. 흰 고래를 추구하는 일과 다를 바 없다. 주석의 탑을 아무리 높이 쌓아 봤자 진리에 도달할 수는 없고 탑은 이미 낡아서 바닥부터 스스로 무너진다. 캐소본은 진리를 담은 단한 권의 책에 도달할 수 없을지 모른다는 불안과 조바심에 시달리며 무한히 주석을 달지만, 주석들이 얽히고설킨 텍스트의 미로에서 길을 잃고 만다.

텍스트를 아무리 쌓아 올려도 진리에는 도달할 수 없다니, 책의 시작 부분에서 되새기기에 신나는 명제는 아니지만, 번역에 관해 이야기하려면 먼저 텍스트에 대한 믿음부터 버려야 한다. 번역은 그 믿음을 저버리는 일이다.

배신자들

Raphèl maí amècche zabí almi !
— 단테 알리기에리,『신곡』

바벨탑을 건설한 탓에 사람들은 분열과 의사소통 불능이라는 벌을 받았다. 그리고 서로가 서로에게 참 많은 죄악을 저지른다. 단테는『신곡』의 첫 번째 권인 지옥편에서 죄를 저지른 인간들(그리고 뱀들)이 어떤 모습이 되어 있는지 보여준다.『신곡』의 시작 부분에서, 서른다섯 살의 단테는 어두운 숲속에서 길을 잃고 헤매다가 13세기 전에 죽은 위대한 작가 베르길리우스를 만나고 그의 인도를 받아 저승으로 여행을 떠난다.『신곡』에 나오는 지옥은 바벨탑을 반전한 모습이다. 지옥은 점점 좁아지는 동심원이 겹쳐진 거대한 깔때기 모양의 구덩이다. 바벨탑과 마찬가지로 나선 모양이 한없이 이어지며 갈수록 폭이 좁아진다. 수직 방향만 정반대다. 바벨탑의 끝은 신을 향하고, 지옥의 끝에는 원래 천사였으나 하늘 꼭대기에 올라 감히 신과 어깨를 나란히 하려 한 죄로 추락한 루시퍼가 있다. 지옥은 루시퍼가 비상한 태양의 높이만큼 깊다.

산드로 보티첼리, 〈지옥의 지형도〉(c. 1480–1490)

롱펠로의 번역본에서 단테는 이곳을 '슬픈 소라(doleful conch)'라고 부른다. "이 슬픈 소라의 바닥으로 / 첫 번째 층에서 내려간 사람이 있나 / 잘려 나간 희망의 고통밖에 없는 곳으로?"[1] 슬프고 암울한 곳이지만 단테는 존경하는 베르길리우스 선배님의 인도를 받아 점점 더 아래로, 점점 더 깊이 들어가고, 그 여정에서 신화나 역사 속 인물들을 수백 명 만난다. 첫 번째 층은 죄를 짓지는 않았으나 기독교를 받아들이지 않은 자들이 머무는 림보이고, 슬픈 소라 안으로 들어가면 두 번째 층에는 색욕의 죄를 저지른 사람들, 세 번째 층에는 폭식의 욕구를 주체하지 못한 사람들이 있다. 이어 탐욕, 분노, 이단, 폭력, 사기죄 등을 저지른 사람들이 분리 수용된 층이 연달아 나온다. 마침내 다다른 아홉 번째 층이 지옥의 마지막 층이자 소라고둥의 끝이다. 이곳에서는 배신자들이 차가운 얼음 속에서 신음하고 있다. 단테는 배신 지옥의 입구에서 바벨탑을 건설하라고 지시한 왕 니므롯을 만난다.

　이 대목이 칸토 31이다. 단테가 땅속 깊은 곳에 높이 솟은 탑을 보고 놀라서 "스승님, 여기는 어떤 땅입니까?" 하고 묻는다. 베르길리우스는 따뜻하게 손을 잡아주면서, 저기 보이는 것은 탑이 아니라 거인이라고 말해준다. 가까이 가보니 과연 엄청나게 큰 거인들이 땅에 반쯤 묻혀 있다. 하반신이 우물에 들어간 채로 쇠사슬에 결박되어 있어 진격은 못 하는 상태다. 안개가 걷히면서 거인의 실체가 눈에 들어오자 단테는 두려움에 빠진다. "무시무시한 거인의 상반신이 탑처럼 솟아 있었고, 하늘에서 유피테르*는 아직도 천둥소리로 그를 위협했다."[2]

그때 거인이 단테와 베르길리우스를 보고 이렇게 외친다.

Raphèl maí amècche zabí almi !

이 거인이 바로 니므롯이다. 탑을 지으라고 명령했던 니므롯이 탑이 되어 있다. 베르길리우스는 니므롯의 외침을 듣고는 한참 니므롯을 꾸중한 다음에 단테에게 소개해준다. "저 놈이 자기 잘못을 털어놓는 거야. 이자가 니므롯인데, 못된 생각을 한 탓에 세상에서 하나의 언어로 소통할 수 없게 되었다."[3] 그러니까 다양한 언어가 생기게 만든 원흉, 번역을 거치지 않고는 의사소통을 할 수 없게 만든 사람, 번역가라는 직업을 세상에 만든 우리의 선조가 가장 깊은 지옥의 입구에 붙박여 있다는 거다.

니므롯이 외치는 "Raphèl maí amècche zabí almi !"라는 말은 잃어버린 바벨의 언어—순수 언어—다. 그런데 이 말을 쓰는 사람은 이제 니므롯 하나뿐이다. 니므롯이 받은 벌은 자기가 하는 말을 아무도 이해하지 못하게 되는 벌, 어떤 면에서 카산드라가 아폴론의 뜻을 거역하고 받은 벌과 같다.** 누구와도 소통할 수 없고 아무에게도 가닿지 못한다. "Raphèl maí

* 로마 신화의 최고신. 그리스 신화의 제우스에 해당한다.

amècche zabí almi!"에 어떤 진실이 담겼는지, 우리는 알 수 없다. 베르길리우스는 니므롯에게 네가 떠들고 화를 내 보아야 아무도 이해 못 한다며, 하고 싶은 말이 있으면 네 목에 걸린 뿔 나팔이나 불어 표현하지 그러냐고 말한다. 어차피 니므롯은 베르길리우스의 꾸짖음도 못 알아들을 테지만. 니므롯이 지껄이는 말은 마치 언어처럼 책장 위에 글자로 적혔으나 뿔 나팔 소리와 다름없는, 어떤 면에서는 뿔 나팔 소리만도 못한 비언어적 소리다.

전 세계에 단테의 『신곡』 번역본이 수천 종 있을 것이다. 저마다 단테 알리기에리의 『신곡』이라고 주장하지만 한 권 한 권 다른 책이다. 쓰인 언어가 다르거나, 번역된 시대가 다르거나, 번역한 사람이 다르거나, 기타 등등의 이유로 다 다르다. 그러나 완역본이라면 그 어떤 판본이든 "Raphèl maí amècche zabí almi!"라는 문장 하나만은 똑같이 그대로 들어가 있다. 그 나라 말로 음역할 수는 있지만, 비슷한 소리를 내는 기호로 변환할 뿐 번역할 수는 없다. 발음할 수는 있으나 의미를 파헤칠 수 없는 말. "스스로 그치는 말."[4] 텅 빈 공허. 텍스트 위에 흩뿌려진 흰 물감 얼룩.

뿔 나팔 소리나 니므롯의 이 말은 어느 언어로 적든 의미의 손실이 일어나지 않는다. 번역 불가능한 문장은 번역으로 타락시킬 수도 없다. 단테의 다른 문장들은 수없이 번역되면서

** 카산드라는 아폴론에게 예지력을 받았으나 아폴론의 동침 요구를 거부한 탓에 아무도 자신의 예언을 믿지 않게 되는 저주도 함께 받는다.

43

한없이 다양하게 변환되고 무한히 증식하며 사방으로 발산하고 각주가 탑처럼 쌓이지만, 이 한 줄의 글은 그 자리에, 니므롯처럼, 못 박혀 있다. 번역되지 못하고, 소통되지 못하고, 아주 먼 과거에 사막 위에서 솟구치던 탑처럼 한 점에 고정되어 있다. 언어가 흩어지기 이전의 모습으로, 원초적 언어의 형태를 유지하고, 인간의 노력과 힘이 집중된 탑에 갇혀 있다.

단테와 베르길리우스는 니므롯을 지나쳐 마지막 아홉 번째 지옥으로 간다.

안토니오 마네티, 〈배신자의 구덩이〉(1520)

이 그림은 1544년 출간된 알레산드로 벨루텔로 해설판 『신곡』의 삽화다. 위쪽에 적힌 'POZZO DE TRADITORI'는 이탈리아어로 '배신자의 구덩이'라는 뜻이다. 상단 가운데에 있는 단테와 베르길리우스(머리 위에 'D'와 'V'라는 글자가 적혀 있다)는 니므롯을 비롯한 거인들이 땅에 반쯤 박혀 있는 곳을 지나 배신 지옥으로 가고 있다. 이 'TRADITORI'라는 단어가 이상하게 낯이 익다면 아마 'Traduttore, traditore'*라는 유명한 이탈리아어 관용구 때문일 것이다. 니므롯의 배신으로 인해 세상에 등장한 번역가들을 지칭하는 말 가운데 가장 유명하지 않을까 싶다. '번역가, 배신자'라는 뜻이다.

번역가들은 왜 배신자일까? 신이 사람들이 한곳에 모여 살지 못하게 언어를 흩어놓았는데도 갈라진 언어 사이에 다리를 놓으려 해서, 니므롯처럼 신의 뜻에 반한 배신자가 되었나? 서로 다른 언어 사이를 오갈 때는 손실이 불가피하므로 원저자든 독자든 누군가를 배신하게 되기 때문일까?

여기에서 궁금해지는 것은, 바벨 이전에는 정말 언어로 인한 혼란이나 소통 과정의 손실이 없었느냐는 것이다.

창세기 2장의 에덴동산으로 돌아가보자. 하나님이 만든 각종 들짐승과 새에 아담이 이름을 붙인다. "아담이 각 생물을 부르는 것이 곧 그 이름이 되었더라."[5] 사물과 이름이 명징

---

* 영어로는 이탈리아어처럼 두운과 각운을 넣어 'Translator, traitor'라고 번역하고 한국어로는 '번역은 반역'이라고 하기도 한다. 번역 불가능성을 암시하는 말인데 정작 이 문구는 음악적 요소를 유지하면서 번역이 된다.

하게 일치하는 행복한 나날이다. 여기에는 혼란이 개입할 여지가 없다.

　그런데 문제는 나무다. 하나님은 "선악을 알게 하는 나무의 열매는 먹지 말라 네가 먹는 날에는 반드시 죽으리라"[6]라고 하신다. 그런데 뱀은 다른 이야기를 한다. "뱀이 여자에게 이르되 너희가 결코 죽지 아니하리라 / 너희가 그것을 먹는 날에는 너희 눈이 밝아져 하나님과 같이 되어 선악을 알 줄 하나님이 아심이니라."[7] 그런데 하나님도 나중에 뱀의 말을 인정한다. "여호와 하나님이 이르시되 보라 이 사람이 선악을 아는 일에 우리 중 하나같이 되었으니 그가 그의 손을 들어 생명나무 열매도 따 먹고 영생할까 하노라 하시고"[8]라고 되어 있다. 아담과 하와는 에덴동산에서 쫓겨나면서 필멸의 존재가 되었으니* 결과적으로 열매를 먹으면 죽는다는 하나님의 말이 사실이 되었지만, 뱀의 말도 틀린 것은 아니었다. 이런데도 태초에는 말이 뜻하는 바가 자명했다고 할 것인가? 아담과 하와가 헷갈릴 만도 하지 않았나?

　그렇다면 우리가 언어를 서로 주고받으며 일어나는 혼란과 어긋남과 손실은 언어가 여러 갈래로 나뉘었기 때문에 생겨난 것은 아니다. 애초에 언어 자체가 혼란이다. 사물과 이름 사이에는, 기표와 기의 사이에는 어떤 필연적인 결속도 없다.

---

* "너는 흙이니 흙으로 돌아가리라."[9] 에덴동산에는 생명나무와 선악 지식의 나무가 있는데, 하나님이 생명나무 열매를 먹지 말라고는 안 했는데도 아담과 하와는 먹지 않았다. 에덴동산에서 쫓겨나지만 않았으면 이 열매를 먹고 영생을 얻을 수도 있었을 것이다.

단어에는 여러 의미가 겹쳐 있고, 의미는 텍스트 바깥으로부터 영향을 받으며, 말은 언제나 표현하고자 하는 대상에 미치지 못한다. 그렇지만 이러한 언어 자체의 한계에도 불구하고 언어를 다루는 과정에서 무언가를 배신했다고 비난을 받는 사람은 번역가뿐이다.

번역이 배신인 까닭은, 혼란스러운 언어를, 부유하는 기의를 일시적으로나마 고정하려고 시도했기 때문이다. 번역은 끝없이 변화하는 언어를 한순간이라도 고정하려고 애쓰는 덧없지만 불가피한 시도다. 무수한 가능성 가운데 하나를 선택하고 다른 것들은—대부분—저버리는 일이다. 누구나 알듯이 어떤 번역도 원문을 있는 그대로 거울에 비추듯 재현하지 못한다. 역설적이지만, 나보코프가 쌓아 올린 무한한 주석의 탑은 번역이 놓친 것이 얼마나 많은지 시각적으로 보여주는 기념비다(나보코프가 열거한 것만 들자면 우아함, 좋은 소리, 명료함, 취향, 현대적 용례, 문법이 희생되었다. 그리고 주석의 탑이 뻗으며 여백도 손실되었다. 상상의 여지도, 모호함의 가능성도). 나보코프는 축어역(word-for-word)만이 진정한 번역이라고 주장하면서**, 텍스트의 축어적 의미가 아닌 텍스트의 정

** 사실 직역주의자 나보코프에게는 지우고 싶을 흑역사가 있다.
나보코프는 러시아에 있을 때 번역으로 글쓰기 경력을 시작했는데, 그때
번역한 책이 『이상한 나라의 앨리스』였다. 이후에 밝힌 번역관과는
딴판으로 원문을 적극적으로 러시아화하는 번역이었고 앨리스는
'아냐'라는 러시아 어린이가 되어 러시아 도시에서 이상한 나라로 가서
푸시킨의 시를 틀리게 읊는다. 나보코프 연구자인 줄리아 트루비키나에

47

신을 번역한다는 자유로운 번역은 작가를 '중상하는(traduce)' 일이라고 혹독하게 비난했다.[11] 왜 이 비난이 특히 뼈아프게 들리냐면, 영어의 '중상하다(traduce)'는 프랑스어의 '번역하다(traduire)'나 이탈리아어의 '번역하다(tradurre)' 등과 뿌리가 같기 때문이다. 데이미언 설즈는 라틴어 '트라두케레(traducere)'에서 이런 단어들이 생겨난 과정을 이렇게 설명한다. 'traducere'는 '저쪽으로 데리고 가다'라는 뜻인데 여기에서 '번역하다'라는 의미가 파생되었다. 그런데 중세 교부들은 성서를 라틴어에서 속어로 번역하면 정수가 훼손될 수밖에 없다고 보았고 그래서 번역을 성스러운 텍스트를 손상하고 중상하는 위협으로 간주했다.[12] 그래서 'traduce'가 '번역하다'와 '중상하다'의 두 가지 뜻을 갖게 되었다. 번역(프랑스어로 'traduction')은 그 단어 자체에 상해와 참훼의 의미를 품고 있다.

번역은 언제나 원문에 미치지 못한다는 것이 기정사실로 받아들여지다 보니 어떤 책에 대한 안 좋은 평가가 번역가를 향하는 경우도 심심치 않게 본다. 독자가 작가에 대한 신뢰, 유명인의 추천, 판매량, 수상 이력, 설득력 있는 광고… 등등의 이유로 어떤 책이 좋으리라고 기대했는데 그렇지 않았다면, 그건 당연히 원문을 훼손한 번역자 탓이다. 번역자는 내가 좋아하는 작가의 작품을 제대로 읽지 못하게 가로막는 방해자다.

따르면 나보코프의 『앨리스』 번역은 곧 시작될 소설 쓰기 작업을 위한 연습 공간이었다고 한다. 이 책 「이 광기에는 번역을 처방한다」에 나오는 아르토에게 『앨리스』 번역이 다시 창작을 할 수 있게 해주는 '치료'였던 것처럼.[10]

특히 다른 언어를 쓰는 국가 사이에 충돌이 있을 때는 번역/통역가에 대한 의심과 불신이 극에 달한다. 전쟁이 일어나면 번역/통역가들은 스파이나 다름없는 존재로 취급받는다. 번역/통역가는 적대적인 세력 사이에서 협상을 거들고 말이 통하지 않는 사람들이 서로를 이해하도록 도울 뿐인데, 어느 진영에도 속하지 않는 박쥐처럼 여겨지고 모국에서는 배신자로 낙인찍힌다. 일제강점기 때도 역관들은 친일파이자 배신자 취급을 받았다. 이라크 전쟁과 아프가니스탄 전쟁 때도 통역사들이 숱하게 죽었다. 번역가 수잔 바스넷도 이 죽음을 언급한다. "얼마 전에 한 신문의 짧은 기사가 내 눈을 사로잡았다. 시체 몇 구가 아프가니스탄에서 발견되었는데 모두 탈레반의 희생자였다. 그들은 잔인하게 살해되었고 혀가 잘려 있었다. […] 희생자들은 모두 통역사로 일했던 사람들이다. […] 여기에 한 가지 역설이 있다. 번역가들은 한편으로 세상에서 눈에 띄지 않을 정도로 사소한(invisible) 존재처럼 보이지만, 또한 어떤 사람들에게는 생명이 위태로울 만큼 중요한 존재로 보인다는 것이다."[13]

뒤집어보면 번역가들을 배신자라고 비난하는 까닭은 이들의 손에 막중한 무언가가 달려 있다고 보기 때문이기도 하다. 위대한 원작이든, 국가나 민족의 존속이든, 문화적 정체성이든, 신의 말씀이든. 실제로 역사적으로 번역가들의 손에서 엄청난 일들이 일어났다.

무엇보다도 막중한 무게가 얹혀 있는 번역은 성경 번역일 것이다. 성경은 단연코 서구 역사와 문화에 가장 중대한 영향을 미친 텍스트다. 그러니 성경 번역은 언제나 첨예한 논쟁을 일으키고, 죽음을 불러오고, 사회변동을 가져올 만큼 막중한 일이었다.

최초의 중대한 성경 번역은 기원전 300년경에 이루어진 70인역(Septuaginta)*이다. 히브리어와 아람어** 등으로 적힌 히브리인의 경전을 이집트 파라오 프톨레마이오스 2세의 명에 따라 유대인 번역자들이 코이네 그리스어로 번역했다. 72명의 번역자가 72일 동안 각자 작업했는데, 신적 영감 아래에서 번역이 이루어졌기 때문에 결과물 72개가 놀랍게도 완벽히 똑같았다고 한다. 72명이나 되는 역자가 한 글자도 다르지 않은 번역을 내놓았다니 기적이 아니고는 설명할 수 없는 일이다. 이 기적은 번역의 품질에 의문이나 논란이 일어나지 않도록 원천 차단하는 근거가 된다. 성경을 두고 논란이 일어난다면 교회에 치명적일 수 있기 때문이다.

  다음으로 이루어진 중요한 번역은 4세기 히에로니무스***의 라틴어 번역이다. 이것이 '불가타(Vulgate)'****라고

---

* 이레네 바예호는 70인역 성서 번역이 "신민의 영혼의 지도라 할 수 있는 종교적 텍스트"를 번역해 알렉산드리아의 도서관을 중심으로 하여 제국을 정신적으로 지배하려는 노력의 일환이었다고 한다. 이때뿐 아니라 성서 번역은 왕권 강화 등의 정치적 목적으로 전개된 사업일 때가 많았다.[14]
** 고대 오리엔트에서 널리 쓰이던 언어로 구약의 일부는 아람어로 기록되었다.

불리는 라틴어 성서로, 서구 사회에 종교적, 언어적, 문화적으로 막대한 영향을 미친 텍스트다. 히에로니무스는 구약을 번역하려고 그리스어 70인역과 원문 히브리 성서를 비교했는데 어떤 부분은 서로 달랐다. 그래서 히에로니무스는 '신의 영감 아래에서 이루어진' 70인역 대신 히브리어와 아람어 원문을 1차 문헌으로 삼았고, 그랬기 때문에 논란의 중심에 서게 됐다.

히에로니무스는 이런 유명한 말로 번역관을 밝히기도 했다.

> 이제 나는 그리스어에서 번역을 할 때—물론 구문 자체에 신비가 담긴 성경은 예외로 하고—단어에서 단어로 옮기는 게 아니라 의미에서 의미로 옮긴다고 인정할 뿐 아니라 거리낌 없이 공포한다.[15]

히에로니무스의 이 말 이후에 서양의 번역론은 단어에서 단어로, 곧 글자 그대로 직역할 것이냐, 혹은 의미를 살려 상대적으로 자유롭게 의역할 것이냐의 양대 축을 중심으로 발전한다.

역사적으로 번역 논쟁은 주로 가장 중요한 텍스트인 성경 번역을 중심으로 이루어졌다. 그랬기 때문에 충실성 개념이 대

*** 히에로니무스는 불가타 번역을 비롯한 여러 업적으로 천주교의 성인으로 추대되었고, 흔히 번역가들의 수호성인이라 불린다.
**** '흔한', '흔히 쓰이는'이라는 뜻의 라틴어로 영어 'vulgar(속된, 통속적인)'와 어원이 같다.

두되었고, 충실하지 못한 배신자들은 종교적·도덕적인 비난의 대상이 되어 가차 없는 처단을 받았다. 히에로니무스의 번역 역시 우려와 반발을 일으켰다. 대표적으로 당시 중요한 지위에 있던 교부 성 아우구스티누스는 70인역 번역이 신의 뜻에 따라 이루어졌다고 생각했으므로 70인역에 근거하지 않은 히에로니무스의 번역을 맹비난했다. 아우구스티누스는 두 가지 다른 번역본이 교회를 분열시킬까 봐 염려했다. 70인역과 불가타가 두 개의 탑이 되어버리면 힘이 집중되지 못하고 분열이 일어날 수 있었다. 그러나 히에로니무스 번역본이 우수함을 서서히 인정받아 서방 교회에 널리 퍼졌고 그래서 '불가타'라는 이름을 얻게 되었다. 1,200년이라는 긴 세월이 걸리기는 했으나 마침내 가톨릭교회도 히에로니무스의 번역본을 인정했다.

　그러나 불가타는 라틴어로 쓰였으므로 평민 대중이 접근할 수 있는 텍스트는 아니었다. 로마교회는 사어가 된 라틴어 성서를 강제하여 일반인들이 성서를 자유로이 읽을 수 없게 하며 교회의 권위를 유지했다. 평민 회중이 교회에서 듣는 라틴어 문구는 어떤 면에서 니므롯이 지옥에서 외치는 말과 유사하다. 우리는 그 문장이 어떤 의미를 띤다는 것을 안다. 그렇지만 무슨 뜻인지는 니므롯만이—혹은 일부 성직자 등 특정 계급만이 안다. 성직자들은 성경 번역을 금지함으로써 의미를 독점하고, 성경의 언어가 의미 없는 순수한 음성으로, 번역 불가능한 진공으로 느껴지게 했다. 그런데 의미를 알 수 없는 말을 반복하다 보면 그 말에 주술적 힘이 있는 듯 느껴지기도 한다. 마법의 주문으로 쓰는 '수리수리 마수리'는 불경인 『천수경』의 시작 부분에 나오는 문구에서 왔고, '호쿠스포쿠스'는 라틴어 미사에서 쓰는 "Hoc est enim corpus meum(이는 나의 몸이다)"이 변형된 것임을 보아도 알 수 있다. 라틴어 성경은 번역으로 해부되고 확산되고 타락되는 것을 금함으로써 비전(祕傳)의 텍스트로서 신비한 권위를 유지했다.

이에 반발하여 속어 번역을 시도한 사람들이 있었다. 성경 번역은 교회의 권위에 도전하는 일이므로 그 자체로 엄청나게 위험했다. 중세 말기에 존 위클리프(c.1328–1384)는 라틴어 불가타를 영어로 번역해 일반인들도 성경을 읽을 수 있게 했다. 위클리프의 사상과 번역은 두 세기 뒤에 일어난 16세기 종교개혁에 큰 영향을 미쳤다. 이렇게 번역은 근세를 추동하는 동인이 되었다. 성경 번역이 종교개혁을, 그리스 로마 고전 번역이 르네상스를 일으킨 요인 중 하나였다고 해도 지나치지 않을 것이다. 성경 번역은 종교개혁 시기에 매우 중대한 사건이었고 권력 투쟁의 핵이었다. 성경이 번역되자 성직자를 거치지 않고 성경을 읽을 수 있게 되었을 뿐 아니라, 번역 성경은 민족 언어와 문화의 발전에도 큰 영향을 미쳤다.

그렇지만 교회가 성경에 손을 댄 사람들을 곱게 볼 리 없었다. 독일의 종교개혁을 이끌고 성경을 독일어로 번역한 마르틴 루터는 로마 가톨릭교회로부터 이단 선고를 받고 파문당했다. 비슷한 시기에 영국에서 윌리엄 틴들(c.1494–1536)도 성경을 영어로 번역해 종교와 문화, 언어에 뚜렷한 영향을 미쳤다.* 그러나 교회의 권위에 도전한 틴들은 이단으로 고발당했

* 흠정역 성경(King James Bible)을 비롯해 이후에 나온 영어판 성경은 틴들의 번역을 크게 참고했다. 틴들의 영향으로 생겨난

고 기둥에 묶인 채로 목이 졸려 죽은 다음 시신마저 불태워지는 끔찍한 처형을 당했다. 그렇다면 두 세기 전에 성경을 번역한 위클리프는 무사했을까? 위클리프는 다행스럽게도 뇌졸중으로 자연사했지만, 영면하지는 못했다. 죽은 지 30년이 지난 뒤에 콘스탄츠 공의회에서 위클리프를 이단으로 선언했고 무덤에서 시신을 꺼내어 불태우게 했다. 번역이 얼마나 큰 잘못으로, 얼마나 위험한 일로 여겨졌는지 알 수 있다.

감히 신의 말씀을 담은 성경을 번역했기 때문일까? 그렇지만은 않은 것이, 에티엔 돌레(1509-1546)는 플라톤을 잘못 번역했다는 이유로 1546년에 교수형 후 화형을 당했다. 평소 돌레의 번역관은 의역주의여서, 축어역은 "번역자의 무지만을 드러낸다며" 비판했다.* 아, 의역 때문에 사형을 당하리란 것도 모르고.

번역가들은 목숨을 걸고 의역한 글에 자신의 숨은 의도를 담기도 했다. 오늘날 번역에 가해지는 비판도 대체로 원문에서 벗어났다는 점을 문제 삼는다. 원문을 있는 그대로 번역하

영어 단어도 있다. 한 예로 속죄를 뜻하는 단어 'atonement'는 틴들이 처음 종교적 의미로 썼다. 'atone'이라는 동사도 파생되어 쓰이지만 'atonement'는 본디 'atone'과 접미사 '-ment'가 합해진 단어가 아니라 전치사 'at'과 'onement(하나임)'가 합해진 단어다.
* 돌레는 훌륭한 번역가가 반드시 지켜야 할 다섯 가지 항목을 열거했다. 원작에 대한 완벽한 이해, 출발어와 도착어 양자의 숙달, 축어적 번역 기피, 이해하기 쉬운 구문, 문체에 대한 감각. 현대 번역가가 귀감으로 삼기에도 손색없는 원칙이다.[16]

지 않고 훼손하거나 왜곡했을 때, 번역자의 의도, 편견, 취향, 속셈이 개입했을 때 배신이 일어났다고 느낀다. 특히 성경처럼 중대한 텍스트를 번역할 때는 역자의 미묘한 손길이 닿은 한 단어가 엄청난 문화적 파장을 일으키기도 한다.

마크 폴리조티는 17세기 존 밀턴이 쓴 『실낙원』에 나타난 사과를 예로 든다. 『실낙원』 9권에서 뱀이 이브(하와)**를 유혹하면서 금지된 열매를 먹어본 경험을 이렇게 들려준다. "이 고운 사과를 맛보고자 하는 나의 강한 욕구를 충족시키기를 미루지 않기로 결심하고(To satisfie the sharp desire I had / Of tasting those fair Apples, I resolv'd / Not to deferr) […]" 밀턴이 금단의 열매를 '사과(apple)'로 지칭한 유래를 거슬러 올라가면 히에로니무스의 불가타가 나온다. 원래 히브리어 성경에는 금단의 열매가 'peri'라고 적혀 있는데 이 단어는 단순히 과일을 뜻한다고 한다. 무화과일 수도 있고, 레몬 비슷한 과일인 시트론이나 살구 혹은 석류일 수도 있다. 시스티나성당에 미켈란젤로가 그린 금단의 열매는 사과가 아니라 무화과다.[17] 창세기에서 아담과 이브가 에덴동산에서 추방당할 때 무화과 잎으로 벗은 몸을 가렸으니 금단의 열매도 무화과로 상상하는 게 더 자연스럽다. 그렇지만 히에로니무스 때문에 밀턴은 물론이고 오늘날 우리도 모두 그 열매가 사과라고 생각한다.

** 최초의 여인이 두 가지 이름으로 불리는 까닭도 번역과 관련이 있다. 히브리어 이름 'חַוָּה(하와)'가 그리스어와 라틴어로 번역되면서 '에바'가 되었고 영어로 넘어오면서 '이브'가 된 탓이다.

히에로니무스가 창세기를 번역하면서 사과를 등장시킨 까닭은, 라틴어로 '악(malum)'과 '사과(malus)'의 음이 비슷했기 때문이었다. 소리 때문에 'malus'를 선택한 것이다. 그런데 사실 히에로니무스의 시대에는 'malus'가 사과뿐 아니라 배나 복숭아도 가리켰다. 시간이 흐르면서 'malus'의 의미가 사과로 좁혀졌고, 알브레히트 뒤러는 1504년작 〈아담과 이브〉에 사과를 그렸고, 존 밀턴의 『실낙원』 또한 문화에 광범위한 영향을 미쳐서 오늘날에는 사과로 굳어지기에 이르렀다. 폴리조티는 "오역 혹은 오독을 통해 문화적·종교적 신화의 핵심 수사 가운데 하나가 만들어졌다"고 평한다. 히에로니무스가 아니었다면 남자의 목울대를 '아담의 사과(adam's apple)'라고 부르는 대신 '아담의 살구(adam's apricot)'라고 부를 수도 있지 않았겠냐며.[18] 그렇지만 이미 문화적 상상력에 사과가 확고히 자리 잡았고 무엇이든 3종 세트를 좋아하는 사람들은 역사의 흐름에 가장 결정적인 영향을 미친 사과 세 개를 꼽기도 한다. 파리스의 심판에 등장한 사과, 에덴동산의 사과, 뉴턴의 사과. 그중 하나는 사과가 아닐 수도 있지만.

아우구스티누스가 걱정한 것이 그런 것이었을까? 히에로니무스는 자유로운 번역을 추구하며 자신의 신념에 맞는 자의적 해석을 곁들이기를 꺼리지 않았다. 구약 이사야서 7장 14절이 대표적으로 거론된다. 한국어판 『성경전서 개역개정판』에 "그러므로 주께서 친히 징조를 너희에게 주실 것이라 보라 처녀가 잉태하여 아들을 낳을 것이요 그의 이름을 임마누엘이라 하리라"로 옮겨진 부분이다. 히브리어 원문에는 구세주가

'almah'에게서 태어날 것이라고 되어 있는데, 이 단어는 그냥 젊은 여자를 가리키는 말이라고 한다. 그런데 히에로니무스는 이 단어를 'virgo(처녀)'라고 번역했다. 동정녀 마리아가 성령에 의해 잉태한다는 사실이 구약에 이미 예언된 것으로 비치게 하기 위함이었다. 히에로니무스가 처녀라는 단어를 선택함으로써 성에 대한 혐오감이 신적 권위를 입고 기독교 신학에 더해진 셈이다.*[20] 크리스토퍼 히친스는 1952년에 번역된 『개역 표준판 성경(Revised Standard Version)』에서는 이 단어가 원문을 따라 젊은 여성(a young woman)으로 바뀌었는데, 1978년에 출간된 『새 국제판 성경(New International Version)』에서는 근본주의자들이 개입하여 다시 '처녀(virgin)'로 되돌렸다는 점을 환기한다.[21] 이 눈에 뜨이지도 않을 만큼 작은 단어 하나에서 의미의 다툼과 함께 종교 세력 간의 힘겨루기가 일어나고 있다.

이슬람교에서는 경전에 대해 기독교와 조금 다른 입장을 취한다. 꾸란은 아랍어로 전달된 신의 말씀을 그대로 받아 적은 것이기 때문에 원칙적으로 다른 나라 언어로 번역될 수가

---

* 엔라이트는 'almah'와 'virgo' 말고도 히에로니무스의 여성 혐오적/성 혐오적 번역을 여럿 지적했다. 창세기에서 이브가 뱀에게 '속았다'고 하지 않고 '유혹을 당했다'라고 한 것(창세기 3장 13절), 이브가 과일을 먹을 때 '아담이 함께 있었다'는 부분을 삭제한 것(창세기 3장 6절), '너의 욕망은 남편을 향할 것이다'에 가까운 대목을 '너는 남편의 권력 아래에 있을 것이다'로 번역한 것(창세기 3장 16절), 성모의 처녀성을 강조하기 위해 예수의 형제자매를 '사촌'으로 바꾼 것 등.[19]

없다. 그래서 외국어로 번역된 책은 꾸란이라고 불리지 않고 일종의 해설서로 취급된다. 한국어 번역본에는 '성 꾸란―의미의 한국어 번역'이라는 제목이 붙어 있다. 문자 그대로의 번역은 아예 염두에 두지 않고 의미만을 번역한다고 선언한 것이다. 아랍어 음성에 담겨 있는 신성은 번역이 불가능하고, 음성과 의미가 분리될 수 없게 결합되어 있으므로, 번역은 절대 원본과 같을 수가 없다. 처음부터 실패를 전제한 번역이다.

번역에 가해지는 배신이라는 비난은 '충실성' 개념과 맞물려 있다. 그래서 성경처럼 충실성이 특히 중요시되는 텍스트와 관련해 배신을 논할 때가 많다. 그런데 한강의 『채식주의자』를 번역한 데버라 스미스에게 '배신했다'라는 비난이 가해지면서 논란이 매우 흥미로운 양상으로 전개되기도 했다.[22] 이 이야기는 「번역을 말할 때 우리가 이야기 하는 것」에서 다시 하기로 하고, 먼저 히에로니무스가 말하는 '단어를 단어로', '의미를 의미로'가 무슨 이야기인지, 번역의 대상이 되는 문자는 무엇이고 의미는 무엇인지 이제 들여다볼 때가 된 것 같다.

나는 내가 의미하는 걸 말해

> "그럼 네가 의미하는 걸 말해야지." 삼월 산토끼가
> 말했다.
> "그러거든." 앨리스가 냉큼 대답했다. "적어도 — 적어도
> 내가 하는 말이 내가 의미하는 거야 — 같은 애기잖아,
> 알지."
> "전혀 같지 않아!" 모자 장수가 말했다. "그건 '나는 내가
> 먹는 것을 봐'하고 '나는 내가 보는 것을 먹어'가 같다고
> 말하는 꼴이잖아!"
> — 루이스 캐럴, 「미친 티 파티」, 『이상한 나라의
> 앨리스』

『이상한 나라의 앨리스』에서 티 파티에 가게 된 앨리스는 모자
장수가 낸 수수께끼에 답하라는 삼월 산토끼의 부추김에 "난
내가 의미하는 걸 말한다(I say what I mean)"*라고 했다가, 이
상한 나라에서 자신의 말이 의도와 늘 같게 받아들여지지는 않
던 것**을 떠올렸는지 한발 물러나 다시 이렇게 바꾸어 말한다.

---

* 의역하면 "내 말은 진심이야"가 될 수도 있지만 뒤에 이어지는
말장난을 위해 직역했다.
** 앨리스는 단어가 예상한 의미가 아닌 다른 의미를 띠는 일을 계속
겪는다. 단어에 여러 의미가 포개지고, 말장난과 동음이의어, 무의미어,
수수께끼, 패러디, 논리적 도치 등이 한없이 이어지는 『앨리스』는 그래서

"적어도—적어도 내가 하는 말이 내가 의미하는 거야(I mean what I say). […]"

"I say what I mean." 나는 의미를 내 말에 담는다(의미에서 기호가 나온다). "I mean what I say." 내 말이 내가 의미하는 바다(기호에서 의미가 나온다). 그렇다면 의미를 번역할 것인가, 단어를 번역할 것인가? 모자 장수는 두 가지가 전혀 다르다고 말한다.

서양에서 이루어진 번역 논쟁은 주로 두 대립 항을 중심으로 전개되었다. '단어를 단어로' 번역하던 전통에 키케로(BC 106–43), 그리고 이후에 히에로니무스(AD 347–420)가 반기를 들어 '의미를 의미로' 번역할 것을 주장한 것이 대표적이다. 주로 성경 등의 경전 해석을 둘러싼 첨예한 논쟁이 종교적 관점 차이, 혹은 이권 충돌과 맞물려 때로는 목숨을 걸고 펼쳐졌다. 세속 문헌 중에서는 『일리아스』나 『오뒷세이아』처럼 운문으

어린이 대상으로 쓰인 책임에도 불구하고 주석을 달고 싶어지는 책이다. 가장 유명한 주석은 수학자 마틴 가드너가 단 것이다. 『주석 달린 앨리스』의 초판을 낸 1960년 이후에 마틴 가드너는 독자들이 편지로 알려준 사실이나 주변 사람들에게 들은 내용을 참고해 주석을 계속 늘렸다. 1999년에 나온 결정판은 『이상한 나라의 앨리스』에 125개, 『거울 나라의 앨리스』에 203개의 주석이 있다. 마틴 가드너는 2010년에 사망할 때까지 주석을 계속 추가했다고 한다. 그뿐만 아니라 번역 과정에서도 손실을 보전하려면 주석이 많이 필요한 듯하다. 『주석 달린 앨리스』 150주년 특별판의 한국어판인 『ALICE IN WONDERLAND』에는 마틴 가드너의 주석 370개에 더해 역자 승영조의 주석이 386개 수록되어 있다. 주석이 탑처럼 쌓인 책은 묘하게도 미로 같은 느낌을 준다.

로 쓰인 고전의 번역이 큰 쟁점이었다. 이 논쟁 역시 서양의 전통적 이분법인 영혼과 육체를 양 축으로 전개되었다. 영혼이냐 육체냐. 의미냐 형식이냐. 그런데 언어에서 의미와 형식은 불가분하게 연결되어 있을 때가 많다. 특히 운문에서는 단어들이 음악적 효과를 내는데 그걸 무시한 채 뜻만 들어내 옮긴다면 충분한 번역이라고 말하기 힘들다.

예를 들어 단테의 『신곡』을 옮긴다고 해보자. 14세기 초에 쓰인 작품이니 가로질러 가야 하는 시간적 거리도 엄청나지만, 무엇보다도 단테가 사용한 '테르차 리마(terza rima)'를 다른 언어로 재현하기는 무척 어렵다. 테르차 리마는 3행이 한 세트를 이루며 각운이 ABA BCB CDC… 이렇게 연쇄적으로 줄줄이 이어지는 형식이다.

Nel mezzo del cammin di nostra vita	A
mi ritrovai per una selva oscura,	B
chéa diritta via era smarrita.	A
Ahi quanto a dir qual era èosa dura	B
esta selva selvaggia e aspra e forte	C
che nel pensier rinova la paura!	B

첫 번째 연의 가운데 행에 쓰인 각운 'ra'가 다음 연을 지배하는 각운이 되고, 이런 식으로 꼬리에 꼬리를 물고 이어지는 흐름을 만든다. 각운의 연쇄가 관성을 이루어 지옥의 24개 원

을 거쳐 연옥의 산으로 올라가 드높은 하늘의 천국까지 이어지는 단테와 베르길리우스의 길고 긴 여행을 끊임없이 앞으로 추동한다. 단테는 테르차 리마를 사슬처럼 엮어 끝없이 나선형으로 이어지는 탑을 천상에 닿을 때까지 쌓아 올린다.

귀족 탐정 피터 윔지의 창조자인 탐정소설가 도러시 세이어스는 1940년대에 접어들며 단테에 푹 빠졌다. 사랑이라고밖에 설명할 수 없는 집착이었다. 세이어스는 무려 18년 동안 단테의『신곡』번역에 매달렸으나, 1957년 마지막 권인 천국편을 3분의 2 정도 완성한 상태로 세상을 뜨고 말았다. 도러시 세이어스는 운문의 형식과 시의 의미가 분리될 수 없다고 여겼다. 테르차 리마의 속도감과 리듬감, 반복성이『신곡』의 핵심이라고 생각했으므로 테르차 리마가 아닌 단테는 상상할 수 없었다.[1] 그래서 의미를 정확하게 담지 못하는 한이 있더라도 테르차 리마를 고수하기로 했다. 도러시 세이어스는 『신곡』을 약강5보격*에 테르차 리마를 갖춘 현대 영어 구어로 번역했다.

테르차 리마는 무척 까다로운 조건이라 수백 권의『신곡』영어 번역본 중에서도 테르차 리마를 시도한 사례는 매우 드물다. 도러시 세이어스 이전에 가장 유명한 번역은 시인 헨리 워즈워스 롱펠로가 1867년에 한 것인데, 약강5보격 운율을 따랐

---

* 한 시행이 10음절이고 강세가 없는 음절(약)과 있는 음절(강)이 번갈아 나오며 5음보를 이루는 운문 형식. 영시에서 가장 흔한 율격으로 초서, 셰익스피어, 밀턴 등이 즐겨 썼다.

으나 각운은 맞추지 않았다. 롱펠로의 번역은 각운에 구애받지 않은 대신 단어와 구문이 원문에 좀 더 가깝다.[2]

지옥편의 시작 부분을 세이어스의 번역, 롱펠로의 번역, 박상진의 한국어 번역으로 읽어보자.

세이어스 번역

Midway this way of life we're bound upon,

I woke to find myself in a dark wood,

Where the right road was wholly lost and gone.

Ay me! how hard to speak of it — that rude

And rough and stubborn forest! the mere breath

Of memory stirs the old fear in the blood;

롱펠로 번역

Midway upon the journey of our life

I found myself within a forest dark,

For the straightforward pathway had been lost.

Ah me! how hard a thing it is to say

What was this forest savage, rough, and stern,

Which in the very thought renews the fear.

박상진 번역

우리 인생길 반 고비에
올바른 길을 잃고서 난
어두운 숲에 처했었네.

아. 이 거친 숲이 얼마나 가혹하며 완강했는지
얼마나 말하기 힘든 일인가!
생각만 해도 두려움이 새로 솟는다.

이 밖에도 셀 수 없이 많은 『신곡』 번역본이 있고, "Raphèl
maí amècche zabí almi!"라는 한 문장을 빼면 모두 다르다. 어
떤 번역본은 꼬리에 꼬리를 물고 이어지는 각운의 연쇄를 구현
하고, 어떤 번역본은 리듬을 살리면서 어순과 구문을 유지하려
고 애쓰고, 어떤 번역본은 산문으로 번역하는 대신 의미를 최
대한 원문에 가깝게 전하려 한다. 자구를 중시할 수도 있고, 의
미를 중시할 수도 있고, 산문으로 번역할 수도, 운문으로 번역
할 수도 있고, 원문 충실성에 무게를 둘 수도, 독자 친화적으로
가독성에 무게를 둘 수도 있고, 현대 구어로 번역할 수도 있고,
고전의 느낌을 살리기 위해서 옛말로 번역할 수도 있고, 심지
어 어린이 책으로 개작할 수도 있다.* 어떤 노선을 택하더라도
어딘가 바뀌고 달라질 수밖에 없고 무언가는 사라지고 무언가
는 더해진다. 어떤 번역이든 언어의 한계에 대한 증거가 된다.

* 국내에도 어린이용으로 출간된 책이 있다. 내용은 어린이에게 아주
걸맞지는 않지만.

매슈 레이놀즈는 세이어스의 번역이 각운을 맞추기 위해 의미를 조금씩 벗어났고 원문에 없는 단어들을 넣었으며 각운의 효과도 정확히 같지는 않다고 지적한다. 사실 세이어스의 번역은 여러모로 비판을 받았다(세이어스가 이탈리아 문학을 전공한 학자가 아니었기 때문일 수도 있다). 심지어 세이어스의 전기 작가 메리 브라이언 더킨마저도 "억지스럽다. […] 미치광이 시(doggerel)에 가깝다"[3]고 했다. 하지만 나는 좋아한다.** 세이어스가 까다로운 각운 조건을 맞추기 위해서 정교한 탐정소설을 쓸 때처럼 조각 맞춤을 하며 복잡한 퍼즐을 풀고 있었을 생각을 하면 기분이 좋다. 세이어스의 소설 『그의 시신을 가져라(Have His Carcase)』에서 복잡한 암호 편지를 해독하는 피터 윔지와 해리엇 베인처럼, 세이어스도 단어들을 이리저리 짜맞추고 딱 맞는 단어를 찾으려고 머릿속 동의어 목록을 훑으며 번역에 골몰했을 것이다.

나도 번역이라는 일이 탐정이 하는 일과 비슷하다고 생각하기를 좋아한다. 탐정소설 속 탐정의 목표는 범죄가 왜, 누구에 의해, 어떻게 저질러졌는지를 설명하는 이야기를 구성하는 일이다. 탐정이 모든 정황과 맥락을 고려해 가장 그럴듯한 한 가지 서사를 완성하듯이, 번역가도 단어들의 단서를 모아 매끈한 하나의 문장, 빈틈없는 하나의 줄거리를 만든다. 번역가는 흩어진 의미의 조각들을 이렇게 맞추어보고 저렇게 맞추어

** 나 말고도 지지하는 사람이 많은지 절판되지 않고 계속 나온다. 현재 판매 중인 펭귄클래식 시리즈에는 도러시 세이어스의 번역을 포함해 세 가지 버전의 『신곡』이 있다.

보며 도무지 옮겨지지 않는 것을 옮기려고 애쓴다. 그러다가 어느 순간 스르륵 퍼즐이 풀린다. 비어 있는 한 자리에 딱 맞는 단서/단어를 끼워 맞추자 이야기가 완결된다.* 이렇게 문장을 완성할 때의 희열. 결국 번역을 하는 이유는 번역이 이런 일이기 때문이다. 드물게 찾아오는 완성의 감각.

그러나 안타깝지만 번역은 거의 언제나 미완의 감각을 더 많이 남긴다.

> 나는 그가 처음에 하던 말을 뒤이어 나오는 말로
> 덮어버리는 것을 보았는데.
> 뒤이은 말은 처음의 말과는 사뭇 달랐다.
> 끝내지 않은 그 말에 나는 몹시 두려움을 느꼈다.
> 아마도 그가 했을 생각보다 그 잘려 나간 말들을
> 더 나쁜 의미로 채웠기 때문일 것이다.[4]

『신곡』지옥편 칸토 9의 시작 부분, 단테와 베르길리우스가 슬픈 소라 안으로 들어가기 직전에 나오는 대목이다. 베르길리우스가 무슨 말을 하다가 처음과는 사뭇 다른 말들로 그 말을 덮어버리는데, 아마도 두려움으로 창백해진 단테에게 희망을 주기 위해서 어조를 바꾸었을 것이다. 그렇지만 그런 보람도 없이 단테는 두려움을 느낀다. 베르길리우스의 불분명하게 조각난 말들을 더 나쁜 의미로 번역해 받아들였기 때문이

---

* 그건 그렇고 12면에서 빈칸으로 남겨둔 자리는 아직 못 채웠다.

다. 말은 옮겨지면서 변질된다. 베르길리우스가 담은 의미("그가 했을 생각")가 다른 의미("더 나쁜 의미")로 대체된다. 베르길리우스는 단테를 격려하고 이끌지만 단테는 위대한 스승의 뜻을 따르지 못할까 봐, 계속 걱정하고 의심한다. 번역가들도 항상 텍스트를 제대로 읽었는지, 다른 의미로 대체하지는 않았는지 초조함을 느낀다. 나의 번역이 원본의 열화라는 불안에 시달린다.

흔히 우리는 번역이 여러 대립 항 가운데 하나를 선택하는 것이라고 생각하기에, 번역이 언제나 고정되지 못하고 이분법적 대립 항들 사이에서 불안하게 진동하는 것처럼 느낀다. 이 대립 항들 가운데 우리가 번역에 대해 이야기할 때 가장 많이 쓰는 개념은 '직역 대 의역'일 것이다.

보통 직역과 의역이라고 하면, 기본적으로는 같은 이야기(의미)라도 원문에 가깝게 단순하게 옮기면 **직역**(원문의 자구를 우선시한다는 점에서 **축어역**이라고도 한다), 의도를 살려서 한국어답게 고쳐 쓰면 **의역**(원문의 의미를 우선시한다는 점에서 **의미역**이라고도 한다)이라고 한다. 당연히 이분법이 아니라 상대적인 개념이다. 어떤 번역도 절대적으로 직역이거나 절대적으로 의역일 수는 없다. 그리고 앞에서 예를 든 투명성과 마찬가지로 직역과 의역, 축어역과 의미역 등의 용어도 명확하게 정의되지 않은 채로 혼용되고 있다. 이런 대립적 구분이 딱히 유용하거나 유효하지는 않지만 거의 모든 논쟁이 이 개념을 축으로 이루어지기 때문에 한번 짚어보는 게 좋을 듯싶다.

최근 10년 동안의 국내 언론사 기사를 '번역 논쟁'을 키워드로 검색해서 어떤 일들이 있었는지 살펴보았는데(결과물이 많지는 않아서 금방 볼 수 있었다) AI 번역에 관한 내용을 제외하면 직역이냐 의역이냐에 관한 것이 가장 많고, 오역 논란이 한 건, 의미가 불명확한 원전 텍스트 해석과 관련된 논쟁이 두엇 있었다. 어떤 기사는 직역 대 의역을 중심으로 전개되는 논쟁을 이렇게 요약했다. "직역(直譯)이냐 의역(意譯)이냐의 논쟁, 번역학계 용어로는 충실성과 가독성의 논쟁이다. **원문에 최대한 가깝게 번역하느냐**, 아니면 **독자가 최대한 편하게 읽을** 수 있도록 옮기느냐의 차이다."[5] 직역과 의역, 축어역과 의미역 대립 항에 충실성과 가독성 개념이 연결되었다. 담론상 스펙트럼에서 직역에 가까운 글은 부정적으로는 '번역 투'라거나 '어색하다'는 반응을 불러일으키고 긍정적으로는 '표현이 새롭고 신선하다'거나 '원문에 충실하다'는 반응을 불러일으킬 수 있다. 의역에 가까운 글은 긍정적으로는 '한국어로 쓴 글처럼 읽힌다', '자연스러운 한국어를 구사했다' 등의 평을 받는 한편 부정적으로 말하면 '밋밋하고 진부하다', '충실하지 못하고 번역가가 지나치게 개입했다'고 느껴질 수 있다. 이와 별개로, 원문이 말하고자 하는 바를 제대로 전달하지 못했다면 **오역**이라고 본다.

직역과 의역은 여러 가지로 정의할 수 있고 개념이 혼용되곤 하지만, 일단 원문의 구문을 그대로 유지하고 단어의 기본 뜻을 따라 옮기는 방법을 직역이라고 정의하고 예를 들어보자.

ST1   I have a lot of homework.

TT1-1   나는 많은 숙제를 가졌다.

TT1-2   숙제가 많다.

ST2   Answer the door!*

TT2-1   문에 대답해!

TT2-2   누가 왔나 가봐!

이런 사례들은 둘 다 의미 전달에 실패하지는 않았다(적어도 뭐라고 말하는지는 알아들을 수 있다). 첫 번째 번역을 직역/축어역, 두 번째 번역을 의역/의미역이라고 할 수 있을 것이다. 그렇지만 영어 학습 교재가 아닌 이상 첫 번째가 낫다고 할 사람이 있을까? 앞서 언급한 기사가 정의한 것처럼 TT1-1의 번역이 원문에 최대한 가깝다고 말한다면 어떤 점에서 가깝다는 것인가? 일상 대화에서 한 아이가 친구에게 'I have a lot of homework'라고 말했다고 생각해보자. '나는 많은 숙제를 가졌어'라고 옮겨서 비현실적인 분위기를 조성하는 것이 원문에 최대한 가까운 번역인가? 원문에 충실한 번역인가?

관용구를 문자 그대로 번역하는 경우는 더 문제다. 예를 들어 행운을 빈다는 뜻이 있는 관용구 'break a leg'를 번역한다고 해보자.

* 『거울 나라의 앨리스』의 9장 「여왕 앨리스」에서 앨리스를 혼란스럽게 하는 말의 쓰임 가운데 하나다. 앨리스가 문을 두드리며 '문을 열어줄 (answer the door)' 이를 찾자 개구리가 "문이 뭐라고 물었는데?"라고 묻는다.

ST3   Break a leg!

TT3-1   다리를 부러뜨려!

TT3-2   행운을 빈다!

첫 번째 번역은 의미를 전달하는 데 실패했다. 의미를 버리는 번역을 어떤 이유로라도 옹호할 수 있을까(발터 벤야민은 예외로 하자)? 이런 경우라면 직역이라고 미화할 수도 없고 그냥 오역이다.

일반적인 출판 번역에서 직역과 의역 가운데 어느 것이 더 나은지가 논쟁 거리가 될까 싶은데, 놀랍게도 논쟁이 일어난다. 직역주의자이자 이런 종류의 번역 논쟁을 일으키기를 매우 좋아하는(판매에 도움이 되는 모양이다) 번역가이자 출판사 대표는 이런 말로 직역주의를 옹호했다. "오역과 왜곡의 근본 원인이 최대한 원문 그대로를 직역하지 않는 데서 비롯된다는 인식하에, 구두점 하나까지 살리는 정확하고 바른 번역을 통해 원전의 표면적인 의미는 물론 감추어진 맥락과 저자의 의도까지 그대로 전달하고자 한다."[6] 이런 납득하기 어려운 원칙에 따라 번역되었다고 하는 『위대한 개츠비』의 첫 페이지를 펴 보면, 바로 알쏭달쏭한 문장을 맞닥뜨린다. "아버지는 더 이상 말하지 않았지만, 우리는 언제나 많은 말을 하지 않는 유별난 의사소통을 해왔기에, 그것보다 훨씬 많은 의미하는 바를 이해하고 있었다."[7] 아버지처럼 우리도 이 번역에 대해서는 더 이상 말하지 않아도 될 것 같다.

사실 나는 번역 논쟁을 매우 좋아하는데, 이런 일이라도 없으면 번역이 화제가 되고 주목받는 일이 드물기 때문이다. 번역이 뛰어나다, 혹은 번역은 중요하다 같은 맥락에서 화제되는 일은 영 없고 일단 논란이라도 일어나야 좀 화제가 된다. 그렇지만 안타깝게도 번역 논쟁을 생산적인 토론으로 발전시키는 일은 별로 없고 번역이 잘못되었다, 번역가에게 속았다, 번역에 배신당했다, 이런 선정적인 주장을 내세우며 진흙탕 싸움으로 끌고 가는 경우가 대부분이다.

10여 년 전에는 직역이냐 의역이냐를 놓고 두 번역가가 '번역 배틀'이라는 형식으로 맞붙은 신나는 일이 있었다(번역이라는 단어 다음에 이렇게 흥미진진한 단어가 붙은 적이 유사이래 또 있었던가?). 언론 보도에 따르면 "자기 마음대로 원문에 담긴 정보를 삭제하고 번역해서는 안 된다"(이덕하)는 주장과 "끊임없이 원문을 지향하는 책은 나쁜 책"(노승영)이라는 주장이 충돌했다.[8] 다른 신문은 배틀의 결과를 이렇게 전한다. "쉽게 읽히는 노씨의 번역에 대해서는 '주요 정보가 완곡한 표현으로 번역되어 중요하지 않게 느껴진다', '술술 읽히는 것이 다가 아니다' 등의 비판이, 우리말로 부드럽게 옮겨지지 않은 이씨의 번역에는 '정보만 있을 뿐 정서가 없다', '읽기 불편하다' 등의 비판이 나왔다."[9] 직역이냐 의역이냐의 해묵은 논쟁을 종식할 줄 알았는데, 싱겁게도 무승부로 얼버무려 버렸다.

고전같이 권위가 막강한 글을 옮길 때는 다른 종류의 글보다 좀 더 직역 쪽으로 의견이 기운다. 2023년에『일리아스』

의 새 번역본이 나왔다. 거의 유일한 원전 번역으로 독보적 위치를 차지하던 천병희 역본에 이준석 번역가가 '의역 대신 직역'이라는 번역 원칙을 내세워 도전장을 낸 것이다. 출판사의 보도 자료를 바탕으로 작성했을 기사의 제목은 '읽기 쉬운 '일리아스' 대 호메로스 표현대로 '일리아스''였다.[10] 천병희 역이 의역이라면 이준석 역은 직역이라는 점을 전면에 내세웠다. 기사는 같은 문구를 번역할 때 천병희 역본이 한국어 상용 구를 쓰는 반면 이준석 역본에서는 한국어에서는 쉽게 볼 수 없는 표현을 썼다는 점을 예를 들어 보여준다. 천병희 역본에서는 "너는 무슨 말을 그리 함부로 하느냐", "물 흐르는 듯 거침없이 말했다"로 옮겨진 대목이 이준석 역본에서는 "네 이빨 울타리를 빠져나온 그 말은 대체 무엇이냐", "날개 돋친 말을 건네었다"로 번역되었다. 이준석 번역가는 "왜곡 없이 전달하고만 싶었다. 그래서 어떤 시행도 한국어 화자에게 익숙한 방식으로 애써 바꾸지 않고 그저 호메로스의 표현대로 옮겨보려고 하였다"라고 원전 중심의 직역 원칙을 설명한다. 다만 『일리아스』가 아닌 동시대 작품을 일반 독자 대상으로 번역할 때 '네 이빨 울타리' 같은 관용구를 있는 그대로 옮기는 게 좋을지 고민할 일은 내 생각에는 없을 것 같다.

　　하지만 학계의 생각은 다르다. 우리나라 번역 이론가들은 벤야민을 비롯해 슐라이어마허, 베르만, 베누티 등 서양 이론가들의 영향을 받아 직역을 옹호하는 이론을 펼치는 경우가 많다. 이를테면 고(故) 황현산 교수는 국내 번역의 가장 심각한 문제로 '상투적인 번역'을 꼽는다. "'우리말로 쓴 것보다 더 우리말 같은 번역들'은 알라딘의 독자 서평란에서 오성장군으로 등극할지는 몰라도, '번역의 중요한 힘'과 번역 고유의 가치를 상실하고 만 대표적인 경우들이다"라면서 번역이 아닌 척하는 번역을 신랄하게 비판한다.[11]

번역 비평은 주로 이론가들이 하지만 실질적으로는 편집자들이 번역 비평에서 가장 중요한 축을 이룬다. 가뭄에 콩 나듯 일어나는 번역 논쟁이나 귀 기울이는 사람 없는 번역 이론보다, 번역 원고를 고치는 편집자들이 더 직접적이고 효과적으로 번역의 방향에 영향을 미친다. 편집자들은 주로 원고를 한국어답게 고치는 쪽, 번역을 투명하게 만드는 편을 지향하지만, 내가 20년 정도 번역 일을 하면서 느끼기로는 이전에 비해 상대적으로 직역을 선호하는 경향이 커진 것 같다.* 편집 경향에 대해서는 「번역을 말할 때 우리가 이야기하는 것」에서 더 이야기하기로 하고, 지금은 직역 대 의역 패러다임 밖에서 번역을 다시 보자.

---

* 나만이 아니라 다른 번역가들도 번역 트렌드가 의역에서 직역 쪽으로 바뀐다고 느끼는 듯하다. 『시핑 뉴스』를 번역한 민승남 번역가는 옮긴이 후기에서 개정판 번역의 달라진 부분을 설명하면서 "시대에 따른 번역 스타일의 변화에 맞추어 단순히 의역을 직역으로 바꾼 경우도 많"다고 했다.

정영목 번역가도 인터뷰에서 유사한 변화를 언급한다. "저로서 기분 좋은 변화가 있다면, 과거에는 당의를 입힌 매끈한 번역이 선호됐지만, 지금은 원작의 문체를 어떻게 정확히 드러내느냐에 관심이 높아졌다는 점이에요."[12]

ST4   I've been home all day long.

TT4-1   나 오늘 종일 집에만 있었어.

TT4-2   오늘 집 밖에 한 번도 안 나갔어.

TT4-1에는 직역주의자도 의역주의자도 만족할 듯하다. 그러면 TT4-2는 어떤가? 뜻은 4-1과 다르지 않지만 요즘 경향대로라면 편집자는 원문과 거리가 멀어졌다고 보고 4-1처럼 고칠 수도 있을 것이다. 하지만 발화 상황에 따라서는 4-2가 더 적합할 때가 있다. 발화의 맥락에 따라 집 안에만 있었다는 것에 방점을 두고 싶을 수도 있고, 집 밖의 사정을 모른다는 점을 강조하고 싶을 때도 있다. '바람이라도 쐬고 오자'라고 말한 다음에 이어 말하기에는 '나 오늘 종일 집에만 있었어'가 괜찮지만 '왜? 바깥 날씨가 어떤데?'와 함께 말하기에는 '나 오늘 집 밖에 한 번도 안 나갔어'가 더 흐름이 좋다.

한 가지 예를 더 들어보자.

What do you think?

이런 아주 단순한 문장이라도, 한국어로 번역하는 방식은 무수히 많다. '무슨 생각이 들어?', '어떤 생각이 떠오르나?', '괜찮은 거 같아?', '어떤 거 같아?', '어때?', '어떻게 생각하십니까?', '어떻게 보세요?', '의견을 말씀해주세요', '당신의 생각은 어떤가요?'…(실제로 내가 번역하다가 만난 문장인데 이 짧은 문장 하나를 번역하는 데 수 분이 걸렸다. 수 분을 들이고도 만족하지 못했음은 말할 것도 없다). 간단한 문장이지만 문맥에 따라, 글의 종류와 어조에 따라, 화자와 청자의 관계에 따라, 화자의 성격이나 태도, 말투에 따라, 수십 가지 다른 번역이 가능하다. 그런데 한국어로 수십 가지 번역을 해놓은 다음에 다시 영어로 역번역(back-translation)을 하면 결과물이 그만큼 다양하지 않고 대략 서너 가지 정도의 표현으로 수렴된다. 한국어는 어미와 조사가 발달해서 미묘하고 섬세한 뉘앙스를 표현할 수 있다. 이러한 한국어의 특징을 제대로 살리지 못한다면 좋은 번역이 될 수 없다. 무수한 가능성 가운데 최선의 어조와 뉘앙스를 선택하지 못한다면 분명한 오역은 아닐지라도 뭔가 흐름이 원활하지 않거나 삐걱거린다거나 머릿속에 잘 들어오지 않는 번역이 될 수 있다. 이런 미묘한 차이를 다루는 번역은 무어라고 불러야 할까?

실제로 번역을 할 때는 '단어'를 번역(직역)하거나 '단어의 의미'를 번역(의역)하기만 하는 게 아니다. 제3의 무언가가 있다. 그렇기 때문에 'What do you think?' 같은 간단한 문장이 수십 가지로 번역되는 것이다. 행간을, 침묵을, 여백을 번역한다고 말할 수도 있을 것이다. 행간에는 참 많은 것이 있다. 맥락, 어조, 정서, 분위기, 성격, 암시, 어감, 문화적 인유, 의도.*

---

* 현업 번역가이자 번역 이론가인 데이미언 설스는 제3의 무언가를 '힘(force)'이라고 부르고, 소리, 사용역(register), 연관성, 움직임 등 네 가지 측면에서 설명했다. 의미를 그대로 번역하는 것이 아니라 독자에게 같은 느낌으로 다가갈 수 있도록, 똑같은 효과를 내도록 번역해야 한다는 뜻이라고 요약할 수 있겠다.[13]

『거울 나라의 앨리스』에 나오는 앨리스와 험프티 덤프티의 유명한 대화에서, 험프티 덤프티는 생일이 1년에 하루인 반면 '안생일(un-birthday)'은 1년에 364번이나 선물을 받을 수 있으므로 안생일이 더 좋은 것이라는 논증을 편 다음 이렇게 말한다.

"생일 선물은 딱 한 번밖에 못 받잖아. 이게 영광(glory)이야!"

"무슨 뜻으로 '영광'이라고 한 건지 모르겠어요." 앨리스가 말했다.

험프티 덤프티는 깔보듯 이죽거렸다. "당연히 모르지—내가 말해주기 전에는. 내 말은 '통쾌한 한 방을 날리는 논증이야!'라는 뜻이었어."

"영광은 '통쾌한 한 방을 날리는 논증'이라는 뜻이 아니잖아요." 앨리스가 반박했다.

"내가 단어를 사용할 때는 그 단어가 내가 의미하려고 선택한 것을 의미해. 더도 덜도 아니고." 험프티 덤프티가 코웃음을 쳤다.

"중요한 건, 단어가 그렇게 여러 의미를 띠게 만들 수 있느냐는 거죠." 앨리스가 말했다.

"중요한 건, 누가 주인(master)이냐는 거야. 그게 전부지."[14]

앨리스는 '내가 내가 의미하는 걸 말하는지', '내가 하는 말이 내가 의미하는 건지' 헷갈렸는데 험프티 덤프티는 의미와 기호 사이의 연결을 아예 싹둑 끊어버린다. 단어와는 무관하게 말하는 사람의 의도가 의미를 결정한다는 것이다. 언어는 더욱 알쏭달쏭 알 수 없어진다.

영어의 부정의문문은 정말 알쏭달쏭해서 한국어 사용자가 가장 헷갈리는 것 가운데 하나다. 나도 'Aren't you feeling too tired(피곤하지 않아)?'라는 질문에 씩씩한 얼굴로 'Yes(피곤해)!'라고 대답해서 혼란을 일으킨 적이 있다. 영어에서 부정의문문에 답할 때는 답이 긍정문이냐 부정문이냐에 따라 'Yes/No'가 정해진다. 예를 들어 'Haven't you eaten yet?'이라고 물었을 때 밥을 먹었다면 'Yes(I have eaten)'라고 대답하고 안 먹었다면 'No(I haven't eaten)'라고 대답한다.

그런데 한국어에서는 꼭 그렇지는 않다. 번역을 해보자.

A Haven't you eaten yet?
B Yes.

A 밥 안 먹었어?
B 아니.

밥을 먹었다면 우리말로는 '아니(먹었어)'라고 대답하는 게 자연스럽다. '응'이라고 대답하면 상대는 밥을 안 먹었다는 뜻으로 받아들인다.

그러면 이 경우는 어떨까?

A   Isn't that funny?
B   Yes.

A   웃기지 않아?
B   응.

　　이번에는 반대로 '응(웃겨)'이 자연스럽다(친구가 재미있는 밈을 보여주면서 '웃기지 않아?'라고 말한 상황이다).
　　왜 같은 부정의문문에 똑같은 'Yes'인데 어떤 때는 '응'이되고 어떤 때는 '아니'가 될까? 나는 언어학자가 아니니 왜 그런지 설명은 못 한다. 다만 번역할 때 이런 사례에 부딪히면 그때마다 한 번 더 생각해봐야 한다는 건 안다. 질문자의 기대에 따라 '응/아니'로 답이 갈리는 것 같은데(두 번째 경우는 질문자가 긍정적 호응을 기대하면서 물었기 때문에 긍정으로 대답하는 게 더 자연스러운 듯하다), 이 사례만 가지고 일반화할 수는 없겠다. 원칙을 알고리즘으로 만들어 기계에게 알려줄 수도 없을 테고.
　　내가 하고 싶은 말은, 번역이라는 일이 단어든 의미든 텍스트만 가지고 씨름하는 일은 아니라는 것이다. 이를테면 나에게 밥 안 먹었냐고, 재미없냐고 묻는 사람이 어떤 마음으로 그렇게 물었는지 행간을 헤아리는 것까지가 번역의 일이다. 험프티 덤프티의 말처럼 의도가 모든 것을 결정할 때도 있다.

자비를 베푸시오, 샤일록

내 영혼에 맹세컨대
인간의 말에는 나를 바꿀 힘이 없소.
나는 내 계약을 고수할 테요.
— 윌리엄 셰익스피어,『베니스의 상인』

셰익스피어의 『베니스의 상인』에서 무일푼인 바사니오는 벨몬트에 사는 부유한 상속녀 포셔에게 구혼하기 위해 상인 안토니오에게 돈을 빌리러 간다. 바사니오를 지극히 사랑하는 안토니오는 바사니오가 갚지 않은 돈이 있음에도 어떻게든 돈을 빌려주려 한다. 그런데 하필 안토니오의 배가 전부 바다에 나가 있어 현금이 없다. 안토니오는 평소 혐오하던 유대인 고리대금업자 샤일록에게 돈을 빌려 바사니오에게 주겠다고 한다. 안토니오가 돈을 빌리러 오자 샤일록은 자기를 멸시하던("당신은 날 이교도, 포악한 개라 부르고 내 유대인 웃옷에 침을 뱉었죠."[1]) 안토니오에게 복수할 좋은 기회라고 생각하고, 3,000다카트를 빌려주는 대신 3개월 안에 갚지 못하면 안토니오의 살 1파운드를 대가로 받는 계약을 맺자고 한다.

　이 작품에서는 무형의 가치와 금전적 가치가 환산되는 일이 무수히 일어난다. 샤일록은 3,000다카트를 들여 복수를 계획한다. 안토니오는 자신의 사랑을 바사니오에게 돈으로 안겨주고, 바사니오도 안토니오에게 포셔에 관해 이야기하며 포셔의 미덕을 상업적·금전적 용어로 거론한다. "이름은 포셔인데, 카토의 딸 브루투스의 포셔보다 가치가 낮지 않고(nothing undervalued) 이 넓은 세상 또한 그녀의 값(worth)을 모르지 않아요."[2]

한편 벨몬트에서 포셔는 아버지가 세상을 뜨면서 남겨둔 '신랑감 뽑기 시스템' 때문에 곤경에 처해 있다. 포셔는 몰려드는 구혼자들 가운데에서 자기가 원하는 사람과 결혼할 수 없고, 아버지가 정해놓은 엄중한 계약에 따라 금궤, 은궤, 납궤 가운데 정답(포셔의 초상화)이 담긴 궤를 고른 구혼자와 결혼해야 한다. 숱한 구혼자들이 틀린 궤를 선택하거나 제비뽑기를 포기하고 쫓기듯 집으로 돌아간 뒤에(확률이 3분의 1인데!), 드디어 포셔가 기다리던 바사니오가 벨몬트에 온다. 천만다행으로 바사니오는 정답을 고른다. 포셔는 자신의 모든 것을 바사니오에게 바치겠다면서 바사니오에게 반지를 주고 절대 잃어버리지 말라고 신신당부한다. 그런데 그때 안토니오로부터 편지가 당도한다. 안토니오의 배가 전부 좌초해 샤일록의 손에 죽게 되었다는 것이다. 바사니오는 포셔에게 자기가 그냥 빈털터리이기만 한 게 아니라 안토니오에게 빚을 졌다는 사실을 고백하고, 그 빚 때문에 안토니오가 목숨을 잃을 위기에 처했음을 알린다. 통 큰 포셔는 그 빚을 스무 배로라도 갚아주겠다며 역시 금전적인 표현으로 사랑을 약속한다. "당신을 비싸게 샀으니, 비싸게 사랑할게요(Since you are dear bought, I will love you dear)."*⁴

중대하고 위험천만한 계약이 이렇게 셋이나 이루어졌다. 안토니오와 샤일록의 계약, 포셔 아버지가 강제한 신랑감 뽑기 계약, 포셔가 바사니오에게 반지를 주고 맺는 영원한 약속. 그리고 "이 세 계약은 모두 물질을 매개로 하지만 궁극적으로 감정적인 만족을 목적으로 한다".⁵ 샤일록은 복수를, 포셔의 아버지는 딸의 행복한 미래를, 포셔는 영원한 사랑을 위한 계약을 제시하고 맺는다. 이 계약(bond)은 물질적 기표(돈/살, 궤, 반지)와 정신적·감정적 기의(복수, 딸의 행복, 사랑)를 연결하는 인위적이고 자의적인 결속(bond)이다. 계약을 주도한 사람들은 당연히 기표와 기의가 안정적으로 연결되기를 기대할 것이다.

특히 샤일록은 이 결속에 극도로 집착한다. 작품 전체에서 샤일록은 'bond'라는 단어를 스무 번이나 입에 올린다. 3막 1장에 등장해서는 "자기 계약을 잘 보라고 해(Let him look to his bond)"라는 말을 한 대사에서 세 번 반복하는가 하면⁶ 3막 3장에서는 "내 계약(my bond)"이라는 말을 연달아 여섯 번 노래하듯 입에 올린다. 안토니오가 목숨만은 살려달라며 자

---

* 샤일록은 나중에 이 말의 메아리 같은 말을 한다. "내가 요구하는 1파운드의 살은 비싸게 산 것이고, 내 것이니, 가질 것이오(The pound of flesh which I demand of him / Is dearly bought, it's mine, and I will have it)."³

비를 호소하려는데 샤일록은 이렇게 집요하게 안토니오의 말
을 막는다.

> 내 **계약**대로 할테요. **계약**에 반대하는 **말**은 하지 마시오.
> […] 내 **계약**대로 할 테요. 당신 **말**은 안 들을 거요.
> 내 **계약**대로 할 테니, 더 아무 **말**도 하지 마시오.
> […] **말**은 듣지 않을 거요. 내 **계약**대로 할 테요.[7]

샤일록이 계약을 거듭 내세우며 말을 막자 결국 안토니
오는 입을 다문다. 언어의 증식은 기표와 기의의 신성한 결속
을 방해한다. 말과 말이 사람들 사이를 오가고 여러 목소리가
섞이면 바벨탑 이전처럼 의미를 고정할 수 없다. 언어가 흩어
지고 한 단어가 한 가지의 의미를 띠지 못한다. 혼란과 분산
과 해체가 일어나고 명징한 의사소통은 불가능해진다. 샤일
록은 말을 막아서 말의 의미가 흩어지는 것을 필사적으로 막
으려 한다.

> […] 내 영혼에 맹세컨대
> 인간의 **말**에는 나를 바꿀 힘이 없소.
> 나는 내 **계약**을 고수할 테요.[8]

언어의 증식과 계약의 결속력은 대립한다. 말꼬리를 잡고 단
어를 교묘히 늘어놓아 의미를 오염시키는 이들이 샤일록의 적
이다. 그렇지만 언어가 증식하며 의미의 잉여가 발생하는 것

은 불가항력이다. 다른 셰익스피어 작품과 마찬가지로 이 극에도 말장난과 동음이의어와 언어유희(일반적으로 '번역 불가능하다'고 일컬어지는 것)들이 넘쳐나고,* 비유법과 아이러니와 말실수가 더해져 언어의 혼란은 끝이 없다. 이 극의 광대(fool) 역인 란슬롯은 단어를 계속 오용한다. 바사니오의 사이드킥인 그라티아노는 엄청난 수다쟁이인데 어느 정도냐면 바사니오에 따르면 "끝없는 헛소리를 베니스의 그 어떤 누구보다도 많이 하고 그중에서 이치에 닿는 말은 겨 두 섬 안에 밀알 두 알 정도밖에 안 된다".[9] 극이 진행될수록 말은 반복되고 겹치고 변주되고 오용되고 의미는 증폭되고 모호해진다.** 사람들의 정체성과 관계도 모호하기는 마찬가지다. 베니스에서는 사람들이 가면을 쓰고 정체를 감춘 채 거리로 쏟아져 나오는 카니발이 한창이다. 이 극에 등장하는 여자 세 명은 모두 남장을 하고 정체를 속인다.

한편 안토니오와 바사니오의 관계를 단순한 우정이라고 할 수 있나? 포셔에게는 강력한 라이벌이 존재할 뿐 아니라, 포

---

* 앞에서 예로 들었던 'dear'도 '비싼'과 '소중한' 등의 다른 뜻이 있는 동형동음이의어다.
** 그런데 사실 먼저 말로 속임수를 쓴 사람은 샤일록 본인이다. 샤일록은 안토니오를 치명적인 계약으로 이끌어가면서 마치 장난처럼 이렇게 말한다. "제가 친절을 베풀지요. 같이 법무사에게 가서 무담보 계약에 서명합시다. 그리고 장난으로(in a merry sport) 아무 날 아무 곳에서 조건에 명시된 금액을 당신이 갚지 못할 경우 당신의 고운 살 1파운드를 […]"[10]

셔와 바사니오는 명목상으로는 부부가 되었으나 안토니오 때문에 육체적 결합은 지연되고 반지 하나로 불완전한 결속을 이루고 있다. 또 샤일록은 극의 악당이지만 가장 심한 핍박을 받는 인물이기도 하여 강력한 동정을 불러일으킨다.*

사실 바사니오가 포셔를 쟁취할 수 있었던 것은 겉모습과 실제가, 기표와 기의가 일치하지 않을 가능성을 꿰뚫어 본 덕이다. 금궤와 은궤와 납궤를 앞에 두고 어떤 것을 고를지 고민하던 바사니오는 "겉모습은 실제와 전혀 다를 수 있지. / 세상은 장식에 속곤 해"[11]라는 말로 추론을 시작해 납궤를 골라야 한다는 결론에 도달한다. "네 창백함이 달변보다 더 내 마음을 움직이는구나."[12] 안정적 결속을 이루려면 달변이나 현란한 말이 적을수록 좋다.

샤일록은 그래서 자기를 말로 설득하려는 이들에게 계속 저항한다. 사람들이 대체 왜 이런 잔인한 벌금을 굳이 받아내려고 고집하느냐고 물으면 샤일록은 합리적인 이유 대신 변덕, 기분, 정서 같은 말로 답한다. 그럼에도 바사니오가 계속 추궁하자, 이번에는 이런 감탄스러운 답을 내놓는다.

샤일록　[…] 대답이 됐습니까?

* 그래서 셰익스피어의 극은 기존 정치·사회 질서를 회복하고 확인하는 결말로 끝난다고 하더라도 이전과 같은 평정을 이룰 수는 없다. 특히 이 극은 포셔와 바사니오에게는 행복한 결말일지 몰라도 안토니오와 샤일록에게는 비극으로 끝나는 명백한 문제작이다. 관객/독자는 평온한 마음으로 극장을 나서거나 책을 덮을 수 없다.

바사니오   당신 몸에 흐르는 잔인성을 설명해줄 답이 안 돼,
               이 무정한 인간.

샤일록   나에게는 답을 해서 당신 비위를 맞출 의무가 없소.

바사니오   누구나 사랑하지 않는 것을 죽이나(Do all men kill
               the things they do not love)?

샤일록   죽이기 싫은 것을 증오하는 사람도 있나(Hates any
               man the thing he would not kill)? [13]

"죽이기 싫은 것을 증오하는 사람도 있나"라는 샤일록의
수사적 의문문에서 이상한 나라에서 '내가 의미하는 걸 나는
말한다'와 '내가 하는 말이 내가 의미하는 것이다'가 같은 뜻
이라고 주장했던 앨리스의 말이 떠오른다. 그렇지만 앨리스의
두 문장과 다르게, 바사니오가 한 말과 샤일록이 한 말은 사실
같은 말이다.

p: x를 죽인다 / 죽이고 싶다
q: x를 사랑하지 않는다 / 증오한다

이런 두 명제가 있다고 할 때, 일반적으로 p→q는 성립하
지만, q→p는 성립하지 않는다는 게 바사니오의 주장이다. 샤
일록이 한 말은 ~p→~q가 성립하지 않는다는 것으로, 바사니
오가 한 말의 대우일 뿐 반박하는 논리가 될 수 없다. 똑같은
말인데 뒤집어서 얼핏 다른 이야기처럼 들리게 하는 속임수다
(만약 모자 장수가 이 자리에 있었다면 "똑같은 소리잖아!" 하

고 말했을지 모른다). 동어반복은 언어의 죽음이다. 누구나 샤일록처럼 말한다면 대화는 진행되지 않고 의미는 오가지 않고 제자리를 맴돌 것이다. 같은 말만 반복된다면 어떤 변증법적 타협도 이루어질 수 없다. 샤일록은 타협도 다른 보상도 거부하고 계약서에 명시된 대로 정확히 안토니오의 살 1파운드 말고는 어떤 것도 받지 않겠다고 고집한다.

이렇게 교착 상태에 빠졌을 때, 포셔가 등장한다. 포셔는 법학박사로 변장하고 재판장에 나타나 이 분쟁의 판관 역할을 맡는다. 포셔는 벨몬트에서는 바사니오에게 "처녀는 생각만 할뿐 말을 하지 않는다"[14]며 조신한 모습을 뽐냈었는데, 남자의 모습으로 위장하고 등장해서는 그동안 (나름) 자제해왔던 말을 쏟아낸다. 샤일록이 필사적으로 지키려 했던 기표와 기의의 결속이, 존재 자체가 위장인 가짜 판사에 의해 끊어진다. 기호는 하염없이 증식하며 의미는 흩어진다.

　　판관의 지위를 얻은 포셔는 일단은 "자비(mercy)의 특징은 제약되지 않는 것"[15]이라며 샤일록에게 자비를 호소하지만, 샤일록은 계약서에 명시되지 않은 것은 할 수 없다며 어떤 '말'로도 흔들어놓을 수 없는 '글'의 불변하는 현존에 매달리며 포셔의 달변에 맞서 버틴다.

　　다음의 포셔와 샤일록의 대화는 직역주의자와 의역주의자의 대화로 바꿔 읽을 수도 있다.

　　포셔　　의사를 부르시오, 샤일록, 본인 부담으로.
　　　　　　상처를 막아 출혈로 사망하지 않게.

샤일록   계약서에 그렇게 정해져 있습니까?

포셔   명시되진 않았지만 그게 무슨 상관이오?
          그쯤은 너그럽게 베푸는 게 좋을 거요.[16]

포셔   '방은 다시 수색될 예정이었다(The rooms were to
          be searched again)'*는 '방'을 주어로 삼으면 어색
          하니까 경찰을 주어로 넣는 게 좋겠네요. '경찰이
          방을 다시 수색할 것이다.'

샤일록   원문에 경찰이라고 나와 있습니까?

포셔   적혀 있진 않지만 그게 무슨 상관이오?
          번역에서 그쯤은 허용할 수 있지 않나요?

그러나 샤일록은 자비(mercy)를 거부하고 너그러운 해석
의 여지를 봉쇄한다. 그러자 포셔는 샤일록의 말에 동의하는
척하면서 입장을 완전히 바꾸어 텍스트에 대한 엄밀하고 엄격
한 축어적 충실성만을 극단적으로 밀어붙인다. "당신이 정의
를 요구하니, 안심하시오. 당신이 원하는 것 이상의 정의를 얻
게 될 테니."[17]

샤일록은 살을 달라고 하지만, 사실 샤일록이 원한 것은
안토니오의 목숨, 보이지 않는 영혼, 감정의 충족, 복수 따위
의 추상적인 의미였다. 포셔는 육체와 정신, 단어와 의미, 기표
와 기의의 결속을 싹둑 끊어버리고 정확히 살만을 가지고 가
라고 말한다.

* 17면 참조.

포서   잠깐 기다려요. 한 가지 더 있습니다.
        이 계약서는 당신에게 피 한 방울 주지 않아요.
        단어가 '살 1파운드'라고 적혀 있어요.[18]

    포서는 계약을 자비 없이, 잔인할 정도로 엄밀하게, 문자
그대로, 살을 살로, 단어를 단어로, 극단적이고 기계적인 축어
역으로 해석할 것을 요구한다.
    테리 이글턴은 법과 실제 판결을 각각 소쉬르가 말하는 랑
그(langue, 언어 체계)와 파롤(parole, 실제 발화)로 설명하며
포서의 판결을 문제 삼는다. 법의 조문은 형식적이고 추상적이
지만, 판결은 구체적인 실제 상황에 적용하여 맥락에 맞게 내
려야 한다. 그런데 포서가 내린 판결은 합리적, 상황적 추론 없
이 맥락을 무시하고 내린 판결이다. "텍스트를 해석하려면 글
자의 경계를 넘어서, 관련된 물질적 맥락과 더불어 내용과 범
위에 대해 일반적으로 인정된 의미에 주목해야만 한다. 이와
대조적으로 포서의 증서 독해는 텍스트에 충실한 것이지만 그
결과 가엾게도 의미를 잘못 해석하게 된다."[19] 이런 일이 일어
나지 않으려면 샤일록은 계약서에 나보코프처럼 주석을 잔뜩
달아야 했을지도 모르겠다(저울은 정확성을 기하기 위해 천칭
을 사용한다. 잘라낼 살의 무게는 ±10그램까지 오차를 허용한
다. 살을 잘라내면서 부수적으로 일어나는 다른 손실, 피, 피부
위의 털 등까지 합해서 무게를 합산한다…). 주석의 탑으로 떠
받치지 않은 축어역은 소통에 실패한다.

데리다는 「'적절한' 번역이란 무엇인가?」라는 글에서 『베니스의 상인』을 번역이라는 주제에 따라 읽으며, "이 극의 모든 것은 번역이라는 코드로, 또 번역의 문제로 재번역될 수 있다"[20]고 한다. 데리다는 번역을 "변환 과정에서 살을 잃는 것"[21]으로 설명한다. 번역이 일어나는 과정에서는 영혼이 원래 몸에서 벗어나 다른 몸으로 들어가듯이 기표가 기의의 수준으로 상승되고 애초의 육신의 기억을 유지하면서 몸을 바꾼다. 육신을 잃었으나 정수는 보존된다. 언어의 외피나 형식은 달라졌으나 정신은 유지되었다는 믿음이, 번역 가능성의 증거다.

샤일록은 육신을 요구하며 영혼을 얻기를 바랐다. 포셔는 영혼을 가져가지 말고 육신만을 가져가라고 요구한다. 물질에 영혼을, 단어에 의미를 온존하려는 샤일록의 시도는 칼끝을 결국 본인에게 돌려놓고 만다. 어떤 허용 없이는, 자비 없이는, 기표와 기의 사이의 끈(bond)을 늘이지/늘리지 않고는, 번역은 불가능하다.

데리다가 「바벨의 탑」에서 보여주었듯이 번역은 무한한 과업이자 본질적인 미완이다. 언어의 의미는 확정되지 못하고 끊임없이 미끄러지고 연기되는 '디페랑스(différance)'의 회로 안에 있다. 번역은 원본을 포착하려 하지만 언제나 미끄러지고 지연된다. 탑의 꼭대기에 가닿지 못하고 미끄러진다. 흰 고래를 놓친다. 단 하나의 투명하고 진정하고 적절하고 보편적인 번역이란 없다. 그렇지만 "모든 것은 번역 불가능하지 않고, 번역 가능하지도 않다".[22] 'Des Tours de Babel'이라는 제목 자체가 무수한 의미를 띠듯, 기표와 기의가 일대일로 고정되지 않을 때 번역은 불가능해진다. 그렇지만 기표와 기의가 어떤 칼로도 끊을 수 없이 결속되어 있다면—바벨탑 이전처럼—번역은 아예 있을 수 없는 일이다. 기의가 살을 버리고 다른 몸으로 옮겨 갈 수가 없다. 번역은 기표와 기의의 불일치를 드러내는 순간이다.

단테가 『신곡』을 씀으로써 이탈리아어를 발명했다는 말이 있다. 중세에는 문어와 구어가 분리되어 있어서, 고등교육, 과학, 철학, 신학 등의 학문과 공공 기록 등에는 실제로 사람들이 사용하는 언어가 아니라 라틴어가 쓰였다. 당시에 진지한 주제로 책을 쓸 때는 라틴어로 쓰는 것이 당연한 일이었으나, 단테는 라틴어가 아닌 속어로 『신곡』을 씀으로써 이탈리아 문화와 언어에 중대한 영향을 미쳤다. 이 작품으로부터 이탈리아어의 표준이 생겼고 이탈리아어 문학이 시작되었으며 이탈리아 민족문화와 국가 정체성이 형성될 수 있었다.

프루 쇼는 단테가 젊을 때 라틴어로 쓴 『속어론』에 담긴 언어관이 『신곡』에서 어떻게 달라졌는지 설명한다. 『속어론』에서 단테는 인류가 바벨탑을 건설해 하늘에 닿으려는 시도를 하기 전에 쓰던 언어는 '변하지 않는 언어'였다는 점을 중요하게 본다. 인간이 감히 신에 도전하는 어리석은 짓을 해서 벌을 받았기 때문에 언어가 고정되지 못하고 흩어지게 되었다. 그런데 라틴어는 변하지 않는 언어다. 일반 언중이 사용하는 언어가 아니라 종교, 학문, 공식 문서 등에만 쓰이는 언어이므로 역사적 변화로부터 자유롭고, 대체로 고정되어 있다. "라틴어는 쓰임(uso, 관습, 용법)이 아닌 기술(ante, 규칙, 문법)에 지배"[23] 받기 때문에, 입에서 입으로 옮아가며 제멋대로 진화하지 않는다. 라틴어는 파롤보다는 랑그가 훨씬 중요하다. 파롤에 제약이 있어서 랑그의 변화가 없는 화석화된 언어라고 말할 수도 있을 것이다. 변하지 않는 언어인 라틴어는 바벨탑 때문에 벌을 받기 이전의 언어, 원초적 언어, 언어의 이상에 가까운 언어라고 할 수 있다. 게다가 라틴어는 격변화가 매우 복잡해서 통사적 모호성이 상대적으로 적다.* 샤일록이 바라던 기표와 기의가 단단히 결속된 언어. 중세 교회에서 성경의 번역을 막고 성경을 라틴어로만 읽도록 했던 것은 죽은 언어를 이용해 의미를 고정하려는 시도이기도 했다. 죽은 육신에 단 하나의 의미. 이미 잘라낸 살덩이는 한 가지 의미밖에 담지 못한다—죽음. 더 이상 언어는 증식되지 못하고 의미는 고정되고 모호함은 억제된다.

  그런데 그로부터 약 20년 후에 쓰인 『신곡』에서는 단테

---

* 통사적 모호성(혹은 구문적 중의성)이란 문장구조를 어떻게 파악하느냐에 따라 의미가 둘 이상으로 해석되는 경우를 말한다. 예를 들어 '나는 울면서 떠나는 친구를 보았다'라고 하면 내가 운 것일 수도 있고 친구가 운 것일 수도 있다.
  그런데 라틴어는 일반명사가 주격, 소유격, 여격, 목적격, 탈격, 호격 등 여섯 가지 이상으로 격변화하고 동사의 시제가 여섯 가지이므로 이런 일이 일어날 가능성이 비교적 적다. 중국어에서 같은 글자가 명사도 되고 동사도 되고 형용사, 부사도 되는 것과 비교하면 언어마다 통사적 모호성의 정도나 여백의 분량에 차이가 있다고 할 수 있을 것 같다. 이 책 「침묵과 메아리」 참조.

의 달라진 언어관이 드러난다. 지옥과 연옥을 거쳐 천국편이 거의 마무리되고 단테의 걸작이 찬란한 완성을 향해 다가갈 무렵인 천국편의 칸토 26에서 단테는 아담을 만난다. 그런데 아담은 우리가 아담의 언어*에 대해 갖고 있던 생각을 깨뜨리는 발언을 한다. 아담은 언어는 신이 주신 것이 아니고 자신이 발명한 것이므로 원래부터 고정되지 않았다고, 얼마든지 바뀔 수 있었다고 말한다. 그렇다면 언어의 "변동성은 더는 죄악의 표지가 아니며, 라틴어의 불변성도 더는 신에게 가까이 가게 해주는 것이 아니다. 이제 라틴어의 불변성은 더 높은 가치를 뜻하는 게 아니라, 인간이 부여한 인위적인 것에 불과하다".[24]

이런 생각 때문에 단테는 라틴어를 버리고 이탈리아어로 필생의 역작을 썼다. 이는 당시로서는 매우 획기적인 시도였다. 프루 쇼는 이 선택에 대해 이렇게 평한다. 단테의 "이탈리아어 작품은 그가 라틴어로 쓴 어떤 것보다 더 생동감 있고 표현력 있고, 더 본능적이며 더 다양하고 독창적이었다. […] 만약 라틴어로 썼다면 똑같은 에너지와 힘, 경이로울 만큼 풍부한 말재간을 발휘할 수 없었을 것이다".[25] 단테가 언어의 잠재력을 최대한 이용해 대단한 시적 성취를 이룰 수 있었던 것은, 죽은 언어를 버리고 살아 있는 언어로 글을 썼기 때문이었다.

언어의 본질은 변화다. 언어는 고정되지 않는다. 아무리 샤일록이 "맹세, 맹세, 나는 하늘에 맹세했소. 내 영혼이 위증

---

* 최초의 언어(Adamic language). 바벨탑 이전의 순수한 언어로, 사물과 단어가 일대일 대응을 이루어 의미의 혼란 없이 명징한 언어다.

을 해야 하오?"[26]라며 자신의 계약을 신에게 한 맹세에 동일시하며 신성시하려고 하더라도 계약이 언어로 이루어져 있는 한, 해석의 차이는 필연이다. 그 차이를 통합하고 이해하려면 자비가 필요하다.

언어의 본질이 이러할진대, 번역에서 자비 없는 축어역을 고집한다면, 어떤 불충도 허용할 수 없다면 어떻게 될 것인가? 의미와 행간의 침묵을 무시한 채 단어만 번역하려 한다면 언어의 몸과 영혼이 분리되고 파괴되는 치명적 결과를 낳지 않으리라고 누가 보장하겠는가?

이 광기에는 번역을 처방한다

> "아, 그건 어쩔 수 없어." 고양이가 말했다. "여기서는
> 모두 미쳤어. 나도 미쳤어. 너도 미쳤어."
> "내가 미쳤는지 어떻게 알아?" 앨리스가 물었다.
> "미쳤을 수밖에 없지. 미치지 않았다면 여기 오지 않았을
> 테니까." 고양이가 말했다.
> — 루이스 캐럴, 『이상한 나라의 앨리스』

재작년에 어떤 교육기관에서 번역 강의를 할 때의 일이다. 챗
GPT가 공개되면서 인공지능의 가능성에 많은 사람이 전율하
고 번역의 개념이 다시 한번 크게 뒤흔들린 무렵이다. 번역은
앞으로 기계가 하리라는 전망이 난무했다. 나는 흔한 통념과
달리 번역이 단어를 단어로 옮기는 일만은 아님을 설명하고,
번역이 실질적으로 어떤 과정으로 이루어지는지 보이고 싶었
다. 번역 논쟁이나 번역 이론이 어떤 양상으로 전개되든, 기계
번역이 어떤 메커니즘을 따라 발전하든, 실제로 번역가들이 하
는 일은 그와는 매우 다를 때가 많다. 때로 번역은 몸을 완전히
벗는다. 살을 베어내고, 비슷한 몸이 아니라 완전히 다른 몸을
입는다. 예를 들기 위해 내가 번역하던 에세이의 한 문장을 번
역 엔진인 딥엘(DeepL)에 넣어서 번역하고, 딥엘이 내놓은 결
과물과 내가 한 번역을 함께 학생들에게 보여주었다.

ST   In the silvery twilight the intricate palms rival the historic
      beauty of the surrounding architecture.

TT1   은빛 어스름 속에서 복잡한 야자수가 주변 건축물의
      역사적인 아름다움에 필적합니다.

TT2   은빛 박명 속 섬세한 야자나무가 주위에 있는 예스러
      운 건물 못지않게 아름답다.

이 사례로 기계 번역(TT1)이 어떤 면에서 부족한지도 보
여주고 싶었다. 일단 기계가 번역한 문장에서 '필적하다'라는
단어가 에세이에 어울리지 않는다는 점이 눈에 뜨인다('야자
수가'와 '필적한다'가 주술 호응이 잘 안 되기도 하고). 기계 번
역이 문체나 장르까지 고려하지는 않기 때문이다. 여기에 더해
단어의 어울림 혹은 논리의 문제가 있다. '어스름'은 어둡다는
뜻을 가진 단어이니 '은빛'과 어울리지 않는다. '복잡한 야자
수', '역사적인 아름다움'도 수식어와 피수식어가 매끄럽게 연
결되지 않기는 마찬가지다. '은빛 어스름'은 '은빛 박명'으로,
'복잡한 야자수'는 '섬세한 야자수'로 바꾸어 좀 더 잘 어울리
게 할 수 있는데, 사실 이런 문제는 기계 번역이 해결하기 불가
능한 문제는 아니다. 기계 번역은 통계를 이용하므로 데이터
의 양이 많아질수록 단어와 단어 사이의 연결은 더 좋아질 수
있다. 하지만 '역사적인 아름다움(historic beauty)'의 문제는 조
금 다르다. 나는 이 부분을 번역할 때 단어에서 벗어나—몸을
버리고—뜻으로 옮겼다. 이 문제를 해결하는 방법은 이것 말
고도 여러 가지가 있겠으나* 나는 'beauty'라는 명사의 의미를

가지고 와서 '아름답다'라는 서술어로 삼는 의역을 택했다(그렇게 한 까닭은「기계 시대의 번역가」에서 다시 설명하겠다). 의미에 새로운 몸을 주기. 당연한 이야기지만, 이 사례는 유일한 해결책도 최선의 번역도 아니고, 이 책은 좋은 번역이 무엇인지 정의하고 설명하려는 책이 아니다. 내가 지금 하려는 이야기는 그다음 일이다.

한 학생이 손을 들고 직역에 가까운 첫 번째 번역에서 문학성이 좀 더 느껴지지 않느냐고 물었다. 충격이었다. 어떻게 기계가 나보다 더 문학적이지?

문학성이란 대체 무엇일까. "번역하면 사라지는 것이 시"**라는 유명한 말이 있다. 사람들이 번역을 말할 때 흔히 하는 이야기들에 따르면 번역가는 배신자이자 무언가를 늘 잃어버릴 뿐 아니라 문학에 적대적인 존재다. 내가 위의 사례를 학생들에게 보여준 까닭은 솔직히 내 번역이 조금 자랑스러웠기 때문이었을 것이다. 하지만 번역가는 번역을 지적받았을 때 자신의 선택을 옹호할 객관적인 근거가 없기 때문에 취약하다. 번역가는 아무리 애를 쓰더라도 완벽하고 완전한 결과물에 도달할 수 없고, 그 사실을 상기하게 될 때마다 쉽게 의기소침해진다. 그럴 때는 번역에는 정답이 없고 어떤 번역이든 무언가 잃

---

* 'historic'을 '고풍스럽다' 등 연관성이 있는 다른 말로 바꾸는 수도 있다.
** 시인 로버트 프로스트의 말이라고 널리 알려져 있는데, 데이비드 벨로스는 그렇게 볼 근거가 없다고 말했다. "번역에 관한 다른 많은 통념들과 마찬가지로, 사실 이것은 근거 없는 통념으로 판명되었다."[1]

기 마련이며, 관점에 따라 좋은 번역에 대한 판단 기준이 달라질 수 있다는 따위의 말을 변명처럼 우물거린다.

집에 와서 내 번역이 잃은 것은 무엇인지 곰곰이 생각해 봤다. 사실 그 학생의 말은 직역 대 의역 논쟁의 핵심을 건드린 질문이었다. 단어를 고스란히 번역하는 직역이 만드는 특수한 효과를 나처럼 기이하거나 어색하다고 볼 수도 있지만, 참신하거나 아름답다고 느낄 수도 있다. 문학성과 광기는 사실 같은 것이니까.

시는 일상 언어에서 벗어나 언어의 한계로 나아가려고 한다. 미치광이의 언어도 마찬가지다. '모든 단어는 죽은 은유다'라는 말이 있다. 우리가 쓰는 일상어는 문학의 관점에서 보면 죽었다. 클리셰다. 언어의 일상적인 쓰임에서 벗어난 언어라야 우리는 문학적/시적이라고 느낀다. 직역 혹은 기계 번역을 거쳐 생겨난 뜻밖의 낯선 표현—은빛 어스름, 복잡한 야자수, 역사적인 아름다움—은 평소 우리가 사용하는 언어의 틀에서 벗어나면서 언어적 감수성을 자극한다(발터 벤야민부터 시작해서 여러 중요한 번역 이론가들이 직역을 주장한 까닭도 여기에 있을 것이다). 그래서 내가 한 것처럼 직역을 자연스러운 한국어로 다듬으면 문학성이 사라진다고 느끼게 된다. 그러니 번역가는 딜레마에 빠진다. 문학적인 미치광이가 될 것인가, 제정신인 직업인이 될 것인가.*

---

* 이 글의 논지와는 관련이 없지만 내 생각을 밝혀두자면, 나는 직역을 해야만 아름다움이 지켜진다고는 생각하지 않는다. 직역이 만들어낸

번역가가 텍스트의 날뛰는 야생성을 다듬고 길들이는 사람처럼 보인다면, 그 까닭은 번역가가 편집자에게 길들여졌기 때문일 수도 있다. 나도 20년간 원고를 교정당하면서 삼가고 자제하는 법을 배웠다. 한국어로 글을 쓰는 작가는 '날개가 일렁인다'라고 해도 되지만 번역가는 그렇게 쓸 수 없다. 한국어의 관례에 따르면 날개는 주로 퍼덕이고, 일렁이는 것은 파도니까. 번역가는 '일렁이다'의 소리가 '날'의 유성음과 잘 어울려서 마음에 든다 하더라도 소심하게 '퍼덕이다'를 택할 가능성이 크다. 그럴 수밖에 없다. 창작 원고와 번역 원고를 대하는 편집자의 태도가 다르기 때문이다. 창작 원고는 언어와 의미가 유기적으로 결합된 예술적 구조물이기에 함부로 건드릴 수 없고, 사소한 부분에도 작가의 미묘한 의도가 들어 있을 수 있으므로 조사 하나, 쉼표 하나 바꾸기도 조심스럽다. 그렇지만 번역 원고는 다시 쓰기 수준으로 고치는 경우도 있다.** 번역된 문장을 이루는 단어들에는 필연성이 있다고 생각하지 않기 때문이다. 어차피 번역된 문장은 정신이 그것과 얽혀 있던 몸

설면한 불협화음이 설령 아름답게 느껴질지라도 그 아름다움이 텍스트의 의도와 목적에 기여한다고 볼 수 없다. 엉뚱한 곳이 두드러지고 강조될 뿐이다(여기에 예로 든 글의 원저자가 'silvery twilight'이나 'intricate palms', 'historic beauty'가 거슬리는 불협화음을 내길 기대하지는 않았을 테니까). 설겅거리는 텍스트의 질감이 글을 제대로 읽고 음미하지 못하도록 방해한다면, 모호한 미적 효과를 얻겠다면서 더 중요한 무언가는 버린 꼴이 된다.

** 아는 편집자에게 들었는데 조사 하나도 바꾸지 못하게 하는 번역가도 있긴 있다고 한다.

에서 분리되어 새로이 이식된 몸, 대체된 몸이다. 번역 원고는 신성불가침의 원본성도 권위도 없고 원본에서 파생된 2차 생산물일 뿐이며 무언가가 '되어가는' 잠정적 상태이므로 거리낌 없이 손댈 수 있다. 번역가들은 다들 이런 길들임에 익숙해서, 고심해서 쓴 표현이 깎이고 살이 베이는 아픔을 피하려고 빨간 펜을 내면화하고 편집자에게 넘기기 전에 미리 스스로 글을 다듬는다. 출판 번역가에게 문학적인 미치광이가 되는 선택지는 사실 없다. 그랬다가는 일자리를 잃는다.

다와다 요코의 『글자를 옮기는 사람』은 번역가들이 느끼는 자기 확신 부족, 충족감 결여, 불안감, 그로 인한 고통을 너무나 정확히 그려낸 소설이다. 중심인물인 '나'는 번역가로, 카나리아 제도에 있는 한 섬에서 「성 게오르크 전설」을 번역하고 있다. 그러나 "단어들이 이어지지 않은 채 원고에 흩어졌다". 번역문은 이런 모습으로 책장 위에 적힌다.

　　에서, 약, 구십 퍼센트, 희생자의, 거의 다, 항상, 땅바닥에서, 누운 사람, 으로서, 죽을힘을 다해 들어 올린다, 머리, 구경거리로 삼아져, 이다, 공격 무기, 또는, 그 끝, 목에 찔린 채, 또는…․[2]

　　이 소설 속의 번역가는 단어 대 단어 번역을 넘어 원문의 구문과 어순까지 그대로 유지하는 극단적인 직역을 하고 있다. 이 번역문을 보면 횔덜린의 '미친' 번역이 떠오른다.

독일 시인 횔덜린은 서른두 살이던 1802년 말, 소포클레스의 고대 그리스비극을 독일어로 번역하기 시작했다. 친구의 말에 따르면 "하루 종일 그리고 밤의 절반"을 "친구가 있다는 걸 잊을 정도로" 번역에 매진했다. 횔덜린, 헤겔과 튀빙겐에서 함께 수학했던 셸링은 이 무렵 횔덜린을 만나고 헤겔에게 편지를 써서 횔덜린의 정신이 산란해 보인다는 소식을 전했다. 1804년, 횔덜린이 심혈을 기울여 번역한 소포클레스의 『오이디푸스 왕』과 『안티고네』가 출간되었으나 세간의 조롱거리가 되고 말았다. 횔덜린이 누구보다 존경하고 따랐던 실러는 『안티고네』의 낭독을 듣고 박장대소를 터뜨렸다. 셸링은 이번에는 괴테에게 편지를 써서 소포클레스 번역을 보니 횔덜린의 정신 상태가 악화된 듯하다고 했다. 횔덜린이 번역에 매진하던 시기와 처음 정신이상 증세를 보인 시기는 일치한다. 둘 중 하나가 다른 것의 원인이었는지, 아니면 두 가지가 본질적으로 같은 것인지는 모르겠다.

　횔덜린은 소포클레스를 극단적으로 직역했다. 의미를 전달하는 데는 관심이 없고 형태를, 몸을 그대로 옮기려고 했다. 단어 대 단어 정도가 아니라 아예 고대 그리스어 원문의 구문까지 고스란히 유지하면서 번역하려 했다. 단어를 옮길 때도 뜻으로 번역한 게 아니라 어원을 그대로 옮기기도 했다. 예를 들면 그리스어 'siderocharmes'의 사전적 의미는 '호전적인'이다. 그렇지만 횔덜린은 'sidero(철)'와 'charmes(기쁨)'로 어원을 분리해서 'eisenerfreuten(철에 기뻐하는)'이라고 옮겼다.[3] 'kalchainein'은 자주색 염료의 원료인 물고기 '퍼플 피시를 찾

101

는다'는 뜻에서 불안, 걱정, 고민에 시달려 마음이 어두워진다는 뜻이 파생된 단어다. 그래서 『안티고네』의 첫 장면에서 안티고네의 여동생 이스메네가 우울한 표정의 안티고네에게 무슨 소식을 듣고 "마음이 어두워진(kalchainous)" 거냐고 묻는데, 횔덜린은 이 구절을 단어의 어원을 따라 "너는 단어를 붉은 색으로 물들이는 것 같다(Du seheinst ein rotes Wort zu färben)"고 번역했다.[4] 원문을 모르는 사람은 무슨 말을 하는지 알아듣기 힘들 것이다. 횔덜린은 단어의 감각을, 철과 자주색의 느낌을 살리고 싶었고, 느낌을 지우고 추상적으로 뭉뚱그린다면 어떤 핵심을, 영혼을, 정수를 잃는다고 생각했을지 모른다.

독일어를 최대한 그리스어와 비슷해지도록 극단의 한계로 몰아붙이다 보니 언어는 파괴되고 의미가 생성되지 않고 흩어진다. 조르조 아감벤은 언어의 극한까지 가려는 횔덜린의 추구를 "파괴적이고 혼란하고 이해가 불가능할 정도로 극단적인 시적 방식을 위해 형식적·예술적 탁월함을 망설임 없이 버릴 만큼 강력한 헌신"이라고 표현했다.[5] 앤 카슨은 횔덜린의 "치명적일 정도의 직해주의"를 "클리셰에 대한 분노로 인해 계획된 하나의 방법론"으로 본다.[6] 세상에 말해지지 않은 것은 아무것도 없고, 모든 언어가 다 클리셰로 느껴진다면 시인은 어떻게 해야 할까? 아감벤도 카슨도 횔덜린이 문자 그대로 미쳤다고는 생각하지 않는다. 극단적인 문학성을 추구했을 뿐. 언어를 깨뜨리고 갈기갈기 찢어야, 낡은 은유의 연쇄를 끊어야, 언어가 추상이 아닌 감각으로 느껴질 때에야, 몸이 몸으로 느껴질 때에야 도달할 수 있는 문학성.

한 가지 위로가 될 만한 일이라면, 생전에는 광기의 산물로 조롱거리가 되었던 횔덜린의 번역이 1세기가 흐른 뒤에 발터 벤야민의 추앙을 받았다는 것이다. 벤야민은 「번역가의 책무」에서 횔덜린의 소포클레스 번역을 "직역주의의 괴물 같은 사례"로 들며, 번역은 원본의 의미를 닮으려고 하거나 의미를 전달하려고 하는 대신 횔덜린의 본보기를 따라 자신만의 언어를 만들어내어 더 큰 언어—순수 언어—의 일부가 되어야 한다고 했다. 벤야민에게 횔덜린의 번역은 언어의 장벽을 깨뜨려 경계를 넓히고 번역을 통해 순수 언어를 복원하고 해방하려 한 모범적인 사례다. 하지만 벤야민도 이 번역의 위험성에 대해서는 잘 알았다. 이렇게 언어를 확장하고 수정한다면 "언어의 문이 닫혀 번역가를 침묵 속에 가두어버릴 거대한 위험에 노출"된다. "의미는 심연에서 심연으로 추락해 마침내 바닥없는 언어의 깊이 안에서 소멸할 위험에 처한다."[7]

횔덜린은 실제로 이 번역 과정을 거치며 바닥없이 아득한 심연으로 추락한 것처럼 보였다. 그 뒤 남은 반생 내내 병에 시달렸고 36년 동안 튀빙겐에 있는 탑 안에 갇혀서 살다가 그곳에서 삶을 마감했다. 의미를 생성하지 못하는 번역의 탑—번역이 천벌로 부과되었으나 번역 불가능성을 표상하는 바벨의 탑—어떤 것도 손실되지 않도록 지키기 위해 스스로 쌓은 탑에 갇힌 횔덜린처럼, 다와다 요코 소설 속의 번역가도 앞으로 나아가지 못하고 섬에 갇힌 것 같은 느낌이다.

모두 이어서 문장이 되도록 해야 하는데 생각만 들고 거기에 필요한 체력은 최소한도 없었다. 더 정확히 말하면 체력보단 폐활량이 모자랐다. 하나의 문장을 천천히 숨을

쉬며 읽고 거기서 꾹 하고 한 번 숨을 멈춘 다음 머릿속에
서 뜻을 풀이하고 어순을 정리할 것, 그리고 조심스럽게
숨을 내쉬면서 풀이한 문장을 쓰는 것이 요령이라고 번역
가 에이 씨는 말했다. 하지만 나는 단어 하나를 읽는 데도
숨이 차서, 힘들어하면서 이런저런 생각을 하면 다음 단
어에는 거의 도달하지도 못한다. 그래도 적어도 나는 단
어 하나하나의 낯선 감촉에 충실한 편이고 지금은 그것이
더 중요할 수도 있다고 생각한다. […] 어쩌면 번역은 전
혀 다른 것일지도 몰랐다. 이를테면 변신 같은. 단어가 변
신하고 이야기가 변신해서 새로운 모습으로 바뀐다. 그리
고 마치 처음부터 그런 모습인 양 아무렇지 않은 얼굴을
하고 늘어선다. 이렇게 하지 못하는 나는 분명히 서투른
번역가다. 나는 말보다 내가 먼저 변신할까 봐 몹시 무서
울 때가 있다.[8]

'나'는 "단어 하나하나의 낯선 감촉에 충실한" 번역을 하
고 싶지만, 번역가 에이 씨*라든가, 혹은 다음 쪽에서 언급하
는 서평들—"노골적인 번역 투"라든가 "문장이 그렇게까지
번역 투가 아니었더라면"이라든가 하는 서평이 자꾸 신경이

---

* 번역가 에이 씨의 말을 들으니 전에 들었던 어떤 번역가 이야기가
떠올랐다. 그분은 원문을 일단 읽은 다음 원문을 보지 않고 머릿속에서
우리말로 바꾸어 온전한 문장으로 뱉어내는 식으로 번역한다고 들었다.
결과물은 상당한 의역인데 그분만의 독특한 풍취가 있다고 한다. 번역가
에이 씨도 내 생각에는 의역주의자일 것 같다.

쓰인다. 어쩌면 번역은 변신—몸을 바꾸는 일이 되어야 하는지도 모른다. "처음부터 그런 모습인 양 아무렇지 않은 얼굴을 하고 늘어서는" 번역, 몸을 버리고 새로운 몸을 입는 번역이 되어야 하는데 그러지 못해서 걱정이다. '나'는 말보다 내가 먼저 변신할까 봐 두렵다고 말한다. 이 말은 무슨 의미일까? 마치 내가 저자인 것처럼, 내가 저자라고 착각하고 마치 내 글을 쓰듯 글을 쓰게 될까 봐 두렵다는 걸까? 번역 과정에서 기표와 기의 사이의 끈이 끊어지고, 단어가, 이야기가 변신해서 완전히 다른 모습이 되어버릴까 봐, 저자를 배신하는 배신자가 될까 봐, 번역으로 원문을 손상시킬까 봐? 뻔뻔스럽게 살을 베어내고 글을 다듬으며 문학성을 지워버릴까 봐? 그래서 번역가는 불안하다. 횔덜린식으로 말하면 단어가 붉은색으로 물드는 것 같다. 그래서 아무것도 잃지 않으려고 가능한 한 단어를 단어로, 구문을 유지하면서 번역을 하는데, 번역된 단어가 글이 되지 못하고 흩어지고 만다. 살의 감촉을 고스란히 옮겼는데 의미가 이어지지 않는다. 번역가의 불안이 신체 증상으로 나타나고 이어 명료한 생각과 혼란스러운 생각이 경계 없이 뒤섞이며 정신이 흩어진다. 어떻게 해도 온전한 존재가 되지 못하는 번역의 성질, 원문에 가닿지 못하고 미끄러지는 번역의 한계, 번역의 근원적 불가능성이 광기를 유발한다. 정신이 흩어지고 육체가 무너지는 가운데 마감을 향해 번역가는 달려간다. 어떤 자비도 허락하지 않는 극단적인 축어역을 고집하자 글은 의미를 생성하지 못하고 언어는 파괴된다.

그럼에도 결국 (마감이 있어서) 번역이 끝난다. 그러나 완성된 (영원히 완성될 수 없는) 원고를 부치러 우체국으로 달려가는 번역가를 게오르크라고 불리는 인물들이 막아선다. 게오르크는 번역을 못 하게 막는 힘을 표상하는 존재인 듯하다. 번역 불가능성이, 번역을 비판하는 비평가가, 번역 무용성이, 번역가를 '높으신 분'*이라고 지칭하는 말에 들어 있는 비꼬는 암시가 '나'를 막아선다. 게오르크는 샤일록이 떼어내지 못했던 살을 '나'에게서 베어간다. '나'는 살점이 떨어져 나갔을 뿐 아니라 소중한 번역 원고도 사라졌다는 것을 깨닫지만 뜻밖의 자유로움을 느낀다. 살을 잘라내지 않고는 번역은 이루어지지 못한다. 기표와 기의의 결속을 끊고, 피를 흘리고, 다른 몸이 된다.

어떻게 보면 결코 완성에 도달할 수 없다는 사실, 어떻게 하더라도 욕을 먹을 수 있다는 사실이 번역가들을 미치게 하

---

* 이 소설에서 번역가의 지인 혹은 연인인 게오르크는 번역가를 '높으신 분'이라고 하는 말버릇이 있는데 이 말을 들으면 '나'는 "늘 용기가 부서져 화가 나도 화를 내지 못할 정도로 무릎의 힘이 빠진다".[9] 나도 번역이 대단한 일이라고 추어올리는 말을 들을 때마다 내가 속이 좁아서인지 꼽게 듣는 버릇이 있다. 왜 꼽게 들리는지 정확히 몰랐는데 얼마 전에 어떤 인터넷 커뮤니티 게시판에서 이런 질문과 명답을 보고 무릎을 쳤다.

  문: 번역가라고 하면 어떤 이미지인가요?
  답: 고생은 고생대로 돈은 안 되겠다
      그치만 지식은 많겠다
      취미 삼아 하는 일이라면 멋있고
      생계라면 짠하다
  번역가라니 대단하다는 말에서 내가 들었던 마음의 소리가 바로 이런 것이었다.

는 것 같다. 하지만 체셔 고양이가 말하듯 "미치지 않았다면 여기 오지 않았을 테니까". 사실 미치지 않고서는 할 수 없는 일이다.

『거울 나라의 앨리스』에서는 의도된 미치광이 같은 언어의 아름다움을 찾아볼 수 있다. 앨리스는 1장 「거울의 집」에서 「재버워키」라는 시가 적힌 책을 발견한다. 앨리스는 처음 이 책을 펼쳤을 때 자기가 모르는 언어로 되어 있어 읽을 수 없다고 생각한다. 그러다가 책이 반전 인쇄되었음을 깨닫고 거울에 비추어 읽는다. 거울 속 책은 "우리 책과 똑같지만, 단지 단어들이 반대 방향으로 갈 뿐이다". 거울 나라에서 앨리스가 발견한 책은 번역된 책과 닮았다. 번역본도 원본과 동일한 책이라고, 영어판이든 한국어판이든 같은 『거울 나라의 앨리스』라고 간주되지만, 겉으로 보기에 이 두 권은 단 한 글자도 같지 않은 완전히 다른 책이다. 때로 번역은 거울을 비추는 일과 비슷하다. 모든 게 정반대로 뒤집히는 거울(이 책 「기계 번역 시대의 번역가」에 이 거울이 다시 나온다).

　앨리스가 거울에 비추어 읽은 시는 앨리스가 아는 언어(영어)로 쓰인 것은 분명한데 (어쩌면 횔덜린의 번역처럼) 무슨 뜻인지 도무지 알 수 없는 낯선 단어가 잔뜩 있다. 그런데도 앨리스는 "무척 예쁜 시 같아"라며 아름다움을 느끼는 듯 말한다. "그런데 이해하기가 좀 어렵네. [⋯] 머릿속에 생각이 가득 떠오르는데—그게 정확히 무슨 생각인지를 모르겠어!" 횔덜린이 만든 '철에 기뻐하는', '단어를 붉게 물들이는'이라는 뜻의 단어들도 그렇다. 정확히 무슨 생각인지 알 수 없는 생각이 머릿속에 가득 떠오르는 단어. 앨리스는 시를 읽긴 읽었으나 단어와 의미를 연결하는 데 어려움을 겪는다. 하지만 다행히 어떤 단어든 자기가 의도한 의미를 띠게 할 수 있다고 주장하는 험프티 덤프티가 언어의 권위자를 자처하며 「재버워키」 해석을 도와준다.

"단어를 참 잘 설명하시는 거 같아요. 「재버워키」라는 시의 의미를 말해주실 수 있어요?" 앨리스가 말했다.

"한번 들어보지." 험프티 덤프티가 말했다. "나는 지금까지 만들어진 모든 시를 설명할 수 있어. 또 아직 만들어지지 않은 것도 상당수 설명할 수 있고."

기대감을 불러일으키는 말이었으므로 앨리스는 첫 연을 읊었다.

’Twas brillig, and the slithy toves
Did gyre and gimble in the wabe:
All mimsy were the borogoves,
And the mome raths outgrabe.*

"일단 그 정도면 됐어." 험프티 덤프티가 말을 끊었다. "어려운 단어가 많네. 'brillig'는 오후 네 시쯤을 가리키는 말

* 번역가 송무는 이 연을 이렇게 번역했다.

이야—저녁 준비를 하느라 보글보글 끓이기(broiling) 시
작할 무렵."

　"그럴듯하네요. 그럼 'slithy'는요?" 앨리스가 말했다.

　"흠, 'slithy'는 'lithe(유연한)'와 'slimy(미끌미끌한)'
가 합해진 말이지."[10]

　이런 식으로 험프티 덤프티는 전체 7연으로 이루어진「재
버워키」중 1연에 나오는 이상한 단어들의 뜻을 설명해주고
조어 원칙도 귀띔해준다. 또 루이스 캐럴이 다른 단어의 뜻도
설명해놓았으므로,** 얼핏 번역 불가능해 보이는 이 시의 번
역에 수없이 많은 사람이 도전했다. 이 시를 번역할 때는『이
상한 나라의 앨리스』9장에서 여공작이 한 말인 "의미에 신

　밥짓녘 때 미끈잽 설냥이들
　젖은덕 빙글러 뚫파내리고
　보로곰 하나같이 애너린한데
　헤글픈 돈동이들 꿍얼거렸네.

읽으면 머릿속에 생각이 가득 떠오르는데 그게 정확히 무슨 생각인지를
모르겠다.
** 재미있는 것은 험프티 덤프티의 해석과 루이스 캐럴의 해설이
완전히 일치하지는 않는다는 것이다. 예를 들어 험프티 덤프티는 'rath'를
'일종의 녹색 돼지'라고 하지만 어떤 판본에 실린 루이스 캐럴의
설명에는 '육지 거북의 일종'이라고 되어 있다. 우리는 누구의 말을
믿어야 하나? 어떤 단어든 자기가 선택한 의미를 띤다고 하는 험프티
덤프티는 이미 저자의 권위에서 벗어나 스스로 의미를 생성하는
존재일까?

경 써라. 그러면 소리는 저절로 따라올 것이다"와는 정반대로, "소리에 신경 써라. 그러면 의미는 저절로 따라올 것이다"라는 원칙을 따라야 한다. 소리에서 느껴지는 감각에 신경 쓰면서 상상력을 동원해, 소리가 뜻을 어느 정도 암시할 수 있도록 단어를 만들어야 한다.

『주석 달린 앨리스』의 마틴 가드너의 주석에 따르면 65개 언어로 출간된 『거울 나라의 앨리스』 350종의 번역본을 망라해 정리한 사람이 있다고 한다.[11] 「재버워키」에 루이스 캐럴이 만든 새로운 단어가 스물일곱 개 나오니까*, 그 가운데 재버워키나 밴더스내치 등은 고유명사로 보고 빼더라도 「재버워키」를 번역하려면 스물서너 개의 신조어를 만들어내야 한다. 350종의 『거울 나라의 앨리스』 번역이 새로운 미치광이 단어를 수천 개 세상에 풀어놓은 셈이다.

이 짜릿한 「재버워키」 번역에 도전한 사람 중에 앙토냉 아르토(1896–1948)가 있었다. 아르토는 독특한 고통의 시학으로 문학, 연극, 영화 등 여러 분야에서 뚜렷한 족적을 남겼고 특히 1938년에 쓴 『연극과 그 이중(Le Théâtre et son double)』에서 감각적이고 몰입적인 경험으로 관객에게 충격을 주는 '잔혹 연극'을 제시하여 연극계에 큰 영향을 끼쳤다. 수전 손택은

* 이 중 다섯 단어 'chortle(코웃음을 터뜨리다)', 'galumph(느릿하고 우스꽝스럽게 움직이다)', 'frabjous(멋지고 기쁜)', 'mimsy(우울하고 소심한)', 'slithy(매끄럽고 활달한)'는 옥스퍼드 영어 사전에 등재되었다.

"연극의 줄기를 아르토 전과 아르토 후로 나눌 수 있을 정도"로 아르토가 연극계에 끼친 영향이 지대하다고 하면서도, "작품에서나, 삶에서나, 아르토는 실패했다"라고 한다.

아르토의 삶은 그야말로 고통이었다. 학생 때부터 정신적 문제를 보이기 시작해 정신병원 입원과 퇴원을 수없이 반복했고, 정신과 치료를 받으면서 투약한 아편제 때문에 평생 중독에 시달렸다. 그러다가 1943년 로데즈 정신병원에 입원했는데, 주치의인 페르디에르 박사는 아르토에게 전기 충격 치료와 '번역'을 처방했다. 페르디에르 박사는 아르토가 다시 글을 쓰고 자아 정체감을 찾으려면 번역부터 시작하는 게 좋겠다고 생각해서 루이스 캐럴의 『거울 나라의 앨리스』를 번역하게 시켰다. 그래서 탑에 갇힌 횔덜린처럼 아르토도 정신병원에 갇혀 번역을 하게 됐다. 아르토는 전기 충격 치료가 너무나 고통스러워서 치료를 멈춰달라고 사정하긴 했으나 그래도 로데즈에 머무는 동안 상당히 회복되어 오랜 절필기를 끝내고 다시 글을 쓰고 그림을 그릴 수 있었다. 알렉산드라 루크스는 「난센스의 정신병원: 앙토냉 아르토의 루이스 캐럴 번역」이라는 글에서 아르토가 『거울 나라의 앨리스』 그리고 특히 「재버워키」를 번역한 일이 아르토의 예술적 발전 과정에서 중요한 전환점이 되었다고 한다. 루크스는 페르디에르 박사의 (전기 충격 치료는 미심쩍지만) 번역 텍스트 선택은 의외로 적절했다고 평한다.

「재버워키」는 도대체 무슨 소리인지 알 수 없는 난센스지만, 순수한 헛소리는 아니다. 나름 언어의 형식을 갖추고 있고 구조적 논리를 따른다. 예를 들어 우리는 「재버워키」의 첫 행 "'Twas brillig, and the slithy toves"에서 'brillig'와 'slithy', 'toves'라는 단어를 생전 처음 보지만, 영어를 아는 사람은 이 세 단어가 각각 때를 나타내는 명사, 형용사, 명사의 복수형이라는 걸 자연스럽게 짐작한다. 난센스 시는 의미가 없는 게 아니다. 험프티 덤프티의 설명에 따르면 'slithy'라는 단어 하나에 'lithe(유연한)'와 'slimy(미끌미끌한)'를 동시에 담았으니 오히려 의미가 가득 차 넘친다고 말할 수도 있겠다. 루크스는 그러므로 난센스 시는 광기의 언어를 넘치게 표현하는 동시에 언어적 사고의 틀 안에서 억제하기에 적절하다고 본다. 루이스 캐럴의 텍스트는 안전한 '언어적 정신병원'이면서 동시에 아픈 언어로부터의 도피처다.[12] 번역은, 번역 불가능성은 광기를 유발하지만, 아르토에게 있어서는 광기를 달래고 언어를 되찾아준 치료법이기도 했다.

그런데 아르토는 『거울 나라의 앨리스』를 번역하고 2년이 지난 1945년, 아직 로데즈에 있을 때, 루이스 캐럴이 자신의 작품을 표절했다고 주장했다. 작가 앙리 파리소에게 보낸 편지에서 아르토는 「재버워키」를 인공적이고 비겁하며 "자기는 배가 부르면서 다른 사람의 고통을 지적으로 포식하려는 기회주의자의 작품"이라며 잔뜩 욕한 다음에, 1871년 출간된 「재버워키」가 자기가 1934년에 쓴 *Letura k'Ephrai Falli Tetar Fendi Photia o Fotre Indi**라는 책의 저열한 표절본임을 밝혔다.[13] 거울 나라에서처럼 시간이 거꾸로 뒤집혀 표절본이 원본보다 먼저 나온 셈이다. 그런데 원본이 정부, 교회, 경찰의

탄압으로 흔적도 없이 사라지고 말았다고 아르토는 말한다. 아르토는 "「재버워키」는 내가 쓴 작품에 당의를 입힌, 생명이 없는 표절 작품에 불과"한데, "어찌나 교묘하게 훔쳐 갔는지 나 자신조차 그 작품이 본디 어떤 것이었는지 모른다"고 했다. 아르토가 「재버워키」를 번역한 까닭은 자신의 원본을 잃어버린 데다가 어떤 것인지 기억할 수도 없었기 때문이었다. 루이스 캐럴의 표절본을 역번역해서 원래 상태를 복원하려 시도할 수밖에 없었다.

아르토가 쓴 *Letura k'Ephrai Falli Tetar Fendi Photia o Fotre Indi*는 프랑스어가 아니라 "국적과 상관없이 누구나 읽을 수 있는 언어"로 쓰인 책이었다고 한다. 아르토가 원본에 가장 가깝게 복원된 사례로 든 것은 이렇게 아기의 옹알이와 비슷하게 들리는 언어다.

라타라 라타라 라타라
아타라 타타라 라나

오타라 오타라 카타라
오타라 라타라 카나
[…]

* 이 말은 어떤 언어와도 닮지 않아서 뜻을 짐작하기가 불가능하다. 지옥에서 니므롯이 외치는 "Raphèl maí amècche zabí almi!"처럼.

아르토는 「재버워키」를 번역하면서 이상한 단어들을 만들었고, 그 후에는 의미를 알 수 없는 음절 덩어리들로 실험을 했다. 3년 만에 로데즈에서 퇴원한 뒤에 출간한 『아르토 르 모모(Artaud le Mômo)』에는 옹알이처럼 리듬과 멜로디가 있는 음절 덩어리에 더해 'orch torpch', 'ta urchpt orchpt' 따위의 아예 발음할 수 없는 단어들도 나타난다.[14] 이런 음절 덩어리, 방언(glossolalia), 비명에 가까운 언어는 의미를 벗어나 순수한 소리에 다가간다. 아무것도 가리키지 않는 단어, 기의를 향하지 않는 기표. "소리에 신경 쓰면, 의미는 따라올 것이다." 혹은 의미 같은 것은 아무래도 좋다. 의미를 찾으려는 시도를 거부하는, 아무것도 표상하지 않는 흰 고래. "국적과 상관없이 누구나 읽을 수 있는 언어." 벤야민이 말하는 순수 언어, 바벨탑 이전의 근원 언어, 아담의 언어가 이런 것일까. 이 언어는 니므롯이 외치는 말처럼 번역 불가능하며 번역이 필요 없는 의미의 공백이다.

수전 손택에 따르면, 아르토는 젊을 때부터 온전한 상태의 정신을 소유할 수 없는 게 자신의 문제라고 생각했다. "정신이 균열되고 퇴락하고 마비되고 융해되고 응고되고 텅 비고 꿰뚫어 볼 수 없이 불투명하고, 언어는 부패한다." 아르토는 복잡하고 혼란스러운 내면의 삶에서 고통을 받으면서, 정신과 육체라는 위계적이고 이원론적인 개념을 거부하고 정신을 육체의 일종인 것처럼 취급했다. 아르토는 "물질로 바뀐 정신인 육체가 그러듯 물질로 바뀐 사고인 언어도 정신을 억압하고 변모시킨다"고 생각했다. 아르토의 작품 세계에서는 "섹슈얼리티는 부정하고 타락한 육체 활동이며 문학은 부정하고 타락한 언어활동이라는 등가식이 성립한다". 들뢰즈와 가타리가 개념화하여 유명해진 아르토의 '기관 없는 신체'라는 말은, 기관(장기)의 기능에 구속되지 않는 신체, 기관으로 분할되지 않은 자유롭고 해방된 몸, 정신과 육체가 하나로 통합된 구원받은 몸을 가리키는 말이다. 아르토가 추구한 언어는, 물리적 인간을 직접적으로 표현하는 물질적 언어다.[15] "공포가 아니라 비명을 그리고 싶다"고 했던 프랜시스 베이컨처럼[16], 아르토는 뇌가 아니라 신경을 자극하는 언어를 추구했다. 카산드라의 "오토토토이 포포이 다(OTOTOTOI POPOI DA)!"*라는 절규에서 느껴지는 감각을 담은 언어를.

부패하고 타락한 언어에서 벗어난 언어를 추구하던 아르토에게 루이스 캐럴의 소설은 발판이 되어주었다. 아르토는 음절 덩어리, 의미를 내포하지 않은 순수한 소리만으로 이루어진 단어로 시를 쓰면서 육체와 구분되지 않는 언어를 추구했다. 로만 야콥슨은 옹알이 단계의 아기는 놀라울 정도로 다양한 소리를 낼 수 있어서, 아기가 내는 소리에서는 모국어의 음운체계에 들어 있지 않을 뿐 아니라 다른 어떤 언어에서도 보이지 않는 소리의 연쇄가 발견된다고 했다. 아르토의 시에 나타나는 음절 덩어리와 발음할 수 없는 자음의 연쇄들도 아기

* 앤 카슨은 아이스킬로스의 『아가멤논』에서 카산드라가 과거와 미래로 이어지는 300줄의 예언을 뱉어내기 전에 외치는 이 말을 두고 "이 발화는 절규다. 번역할 수 없지만, 의미가 없지는 않다"라고 했다.[17]

에게는 어떤 제약도 되지 않는다. 그런데 신기하게도 아기가 전(前)언어 단계에서 언어의 첫 단계로 넘어가 말을 익히면 이 놀라운 조음 능력은 거의 전부 사라지고 만다.[18] 아기는 언어를 습득하면서 사고와 의사소통의 가능성을 얻는 대신 몸과 감각의 일체성을 잃는다. 아르토의 음절 덩어리와 발음할 수 없는 단어들은 상징계에 들어가기 전 아기의 옹알이 같은 소리로 회귀하려는 언어다. 사고를 추방한 비이성의 미로에 순수한 소리와 감각—몸—살만을 남긴다.

아르토는 루이스 캐럴을 경유해서 순살 언어에 도달했으니, 이번에는 캐럴을 비난할 차례다. 아르토는 캐럴을 '정신적 진공'이라고 하면서, 언어가 필연적으로 붕괴되는 경우와 언어를 의도적인 지적 유희로 망가뜨리는 경우를 구분한다. 캐럴의 난센스 시는 머리의 산물이다. 원래 언어의 규범과 구조를 유지하기 때문에 언어의 가장자리로 나아갈지라도 해독 불가능하지 않다. 아르토는 자기가 가닿고자 했던 것을 어떤 면에서 선취하였으나 극단적으로 밀어붙이지 않고 의미의 테두리 안에 머무른 캐럴을 버리고, 캐럴을 "배가 부르면서 다른 사람의 고통을 지적으로 포식한다"며 비난한다.

그러니, 다와다 요코 소설 속 번역가에게도「재버워키」번역을 처방하는 게 좋을지도 모르겠다. 단어를 옮길 수도 의미를 옮길 수도 없는 딜레마에 빠진 번역가에게는, 아예 단어도 의미도 아닌 감각으로 이루어진 시를 번역하는 경험, 읽을 수 없는 시를 읽을 수 없는 시로 번역하며 언어를 창조할 자유가 필요한지도 모른다. 그리고 나서 아르토처럼 번역본이 원본

보다 더 원본에 가까운 것이라고 선언하는 거다. 번역은 순수
언어에 더 가까워진 것이므로 사실 그 말이 맞다.

영국식 퀼트 만들기

> 내가 잘할 수 있는 일은 [나보다] 더 잘 썼지만 느슨한
> 다른 사람의 글을 가위와 풀을 가지고 다듬는 일인데
> 아무도 하라고 허락해주질 않아. 정말 잔인하고 애석한
> 일이지.
> — 에드워드 피츠제럴드, 1869년 11월 17일
>   W. H. 톰슨에게 보낸 편지

번역가가 빠질 수 있는 함정이 몇 가지 있다. 횔덜린처럼 원문
을 손실 없이 옮기려 하다가 심연으로 가라앉아버린다. 번역
이 별로라고 비난하는 독자 평을 읽게 될 위험이 있다는 걸 알
면서도 굳이 온라인 서점에서 독자 평을 찾아 읽고 우울해한
다(나). 번역하기가 불가능한 텍스트를 의사가 처방해서(아르
토) 혹은 잘못된 판단으로 의뢰를 받아들여서(나) 머리를 쥐
어뜯으며 번역한다. 번역으로 돈을 벌려고 하다가 불가능하다
는 걸 깨닫고 좌절한다.

이런 함정에 빠지지 않고 순수한 기쁨과 눈부신 성취를 얻
는 번역가도 드물지만 있다. 에드워드 피츠제럴드(1809–1883)
는 부유한 집안 출신이라 일단 번역으로 돈을 벌 필요가 없었
고, 하기 싫은 번역을 억지로 할 필요도, 충실성의 압박에 시달
릴 필요도 없는 느긋한 번역가였다(그때는 온라인 서점도 없

었다). 피츠제럴드는 시골에 혼자 살며 채식주의에 가까운 식단을 유지하고(빵, 감자, 치즈를 즐겨 먹었다) 책을 읽거나 정원을 가꾸거나 친한 문인들과 편지를 주고받으며 소일했다. 그러다가 쉰 살이 되던 해에 익명으로 자비 출판한 얇은 번역서 단 한 권으로 영원한 명성을 얻었다. 어쩌면 역사상 가장 성공한 번역가라고 할 수 있을지도 모르겠다.

대학 영문과 과정에는 보통 '개관(Survey)'이라고 이름 붙은 과목이 개설되는데, 영문학을 고대부터 현대까지 대략 훑어 전체적으로 조망하는 수업이다. 요즘은 어떤지 모르겠는데 내가 학교에 다닐 때는 대개『노턴 영문학 앤솔러지(The Norton Anthology of English Literature)』를 기본 교재로 썼다. 시, 희곡, 소설, 에세이 등 다양한 장르의 영문학 주요 작품을 시대별로 구분해 습자지처럼 얇은 종이에 깨알같이 인쇄한 두꺼운 책이다. 내가 보던 책은 6판인데 합하면 5,000면쯤 되는 책을 두 권으로 나눠 냈다(최신판『노턴 앤솔러지』 10판은 독자의 손목을 고려해서인지 다행히도 두 권이 아니라 여섯 권으로 분권되었다). 그러니까 이 앤솔러지는 정전(正典)의 정의와도 같은 책이다. 어떤 작품이 읽을 '가치'가 있는지 신중하게 따지고 선별하여 만든다. 그런데 낭만주의부터 현대에 이르는 시기를 다루는『노턴 앤솔러지』 6판 2권에 망라된 무수한 작가 가운데 창작 작품 없이 번역 작품만으로 등재된 인물은 에드워드 피츠제럴드가 유일하다.

피츠제럴드를 영문학 명예의 전당에 발을 들여놓게 해준 번역서는『오마르 하이얌의 루바이야트(Rubáiyát of Omar Khayyám)』다. 19세기 말 엄청난 인기를 끌고 이후 작가들에게 큰 영향을 미친 이 책에 대해서는 조금 뒤에 이야기하기로 하고, 우선 피츠제럴드의 삶을 들여다보자.

에드워드 피츠제럴드는 부유한 집안에 태어나서 케임브리지대학에서 수학했고 테니슨, 새커리, 칼라일 등과 친분을 맺었다. 친구들의 문학적 명성이 높아지는 동안 피츠제럴드는 많이 읽었고 간간이 시도 썼다. 문학적 야심도 있고 소양도 갖추었으나 예술적 재능이나 창조성은 부족했던 것 같다. 작품을 발표하기도 했지만 거의 주목을 받지 못했다. 그렇지만 언젠가는 자기도 친구들처럼 무언가를 써낼 수 있으리라는 희망을 버리지 않았다. 퀘이커파 시인 버나드 바턴(1784–1849)에게 보낸 편지에서 "책을 읽을 여가가 있고 영혼에 음악을 담고 있는 사람이라면 살아가면서 열 번에서 열두 번 정도는 시를 지어낼 수 있을 것입니다"라고 했다.[1] 그리고 때가 오길 기다리고 있었다. 피츠제럴드가 번역에 손을 대게 된 것은 자연스러운 과정이었을 것이다. 나는 피츠제럴드의 번역욕을 이해할 수 있다. 나도 어릴 때는 막연히 글을 쓰고 싶다고 생각하다가 나에게는 무언가를 만들어내는 능력이 부족하다는 걸 금세 깨달았지만 그래도 글을 쓰고 싶어서 번역을 하게 되었으니까.

피츠제럴드는 편지를 아주 많이 썼다. 피츠제럴드의 편지를 추려 엮은 책이 1980년에 네 권으로 출간되었을 정도로 많이 썼다. 피츠제럴드는 학교에 다닐 때부터 버나드 바턴, 테니슨 등의 문인과 계속 편지로 교류를 이어나갔다. 피츠제럴드는 'a man of letters―문인'일 뿐 아니라 'a lover of letters―편지를 좋아하는 사람'이기도 했다. 특히 17살 연하인 에드워드 코웰과의 우정과 서신 교환은 피츠제럴드의 삶에 중대한 영향을 미쳤다. 피츠제럴드가 쓴 편지 2,134통 가운데 코웰에게 보낸 편지가 329통(15.4퍼센트)으로 가장 많다.[2] 에드워드 피츠제럴드를 연구한 대니얼 칼린은 피츠제럴드가 자신을 동성애자로 인식했는지는 불분명하지만 피츠제럴드에게 남자들과의 우정이 다른 어떤 관계보다 중요했다는 점만은 분명하다고 한다.[3] 피츠제럴드가 코웰과 주고받은 편지에서는 깊은 감정이 뚜렷하게 느껴진다. 피츠제럴드가 페르시아어를 공부하기 시작한 것도 언어에 조예가 깊은 코웰과 공통 관심사를 발전시키기 위해서였다.

그러던 1856년, 코웰이 동양어를 더 공부하기 위해 인도로 가겠다는 청천벽력 같은 선언을 했다. 코웰은 12세기에 살았던 페르시아의 수학자이자 천문학자인 오마르 하이얌이 쓴 시의 필사본의 필사본을 피츠제럴드에게 작별 선물로 주고 인도로 떠나버렸다. 코웰이 떠나고 두 달 뒤에 피츠제럴드는 버나드 바턴의 딸 루시 바턴과 내키지 않는 결혼을 했다.

그로부터 7년 전, 피츠제럴드와 오래 친분을 유지하며 많은 편지(104통)를 주고받았던 버나드 바턴이 세상을 뜨기 전에 피츠제럴드에게 딸을 부탁했다. 버나드 바턴은 아내가 루시를 낳다가 죽은 이래로 홀로 무남독녀를 키우고 죽 같이 살았는데, 죽음을 앞두고 딸이 무일푼으로 세상에 홀로 남겨지게 된다는 사실을 깨달았다. 루시의 나이가 마흔을 넘겼으니(피츠제럴드보다 몇 달 연상이었다) 마땅한 짝을 찾기도 어려웠는데, 어째선지 몰라도 독신인 피츠제럴드가 마침 가까이에 있었다. 그런데 세 사람 사이에 중대한 오해가 있었다. 루시는 아버지가 부탁하고 피츠제럴드가 동의한 것이 결혼이라고 생각했다. 피츠제럴드는 그게 그런 뜻이라고는 생각하고 싶지 않았던 것 같다. 피츠제럴드는 루시에게 생활비를 주겠다고 했지만 루시는 결혼을 원했다. 애매한 약혼 상태에서, 피츠제럴드는 상황을 회피하며 약속한 바를 매듭짓기를 차일피일 미루었고, 루시는 부유한 가정에 가정교사 겸 컴패니언*으로 입주했다. 편지를 좋아하는 피츠제럴드지만 그 7년 동안 루시와는 단한 통도 주고받지 않았다. 피츠제럴드는 루시가 알아서 약혼을 깨주기를 바랐지만 그런 일은 일어나지 않았다. 그런데 코웰이 떠난 것에 충격을 받아서인지, 아니면 결혼을 미룰 핑계가 다떨어져서인지, 피츠제럴드는 그해 11월 마침내 7년 동안 미뤄왔던 결혼식을 올렸다.

피츠제럴드는 결혼 소식을 친구들에게 이렇게 편지로 알렸다.

> 미스 바턴과 결혼하려고 해—매우 미심쩍은 실험이고—오래전부터 논의되었지만—지금까지는 온갖 이유와 장애물 때문에 확정되지 않았었지—하지만 이제는 '보그 라갈레르(Vogue la Galère)!'** 나는 결과에 눈을 감고 하피즈***가 쓴 쓰레기를 읽어.[4]

* 부유한 여성의 말동무와 간단한 시중 등의 일을 하는 사람.
** 프랑스어로 '배를 띄워 보내라!'라는 말로 '될 대로 되라지!'라는 의미.
*** 중세 페르시아의 서정시인(c. 1325~1390).

현실에서 눈을 돌리고 '쓰레기' 같은 페르시아 문학에서 도피처를 찾는 피츠제럴드의 습성은 결혼 뒤에도 계속된다.

피츠제럴드의 예상대로 결혼 생활은 끔찍했다. 루시와 피츠제럴드 둘 다 고집이 있었고 고집을 꺾지 않으려 했다. 몇 달 만에 피츠제럴드는 다시는 자기를 찾지 않는다는 조건으로 루시에게 연간 300파운드의 수입이 나오는 재산을 떼어주고 갈라섰다.

짧지만 끔찍했던 결혼 생활 동안에 피츠제럴드는 코웰이 주고 간 오마르 하이얌의 시 필사본을 벗 삼았다. 1행, 2행, 4행에 각운이 있는 짧은 사행시(루바이)를 모은 책이다. 그렇지만 오마르 하이얌의 이름 아래 묶인 이 시 가운데 진짜 오마르 하이얌이 쓴 것은 일부에 지나지 않는다고 한다. 오마르 하이얌(1048-1131)은 역법을 개혁하는 데 큰 역할을 한 천문학자이면서 대수학 분야에서도 선구적인 저작을 남겼지만 생전에 시인으로는 거의 알려지지 않았다. 그런데 오마르 하이얌이 세상을 뜨고 난 후 수십 수백 년에 걸쳐 오마르의 이름을 단 시들이 몇 편씩 필사본에 수록되다가 최종적으로 천여 편에 이르게 되었다. 오마르 하이얌의 명성이 워낙 높았기 때문에 후대에 쓰인 다른 사람의 작품을 오마르의 작품으로 돌리기도 했고, 아니면 철학적 회의주의가 담겨 있거나 종교적 경건함이 부족해 문제의 소지가 있는 작품들을 그냥 '오마르적' 작품이라고 분류해 오마르의 이름을 붙이기도 했다.[5] 이런 다소 일관성 없는 모음집 가운데 하나인 15세기 필사본이 피츠제럴드의 손에 들어오게 된 것이다.

어쨌든 피츠제럴드는 『루바이야트』를 번역하면서 현실

의 괴로움에서 벗어날 수 있었다. 술은 입에도 안 대고, 채식을 하고, 현실에서 충족할 수 없는 성적 지향을 지니고 있던 피츠 제럴드가, 인생은 덧없고 허망하니 오늘을 즐기고 술로 고통을 잊자고 하는 향락주의적 시에 깊이 빠져들었다. 평소라면 '쓰레기'라고 불렀을 시에서 위안을 느꼈다. 번역 작업 도중에 피츠제럴드가 쓴 편지에서는 양가적 감정이 느껴진다. 편협한 종교적 교리에 반기를 들며 쾌락에서 현세의 위안을 찾자고 하는 오마르에게 동질감을 느끼면서 한편으로 죄책감을 떨쳐버리지 못했다. 겉보기에는 순응적이고 고지식해 보이지만 어쩌면 본인도 인지하지 못한 결핍과 인정할 수 없는 욕망을 가슴에 품고 있던 피츠제럴드가 현실에서 이루지 못할 행복을 오마르를 통해 대리 경험하려 했던 것일까.

피츠제럴드는 『루바이야트』를 번역하면서 코웰과 계속 편지를 주고받으며 페르시아어 문구를 어떻게 해석할지 상의했다. 이 원고는 코웰과 피츠제럴드를 이어주는 끈이었고, 코웰과 협업으로 탄생한 두 사람 사이의 (적어도 피츠제럴드 입장에서는) 사랑의 결실이었다.

이태 만에 드디어 번역이 끝났다. 피츠제럴드는 번역 자체에서 기쁨을 느꼈을 뿐 명성도 돈도 바라지 않았기 때문에 번역자의 이름도 표기하지 않고 '오마르 하이얌의 루바이야트'라는 제목만 붙여 250부를 자비 인쇄했다. 1859년에 나온 초판은 거의 팔리지 않고 재고가 쌓였다. 그러던 어느 날, 라파엘 전파 화가이자 시인 단테 가브리엘 로세티가 우연히 1펜스 떨이 판매대에서 이 시집을 손에 넣었다.

이렇게 떨이에서 베스트셀러까지 급상승의 궤적이 시작

된다. 로세티는 스윈번에게 시집을 보여주었고 다음 날 두 사람은 이 책을 더 사려고 서점을 다시 찾아갔다. 스윈번의 말에 따르면 "값이 사악하게도 2펜스로 올라 있었다".[6] 로세티와 스윈번은 로버트 브라우닝, 윌리엄 모리스, 존 러스킨, 테니슨 등 문단의 핵심 인물들과 책을 돌려보았고 곧 이 신비스러운 얇은 책이 입소문을 타게 되었다.

그리하여 『오마르 하이얌의 루바이야트』는 세기말 컬트가 되었다. 19세기 말에는 200가지 판본으로 200만 부 이상 판매되었고, 오늘날에도 "영어로 쓰인 장시 가운데 가장 인기 있고 가장 널리 읽히는 시"로 평가받는다.[7] 이 시의 도막들은 여전히 사방에 흔적으로 남아 있다. "포도주 한 동이, 시집 한 권—그리고 당신", "나는 물처럼 와서, 바람처럼 떠나네." 영어 사용자에게는 너무나 익숙한 문구들이다. "움직이는 손가락이 글을 쓴다. 이어, 다음 줄로 넘어간다"라는 구절도 있는데, 애거사 크리스티는 이 문구를 따서 소설에 '움직이는 손가락'이라는 제목을 붙였고 스티븐 킹도 같은 제목의 단편을 썼다. 풍자 작가 헥터 휴 먼로는 『루바이야트』에서 사키(Sáki, 술을 따르는 시동)라는 단어를 발견해 자신의 필명으로 삼았다.

"수 세대 동안 사방에서 이 시의 일부가 발견되었다." 21세기에 한 연구자는 이렇게 말한다. "오늘날 살아 있는 사람 가운데에서도 루바이야트의 시구가 수놓인 빛바랜 퀼트 샘플러가 침실에 걸려 있던 기억을 지닌 사람이 많을 것이다."[8] 이 말을 들으니 내가 어릴 때 주위에서 흔히 보던 시구가 생각난다. 그때는 서점에서 책을 사면 책에 끼워주는 책갈피나 노트

겉표지, 장식용 미니 액자 등에서 시의 한 구절을 흔히 볼 수 있었다. "삶이 그대를 속일지라도 슬퍼하거나 노여워하지 말라—A. S. 푸시킨." 이런 시구. 푸시킨이 누구인지는 모르더라도 이 시구를 한 번이라도 들어보지 않은 사람은 없을 것이다. 피츠제럴드의 『루바이야트』도 수없이 인용되며 사방에 편재하게 되었다. "『옥스퍼드 인용 사전』 1953년판에는 『루바이야트』에서 발췌한 구절이 188항목이나 포함되었다. 시집 전체 분량의 3분의 2에 해당하는 양이다."[9] 다시 말해 『루바이야트』는 전체의 3분의 2나 되는 부분이 인용하기 좋은 문구로 이루어져 있고, 실제로 빈번하게 인용되었다는 말이다.

신기한 것은, 『루바이야트』가 사방에 제목으로, 인용구로, 문화적 아이콘으로 등장하지만 이 작품에 영향을 받았다고 공언하는 작가는 의외로 찾기 힘들다는 사실이다. 『루바이야트』는 "20세기 초에 영어권에서 가장 유명한 시를 꼽으라면 세 손가락 안에 들었다. 그런데 또 이 시는 '다른 시는 하나도 모르는 사람의 책꽂이에서 발견되는 시집'으로 일컬어지기도 했다".[10]라는 말에서 이 책의 위상을 짐작할 수 있다. 그림엽서에, 미니 액자에, 퀼트 샘플러에 넣기 좋은 시구. 누구나 알지만 아무도 진지하게 각 잡고 읽지 않는 시.*

---

* 이 시에 대해 사람들이 느끼는 양가적 감정의 사례로, 수전 손택은 16세이던 1949년 5월 30일 일기에 약간 수치스럽다는 듯이 이렇게 적었다. "감상적이고 유치하게 보일지도 모르지만, 『루바이야트』에 실린 사행시 몇 개를 베껴 적지 않을 수 없다."[11]

피츠제럴드의 『루바이야트』에서 몇 루바이를 읽어보자(피츠
제럴드는 1, 2, 4행에 각운을 맞췄지만 나는 그냥 뜻만 옮겼
다).

VII

어서, 잔을 채워라. 봄의 열기 속에
회한의 겨울옷은 집어 던지고.
시간의 새는 멀리 날 수 없으니—
아아! 새가 이미 날개를 펼쳤구나.

VIII

보라—꽃 수천 송이가 낮과 함께
깨어나지만—수천 송이 흙 위에 흩어지네
장미를 데려오는 이 여름의 첫 달이
잠쉬드 왕과 카이 코바드 왕을 데려가리

XI

여기 나무 그늘 아래 빵 한 덩이,
포도주 한 동이, 시집 한 권—그리고 당신
이 황무지 내 곁에서 노래하니—
황무지가 이제 천국이구나.

XXI

아, 사랑하는 이여, 오늘 잔을 가득 채워

지난날의 후회와 앞날의 두려움을 씻어내오—
내일이라고?—글쎄 내일 나는
7천 년 과거를 짊어진 나일지 모르는데

XXVI

오, 늙은 하이얌과 함께 가자, 현자들은 떠들라고
내버려두고. 한 가지는 확실하네. 삶은 한순간이라는 것.
한 가지는 확실하고, 나머지는 거짓이네.
한때 피었던 꽃은 영원히 시들고.

배경이나 소재는 낯선 듯하면서 문구는 익숙한 느낌이다.
에드워드 피츠제럴드의 번역 시집이 선풍적인 인기를 얻었던
까닭은 이국적인 소재를 친숙하게 표현했기 때문이었다.『루
바이야트』는 시간적, 거리적, 문화적으로 (그때 영국에서 상
상할 수 있는 한도 안에서) 가장 먼 소재를 당시의 감성과 시
대정신을 담아 렌더링한 작품이다. 그래서 새로우면서도 어디
에서 읽은 듯 친근하다. 당대의 한 비평가는 7세기 전 페르시
아 시인의 시가 요즘 사상과 정서에 이렇게 가까울 수 있다는
것에 놀라움을 표하며, "우리가 속한 세대의 당혹감과 회의를
가장 현대적이고 가장 신선하게 표현"한 시집이라고 평했다.[12]
　『루바이야트』가 이렇게 쏙쏙 머릿속에 들어오게끔 익숙
한 까닭은 실제로 아는 문구들로 이루어져 있어서일 수도 있
다. 칼린은『루바이야트』가 테니슨 등 다른 작가들의 시, 성
경, 셰익스피어, 초서 등에서 가져온 인유와 익숙한 영어적 표

현과 관용구들로 이루어져 있음을 지적한다.[13] 실제로 테니슨은 피츠제럴드에게 『루바이야트』의 어느 부분은 자신의 시에서 '훔친' 것이라고 말하기도 했다. 피츠제럴드는 테니슨에게 편지를 써서 자신의 페르시아어 실력이 부족해서 그렇게 되었다며 "원한다면 자네 말의 메아리라고 생각해도 좋네"라고 얼버무렸다. 테니슨이 다음 편지에서 피츠제럴드의 번역을 크게 칭찬하며 앞서 뱉은 말을 수습하려 했으나 피츠제럴드는 이미 깊은 상처를 받았다.[14]

어쩌면 『루바이야트』는 『헐리우드 키드의 생애』에 나오는 인물이 쓴 시나리오처럼 피츠제럴드가 그동안 읽은 문학작품의 패스티시에 가까울지도 모르겠다. 표지에 이국적인 제목을 달고 있어 아무도 알아차리지 못했을 뿐. 이런 이유 때문인지 『루바이야트』는 영국 시의 전통 안에 쉽게 자리 잡았고 그래서 20세기 후반에 만들어진 『노턴 앤솔러지』에도 자연스럽게 들어갔다.

피츠제럴드는 본디 펜을 든 작가보다는 가위를 든 편집자에 가까웠다. 작품을 창조해낼 상상력은 부족했지만 다른 사람의 작품을 개선하는 데 관심이 많았다. 진짜 가위를 들고 서재에 있는 책을 잘라 절반이나 3분의 1 분량으로 줄이기도 하고 책 두어 권을 한 권으로 합치기도 했다. 버나드 바턴이 세상을 뜬 뒤에는 바턴의 시를 편집하는 작업에 착수했다(피츠제럴드는 바턴이 남긴 딸보다는 바턴이 남긴 시에 더 관심이 많았던 듯하다). 이 시 저 시에서 일부분을 잘라내고 단어나 시행을 추가해 서로 이어 붙이는 프랑켄슈타인 같은 작업을 거쳐 "길고 지

루한 시를 가지고 짧고 예쁜 시를 증류해냈다"고 친구에게 자랑했다. 자신은 "시인도 아니고 B. B.만큼 좋은 시를 써낼 수는 없지만 B. B.의 허술한 바늘땀을 수정할 능력은 충분"하니 자기 행동이 문학적인 관점에서는 정당하다고 확신하지만, 죽은 사람(B. B.)의 허락을 받지 못했다는 점에서 도덕적으로 옳은 일인지는 모르겠다고 하기도 했다.[15] 이렇게 해서 피츠제럴드는 아홉 권 분량이던 바턴의 시집을 사정없이 잘라내 한 권 분량으로 줄였다. 피츠제럴드는 작품을 늘 날카롭고 비판적인 눈으로 대했고 자신의 재능은 편집에 있다고 느꼈다.

코웰에게 작별 선물로 오마르 하이얌의 사행시 원고를 받았을 때도 피츠제럴드는 가위질 본능을 번뜩였다. 이 필사본은 서로 연결되지 않는 독립적 사행시들을 그냥 한데 모아놓은 것이었다. 그런데 바느질 장인 피츠제럴드는 짧은 시들을 오리고 자르고 꿰매고 잇고 기워 퀼트 조각보를 만들었다. 서로 다른 무늬의 조각을 짜임새 있게 연결해 새벽에 시작해서 밤으로 끝나는 구조를 만들었고, 그 안에서 인간의 죽음과 운명에 대해 생각하고 삶의 덧없음을 안타까워하고 필멸성을 받아들이고 현재의 삶을 드높이며 술과 성적 자유를 즐기자는 일관된 주제와 이야기가 죽 이어졌다. 사행시 674개를 75개로 엮어 압축했다. 코웰에게는 편지로 자기가 중구난방인 사행시들을 정리해 '쪽매붙임(tessellate)' 작업을 하고 있다고 전했다.[16]

이렇게 완성된 결과물은 페르시아 양탄자가 아니라 동양풍 무늬의 영국식 퀼트에 가까웠다. 그리고 사람들은 이 조각보의 조각을 한두 개씩 따서 주고받는다. 『루바이야트』는 책을 안 읽는 사람도 한 권 정도는 집에 비치해놓는 책이 되었으니, 피츠제럴드는 동양을 예쁘장한 가정용품으로 만들어 집 안에 들여놓은 셈이다.

피츠제럴드의 번역은 당대에도 "복제가 아닌 재생산, 번역이 아닌 시적 영감의 재전달"[17]이라고 평가받았을 만큼, 극도로 길들이는 작업*, 번역보다는 번안이나 개작에 가까운 작업이었다. 피츠제럴드는 페르시아 문학을 기본적으로 낮잡아 보았고("쓰레기") 번역하는 작품보다 자신이 예술적으로 우월한 위치에 있다고 생각했기 때문에 거리낌 없이 작품을 주물렀지만, 자신의 번역 원고를 볼 때도 만족하지 못하고 불안해하기는 마찬가지였다. 피츠제럴드는 페르시아어에 자신이 없었고 자신의 예술적 재능도 확신하지 못했으므로 원고를 계속 손대고 고쳤다. 피츠제럴드가 생전에 내놓은 『루바이야트』 번역본은 다섯 가지 판본이 있다. 1판은 75개의 루바이로 이루어졌으나 2판에서는 110개로 늘었다가 3판에서는 다시 101개로 줄었고 이후에는 이 구조가 유지됐다.

첫 번째 시는 2판에서 이렇게 바뀌었다.

피츠제럴드 역, 『루바이야트』 1판

Awake! for Morning in the Bowl of Night

Has flung the Stone that puts the Stars to Flight:

And Lo! the Hunter of the East has caught

* 다음 장 참고.

The Sultán's Turret in a Noose of Light.

깨어나라! 아침이 밤의 그릇 안에

돌을 던져 별들을 놀래 쫓아냈으니.

그리고 아! 동방의 사냥꾼이

술탄의 성탑을 빛의 올가미로 사로잡았구나.

같은 책 2판

Wake! For the Sun behind yon Eastern height

Has chased the Session of the Stars from Night;

And, to the field of Heav'n ascending, strikes

The Sultán's Turret with a Shaft of Light.

깨어나라! 저 동쪽 언덕 뒤의 해가

별들의 시간을 밤에서 몰아냈으니.

그리고 하늘의 들로 솟으며

술탄의 성탑을 빛살로 친다.

　

너무 달라서 같은 원문에서 나왔다고 보기 어렵다. 물론 하나의 원문에서 나온 시가 아니다. 피츠제럴드는 원문을 여기저기 오려내고 테니슨을 비롯한 다른 작가의 작품에서 빌려온 표현들과 섞어 짜맞추어 번역 시를 완성했기 때문에 페르시아어 원문과 대응시키기가 거의 불가능하다. 피츠제럴드의 조각 모음 번역 시는 네 차례 고쳐 쓰면서 더욱 영어답게 길들여졌다. 귓속말 게임에서 사람에게서 사람에게로 전해진 말이 처음과 점점 멀어지는 것처럼. 『오마르 하이얌의 루바이야트』

는, 비록 피츠제럴드는 표지에 자기 이름을 넣기를 끝까지 거부했지만, 점점 더 『에드워드 피츠제럴드의 루바이야트』에 가까워졌다. 혹은, 오마르 하이얌의 것도 피츠제럴드의 것도 아닌 혼성체가 되어 그 상태로 갈고닦아졌다. 그렇게 절차탁마를 거쳐 만들어진, 진부함의 결정체.

나는 잘 읽히는 번역문을 쓰고 싶다고 생각한다. 그래서 한국어 독자가 자연스러운 논리로 글을 읽게 하려고 어쩌면 나에게 허락된 것보다 더 많이 개입할 때가 있다. 마치 편집자가 된 것처럼 원문에 가위를 댈 때도 있다(있는 것을 잘라내거나 없는 것을 집어넣는다는 말은 아니다. 문장을 합하거나 나누거나 문장구조를 뒤틀거나 긍정과 부정을 뒤집을 때가 있다). 그런데 번역 원고를 다듬고 고치다가 피츠제럴드처럼 진부함에 가까워질 수 있다는 생각을 하면 가슴이 철렁해진다.

『노턴 앤솔러지』 6판에는 테니슨과 브라우닝 사이에 에드워드 피츠제럴드의 이름이 끼어 있었다. 피츠제럴드가 좋아하고 동경하던 시인들 사이에 자기 이름이 나란히 있는 것을 보았다면 무척 기뻐했을 것이다. 『노턴 앤솔러지』는 대략 6년에 한 번씩 개정판을 내는데, 그럴 때마다 영문과 교수 수백 명에게 설문을 돌려 요즘 학생들에게 어떤 작품을 가르치는지 조사해 학계 추세에 따라 새로운 작품을 넣고 안 읽히는 작품은 뺀다고 한다.[18] 그리하여 탈식민주의 작가들과 여성 작가들이 추가되는 한편 과거에 중요시되던 몇몇 작가들은 사라지게 되었는데, 빠진 작가 중 한 명이 에드워드 피츠제럴드다. 2018년에 출간된『노턴 앤솔러지』10판에는 테니슨과 브라우닝 사이에 이제 에드워드 피츠제럴드가 아니라 엘리자베스 개스켈이 있다.

번역을 말할 때 우리가 이야기하는 것

> 소라고동 소리를 들을 때처럼, 번역가는 열심히
> 귀를 기울이지만 결국 자신의 심장박동을 낯선 바다의
> 파도 소리라고 착각하며 듣는 것이다.
> — 조지 스타이너, 『바벨 이후』

보르헤스는 「에드워드 피츠제럴드에 관한 수수께끼」라는 글에서 범용한 예술가의 손에서 어떻게 비범한 작품이 탄생했는지를 고찰하며 이 일을 '기적'이라고 불렀다. "그러던 중 기적이 일어난다. 어쩌다 시를 창작하게 된 페르시아의 천문학자와 완벽하게 이해하지도 못하면서 동방의 책과 스페인의 책을 탐독한 영국 출신 괴짜의 우연한 만남을 통해 그 둘 모두 닮지 않은 기이한 시인이 탄생하게 된 것이다."[1]

번역 과정에서 일어나는 저자와 역자 사이의 신비한 화학작용을 '빙의'라는 말로 부르기도 하고, 가끔 나도 그런 상상을 해본다. 그렇지만 내가 상상하는 빙의와 보르헤스가 상상하는 피츠제럴드와 오마르 사이의 빙의는 정반대다. 보르헤스는 "어쩌면 오마르의 영혼도 1857년 무렵에 피츠제럴드의 영혼 속에 둥지를 틀었는지도 모를 일이다"라며 오마르가 피츠제럴드의 안으로 들어왔다고 생각한다. 하지만 나라면 내가 오마

르에게 가는 상상을 하려고 애썼을 것이다. 엄청난 시간과 공간의 차이를 넘어야 하기는 하지만, 오마르가 나에게 와서 현대 한국의 평범한 일상 속으로 깃들기를 바라는 것보다는 차라리 쉬운 일이다. 11세기 페르시아로 가서, 하늘을 바라보며 천체의 운행을 관측하고, 땅을 바라보며 3차 방정식을 기하학적으로 푸는 방법에 골몰하며, 그러는 한편 학문 연구를 지원하는 궁정의 심기를 거스르지 않으려고 신경을 쓰면서, 이따금 어떤 정동에 휩싸이면 갈대 펜을 오른쪽에서 왼쪽으로 끌고 가면서 물결 혹은 노래를 닮은 페르시아어로 4행짜리 짧은 시를 적는 사람이 되려는 (그게 얼마나 불가능한 일이든 간에) 노력을 하지 않고 번역을 시작할 수 있을까.

　　이 두 가지 다른 번역 태도를 '길들이기(domestication)'와 '낯설게 하기(foreignization)'*의 관점으로 설명할 수 있을 것 같다.[2] 길들이기란 유창하고 자연스러운 번역문을 만드는 것을 목표로 삼고 도착어 문화권의 문화적 기대와 언어적 관습에 맞게 글을 다듬는 번역 전략이다. 먼 곳에 있는 원문이라는 식물을 뽑아서 번역문이 읽히는 땅에 이식하는 것이다. 그래서 '작가를 독자 쪽으로 데려오는 방법'이라고 말하기도 한다. 번역가는 독자에게 친절한 번역 결과물을 내어놓기 위해 작가가 자기에게 와서 깃들어 자기 입을 통해서 말하고 있다는 상

---

* 'domestication과 foreignization'은 '자국화와 이국화', '동화와 이화' 등으로도 번역되지만 나는 조금 더 직관적인 역어를 택했다. '낯설게 하기'보다 '낯설게 두기'가 의미상 더 정확할 듯하지만 시클롭스키가 말하는 '낯설게 하기(defamiliarization)'의 예술적 효과를 암시하려고 이쪽을 택했다.

상을 할 수도 있다. 아니면 번역가는 마치 복화술사처럼 말하지 않는 척하면서 말할 수도 있다. 작가를 내세우지만 꼭두각시일 뿐 실제로 말하고 있는 것은 작가가 아니라 번역가다. 봉제선 없이 매끈한 표면으로 번역의 존재를 보이지 않게 감춘다. 원문의 특징이나 형식은 많이 지워지고 독자는 소재나 배경이 낯설지라도 자기가 읽는 글이 번역문임을 거의 의식하지 못한다. 당연히 직역보다는 의역 쪽으로 기운다.

낯설게 하기란 번역임이 드러나게 번역하는 방법이다. '독자를 작가 쪽으로 데려가는 방법'이라고 말하기도 한다. 번역가는 먼 곳에 있는 작가에게 가서 작가가 도착어로 말을 한다면, 아니면 작가가 직접 번역을 한다면 어떨지 상상한다. 원문을 존중하며 직역을 해서 생소하고 낯선 표현과 울퉁불퉁한 번역 투의 문장이 나타나기도 한다. 출발어와 도착어가 언어적·문화적 마찰을 일으키고, 언어에 변화가 일어날 수 있다.

이 개념을 처음 이야기한 사람은 독일 낭만주의 시대 신학자이자 철학자인 슐라이어마허인데, 슐라이어마허는 번역 태도를 두 가지로 구분하며 프랑스 번역을 비판했다. 프랑스의 번역 담론에는 17세기에 등장해 널리 쓰인 '부정한 미녀(Les Belles infidèles)'**라는 비유가 있다. 원문에 충실한 번역은 투박하고 듣기에 아름답지 못하고, 한편 아름다운 번역은 충실성

** 번역을 '남편에게 정절을 지키지 않는 미녀(의역)' 혹은 '정절을 지키는 추녀(직역)'에 비유하는 수사는 여성을 이분법으로 나누는 여성 혐오적 시각에서 나온 것인 한편, 저자를 아버지와 동일시하고 원작에 권위와 원본성을 부여하고 번역을 여성화하고 종속적인 자리에 위치시키는 오랜 관념과도 이어져 있다.[3]

을 저버리고 원문을 배신할 수밖에 없다는 뜻이다. 프랑스 사람들은 자국 문화의 우월함과 프랑스어의 아름다움에 대한 자부심이 대단했으므로 원문 충실성은 크게 신경을 안 쓰고 프랑스 미너를 탄생시키는 데 집중했다. 그렇지만 독일 문학가들의 입장은 달랐다. 슐라이어마허는 「번역의 다른 방법에 대하여」(1813)에서 프랑스처럼 길들일 게 아니라 번역 과정에서 낯선 것들이 독일어에 들어오게 하여 독일어가 더욱 풍부해지게 하자고 주장했다.[4] 비슷한 시기에 번역에 골몰하던 휠덜린도 "번역이 마치 체조처럼 독일어에 좋은 영향을 준다. 아름답고 위대한 외국어의 변덕에 억지로 적응하다 보면 아름답게 유연해진다"고 말한 바 있다.[5] 휠덜린은 충실성을 극단으로 추구하다가 체조를 넘어 곡예에 이르렀는지 존경하는 실러에게 비웃음을 사고 말았으나. 이후 20세기에 "원문이 투명하게 비쳐 보이게" 번역해야 한다고 주장한 벤야민도 같은 입장이다. 벤야민은 시를 있는 그대로 번역해야 번역에 영향을 받아 언어가 자란다고 하며 그 낯섦과 비석거림을 '산통(birth pangs)'이라고 표현했다.[6]

이들은 주로 언어와 문학의 관점에서 낯설게 하기의 장점과 효용을 역설했으나, 20세기 후반에 와서 번역 이론이 탈식민주의 연구와 결합하며 낯설게 하기는 더욱 강력한 설득력을 얻게 된다.* 탈식민주의 이론가들은 지금까지의 번역 연구가 서로

* 치누아 아체베와 응구기 와 시옹오 사이에서 벌어진 유명한 논쟁은
  탈식민주의 이론의 관점에서 언어와 권력의 관계를 보여주는 대표적인

다른 언어 사이의 불평등한 권력을 고려하지 않았다는 점을 중대한 문제로 지적했다. 실제로 식민화 과정에서 번역이 지배자의 세계관이나 통치 체계를 강제하고 식민지의 언어와 문화를 왜곡하거나 삭제하는 등의 역할을 했음에도 번역 연구는 그 점을 제대로 다루지 않았다. 식민 권력은 성경을 토착어로 번역해 서구의 종교와 세계관을 식민지인에게 전파하는 것에서 시작해, 지배자의 언어로 원주민의 설화와 역사 등을 번역해 원주민 문화를 연구하고 통제했다. 이렇게 언어적·문화적 침투가 이루어진 후에 실용적·통치적 필요에 따라 지배자의 언어를 강요하기도 했다. 그렇게 식민지인들은 언어와 문화적 정체성을 잃고 자신을 드러낼 목소리를 잃는 지경에 이르고 만다. 우리도 직접경험으로 아는 일이다. 일제강점기 말기에 일제가 한국어 사용을 금지하여 우리의 정체성과 문화를 파괴하는 잔인한 식민지 정책을 펼치면서 우리말도 커다란 위기를 겪었다.

사례다. 이 논쟁은 식민지에서 독립한 아프리카 국가의 작가들이 영어, 프랑스어 등 식민주의자들의 언어로 작품을 써야 하나, 아니면 모국어로 써야 하나를 두고 벌어졌다. 나이지리아 작가 아체베는 자국에서 전국적으로 통용되는 언어는 영어밖에 없는 현실을 인정해야 한다며, 식민주의자의 언어라고 할지라도 아프리카의 문화적·역사적 맥락에 맞게 변용해 쓸 수 있고, 아프리카 작가들의 목소리가 세계적으로 널리 들리게 하기 위해서는 권력을 지닌 언어를 쓰는 게 유리하다는 주장을 내세운다. 반면 케냐 작가 응구기는 언어가 단순한 의사소통의 매체가 아니라 식민지 시대의 통치 수단이었으며 현재에도 서구의 문화를 담아 전파하는 틀이라고 본다. 응구기는 영어로 글을 읽고 쓰는 한 서구적 사고방식의 지배나 문화 제국주의에서 벗어날 수 없으므로, 토착 언어로 민중의 경험을 담은 작품을 써서 민족 문학의 전통을 확립하는 데 주력해야 한다고 주장한다.[7]

그러니 번역이란 순수하게 언어적이거나 문학적인 행위일 수 없고 서로 다른 언어와 문화 사이의 불평등한 지위와 권력에 영향을 받을 수밖에 없다. 문화적·언어적 자신감이나 우월감의 유무에 따라, 바깥으로부터의 문화적 수혜를 바라는지 아니면 자국의 문화를 지키기를 바라는지에 따라 번역 태도는 달라진다.

이를테면 에드워드 피츠제럴드는 원문을 충실하게 지켜야 한다는 생각 없이 낯선 것을 자기에게 맞게 바꾸어 흡수했다. 피츠제럴드는 오마르 하이얌의 시들을 가위로 오리고 풀로 붙이는 작업에서 느끼는 즐거움을 친구에게 편지로 이렇게 전했다. "이 페르시아인들을 마음껏 자유롭게 번역하는 것이 즐거워. (내 생각에는) 페르시아인들은 대단한 시인이 아니라서 이렇게 거리낌 없이 일탈할 수 있어. 아무래도 **예술적으로** 좀 만져줄 필요가 **있으니까**."(강조는 원문)[8] 피츠제럴드의 자유로운 번역을 문화적 우월감과 떼어놓고 생각할 수는 없다. 피츠제럴드에게는 오마르의 시를 존중하는 마음이 없었고 오마르를 '내 소유물(my property)'이라고 부르기도 했다.[9] 피츠제럴드가 남달리 오만해서 그렇다기보다는 당시 일반적인 관념이 그랬다. 영국 정치가이자 인도총독 고문이었던 토머스 배빙턴 매콜리가 1835년에 "좋은 유럽 책이 꽂힌 책꽂이 한 칸이 인도와 아랍 문학을 다 합한 것보다 가치 있다"[10]라고 말했던 것이나 피츠제럴드의 편지 친구이기도 했던 사상가 토머스 칼라일이 1840년 "인도제국과 셰익스피어 가운데 하나를 포기하라고 한다면 […] 우리의 셰익스피어를 포기할 수는 없다."[11]라고 말한 것에서 당대 영국인들의 문화적 우월감을 짐작할 수 있다. 탈식민주의 학자 에드워드 사이드도 이러한 역사적 맥락에서 피츠제럴드의 『루바이야트』를 오리엔탈리스트 텍스트의 전형이라고 부른다.

탈식민주의·페미니즘 이론가이자 번역가인 가야트리 스피박은 피츠제럴드 같은 번역을 '과잉 동화(over-assimilation)'라고 비판했다. 스피박은 제3세계 문학이 영어 등 패권을 지닌 언어로 번역될 때는 원본의 권위가 쉽사리 무시되고, 텍스트를 전유해서 흡수하는 방향으로 번역이 이루어지며, 원래의 목소리가 사라지고 차이가 지워지는 경향이 있음을 지적한다. 스피박은 친구이기도 한 마하스웨타 데비*의 작품을 깊이 연구하고 번역했고, 그 과정에서 형성된 생각을 「서발턴은 말할 수 있는가?」(1988)라는 유명한 에세이로 발전시켰다. 이 글은 식민 제국주의가 여성을 비롯한 소외 집단을 어떻게 침묵시켰는지를 탐구하여, 언어와 재현의 구조가 이미 지배 권력의 구조에 의해 장악되고 왜곡되어 있으므로 서발턴이 자신을 표현하기는 사실상 불가능하다고 주장한다. 스피박의 에세이 「번역의 정치학」(1993)은 마하스웨타 데비의 단편 「젖어미(Stanadayini)」의 제목이 두 가지로 번역된 것에 주목한다. 이 단편은 남편이 발을 다쳐 일을 못 하게 되자 부유한 집안에서 유모로 일하게 된 자쇼다라는 여성의 이야기다. 젖이 많이 나오는 풍만한 가

* Mahasweta Devi(1926–2016). 주로 부족민, 불가촉천민, 여성 등 주변화된 인물의 처참한 삶을 그리는 소설을 벵골어로 썼다.

143

슴을 가진 자쇼다는 자기 아이들과 고용인 가족의 아이들 등 수없이 많은 아기에게 젖을 물리며 헌신하지만, 유방암에 걸려 쓸모없어지자 양쪽 집안 모두에게서 버림받고 쓸쓸히 죽는다. 스피박은 이 단편의 원제목이 예사로운 일상어가 아니라는 점을 살려서 'Breast-Giver'라고 번역했다. 이 단어는 무얼 뜻하는지 짐작은 가지만 익숙하지 않아 낯섦의 충격을 준다. 반면 다른 번역본은 유모를 뜻하는 영어 단어 'wet-nurse'를 그냥 제목으로 삼았다. 스피박은 'The Wet-Nurse'라는 평범하고 길들여진 제목은 원제가 암시하는 여성 신체 일부의 상품화, 대상화에 대한 비판을 삭제한다고 본다.

비영어권 작품이 영어권으로 번역될 때는 차이를 이렇게 뭉개고 낯선 흔적을 지우는 일이 흔하다. 그래서 이탈리아어-영어 번역자이자 번역 이론가인 로렌스 베누티는, 슐라이어마허의 낯설게 하기/길들이기 이분법을 받아들이는 한편 미학적 관점 대신 현대의 이데올로기적 맥락에서 낯설게 하기를 옹호했다. 베누티는 "[길들이는] 번역은 외국 텍스트의 언어적·문화적 차이를 도착어 독자들이 이해할 수 있는 텍스트로 강제 치환한다. 물론 차이를 완전히 삭제할 수는 없으나, 필연적으로 가능성이 축소되고 배제된다. […] 번역은 문화적 타자를 서로 비슷비슷하고 알아볼 수 있고 익숙한 모습으로 가져오는 것이며 그러다 보면 외국 텍스트를 통째로 길들일 위험이 따른다. 번역은 자국의 문화적·경제적·정치적 과제를 위해 외국 문화를 제국주의적으로 전유하는 기능을 한다"라며 길들이기를 비판했다.[12] 베누티는 길들이는 번역을 자민족 중심주의나

144

문화적 나르시시즘, 인종주의, 제국주의의 함의에서 벗어날 수
없는 문화적 폭력으로 본다.

2016년 데버라 스미스가 한강의 『채식주의자』를 번역한 *The
Vegetarian*이 맨부커 인터내셔널상을 수상한 뒤에 번역 논쟁이
뜨겁게 벌어졌다. 최근에 구체적인 사례를 두고 이만큼 열띤
논쟁이 벌어진 일은 없었을 듯하다. 처음 수상 소식이 들려왔
을 때 (한 시인의 노벨문학상 수상만을 목 빠지게 기다리던)
한국인들은 한국문학의 위상을 높이는 쾌거라며 들떠서 축하
하고 칭찬했다. 그러나, 얼마 후 인터넷에 *The Vegetarian*의 오
역 의심 사례가 제기되기 시작했다. 번역 작품을 원본과 비교
해본 국내 번역가들은 다들 나처럼 아연했을 듯싶다. 데버라
스미스가 우리로서는 상상도 하기 어려울 정도로 자유로운 번
역을 했던 것이다.* 만약 국내 번역가가 외국의 유명한 작품을
그렇게 번역했다면 곧 오역 논쟁에 휩싸였을 것이고 영원히 출
판계에 발을 붙이지 못할 가능성이 크다.**
　　데버라 스미스의 번역은 피츠제럴드 정도는 아닐지라도

* 특히 영어를 한국어로 옮기는 번역가는 누릴 수 있는 자유도가 매우
낮다. 우리나라에는 영어를 잘하는 사람이 많고 오역을 지적받을 가능성도
커서 영어 번역가는 오역을 하지 않으려 촉각을 곤두세우고 원문을 꽉
붙들고 번역을 할 수밖에 없다.
** 말할 필요도 없지만, 한강의 소설이 세계적으로 인정받고 노벨문학상을
수상하게 되기까지 데버라 스미스를 비롯한 번역가들의 공은 엄청나다.
다만 번역 비평은 그 공과 별개로 이루어져야 한다고 생각한다.

상당한 자유역이다. *The Vegetarian*의 오역 사례는 많이 다루어졌기 때문에 더 이야기할 필요가 없을 테지만, 이 번역을 둘러싼 다양한 반응은 간략하게나마 살펴볼 가치가 있다. 우리가 번역에 대해 말할 때 하나의 개념을 서로 얼마나 다른 뜻으로 사용하는지 보여주는 사례로도 흥미롭다.

국내에서 발표된 데버라 스미스의 번역에 관한 논문 수십 편 중 초기 글은 오역에 대한 비판이 주조를 이루었다. 여러 글에서 데버라 스미스의 *The Vegetarian*을 차마 번역이라고는 부를 수 없는지 '새로운 창작', '리라이팅', '번안', '현지화(길들이기)' 등으로 지칭했고, 심지어 '원작 훼손', '심각한 개입', '배신' 등의 표현을 써서 스미스의 번역을 윤리적으로 비난하는 글도 있었다. 비판과 문제 제기가 어찌나 열렬했던지, 『LA 타임스』, 『뉴요커』, 『가디언』 등 해외 언론에도 *The Vegetarian*을 둘러싼 오역 논란이 기사로 실렸다. 『LA 리뷰 오브 북스』에는 '번역을 말할 때 우리가 이야기하는 것'이라는 제목으로 데버라 스미스의 반론이 실렸다.

그런데 데버라 스미스는 맨부커 인터내셔널상을 수상하기 전인 2014년 인터뷰에서, 자신을 비롯한 영어권 번역자 대부분은 "번역에서 '충실성(faithfulness)'은 시대에 뒤떨어지고 오해를 초래하며 유용하지도 않은 개념"이라고 생각한다며 번역관을 분명히 밝힌 바 있다. 또 "위대한 한국문학 작품은 번역되었을 때 위대한 영문학 작품이 되어야 한다. 방해가 되는 구문 등을 가지고 씨름할 필요는 없다. 단어 선택, 구문 등에 있어서 원문에 가장 '충실'한 번역은 원독자 대중의 경험, 곧 위대한 문학을 읽는 경험에 충분히 '충실'한 결과물이 될 가능성이 매우 낮다. 영어와 한국어는 너무 거리가 멀기 때문이다"[13]라고도 했다. 스미스는 충실한 번역을 목표하지도 염두에 두지도 않았는데 한국 평자들은 충실성이 없다고 비난한 셈이다.

한국에서 열띤 비판이 제기된 까닭을 한국 번역의 지배적인 기조가 직역(literal translation)이기 때문이라고 해석한 사람들도 있다.[14] 그렇지만 한국 평자들이 짚은 오역 사례들은 단어를 충실히 옮기지 않은 것에 대한 지적이 아니라, 의미를 충실히 지키지 않은 것에 대한 지적이었다(지칭 대상 오인, 오독, 잘못된 인물 분석, 생략, 첨가 등). 한국 평자들이 충실성이나 정확성을 중시하긴 했으되 그게 (데버라 스미스가 분명히 반대하는 입장을 밝힌) 단어 선택이나 구문까지 원문에 가까워야 한다고 요구하는 직역주의 때문이라고 보기는 어렵다. 이것만 보더라도, '충실성'이라는 핵심 단어가 사람들 사이에서 이렇게 다른 의미로 쓰이는데 논쟁이 이루어질 수 있을까 싶다. 첫 장에서도 투명성을 서로 반대의 뜻으로 쓰는 것을 보았듯이 번역을 말할 때 우리가 하는 말들은 종종 같지만 다른 이야기다.

서양의 번역 관행과 우리나라의 번역 관행이 크게 다르고 기준점도 다르니 충실성의 개념도 다를 수밖에 없다. 서양에서 한국어로 쓰인 책을 번역 출간할 때는 출판사 편집부에 한국어를 아는 사람이 없을 수도 있다. 한국처럼 편집자가 원본과 번역본을 한 문장 한 문장 대조하고 비교하는 일은 상상할 수도 없다. 그런 반면 우리나라의 번역은 다른 나

147

라에 비해 원문 충실성을 훨씬 중시한다고 말할 수 있다. 우리나라에서 일어나는 번역 논쟁은 거의 언제나 원문을 기준으로 놓고 벌어지는 오역 논쟁이었고, 원문의 의미를 잘못 이해했거나 곡해한 번역이 어떤 이유로든 옹호된 적은 한 번도 없었다. 그렇지만 서양 번역 전통은 (여성 혐오적 표현이지만 한 번만 더 쓰자면) 충실성 따위는 아랑곳하지 않는 미녀(Les Belles infidèles)를 추구하는 경향이 강했고 스미스의 말에서도 알 수 있듯 여전히 그 기조가 이어진다. 스미스의 번역이 부정한(infidèle) 것은 분명하지만 본인이 충실할 생각이 없다는 번역관을 밝혔는데 윤리적 의무를 저버렸다느니 배신을 했다느니 비난하는 건 말이 안 된다. 스미스의 번역에 대해서는 미녀(belle)인지 아닌지만 따지면 된다. 그런데 그걸 제대로 수행하는 번역 비평은 좀처럼 눈에 뜨이지 않는다.

조금 더 시간이 지난 후인 2020년부터는 외국 저널에 한국에서 집중포화를 맞은 데버라 스미스의 번역을 편드는 논문들이 실렸다. 한 논문에서는 한국 비평가들이 배신이라는 표현을 쓴 것에 주목하여, 번역 비판을 '백인' '여성' 번역가가 한국 문화를 제대로 번역하지 못하고 왜곡 재현한 것에 대한 반감으로 이해한다.* 한국인들의 열띤 오역 지적을 한국의 남성 중심

* '배신'이라는 말이 서양에서 특히 주목을 끌었다는 사실은 좀 신기하다. 'Traduttore, traditore(번역자, 배신자)', 'Les Belles infidèles(부정한 미녀)' 등의 표현도 있듯 서양의 번역 담론에서도 익숙한 개념일 텐데도, 동양에서 '원전을 배신'한다고 말하는 것은 도무지 와닿지 않는 낯선 반응으로 여겨지는 듯하다.

적, 국수적 민족주의에서 기인한 '민족주의적 과대망상'이라고까지 말한다. 따라서 한국에서 나온 번역 비판이 바로 이 소설의 주제이기도 한 '여성의 목소리 지우기'를 자행하고 있다고 주장한다.[15] 또 다른 논문은 데버라 스미스의 번역이 원문에서 많이 벗어나긴 했으나, 오히려 페미니스트적 관점을 강화하기 때문에 창의적이고 정치적 행위로서 좋은 번역이라는 논지다. 이를테면 이런 주장이다. "[소설 속의] 두 남편은 더 가부장적이고 자신의 욕구만을 끈질기게 추구하는 더 이기적인 모습으로 그려졌다. 인혜가 더 독립적으로 그려지면서 두 자매 사이의 연대가 부각된다."[16]

그렇지만 안타깝게도 논리에 설득력이 부족하다. 첫 번째 논문에서 의미 충실성을 따지는 것이 국수적 민족주의라고 본 것은 아무리 봐도 과잉 해석이다. 또 두 번째 논문에서 남성 인물이 더 가부장적일수록, 여성 인물이 더 독립적일수록 더 페미니스트적인 텍스트라는 건 너무 단순한 생각이 아닌가? 아니, 아시아 여성의 텍스트에 페미니스트적 인식이 부족하다고 보고 서구 독자의 수준에 맞추어서 관점을 강화하는 번역을 했다면 그 자체가 문제적이지 않나? 데버라 스미스의 번역을 옹호하려면, 원문 충실성보다는 자유롭고 창의적인 개별 문학 작품으로서 이룬 성취에 초점을 맞춰야 할 텐데, 이 논문에서는 번역의 장점을 다시 원문과 비교해서 설명하고 있다. 번역을 원문에 종속된 것으로 보는 생각에서 벗어나지 못하기 때문에 스미스의 번역을 정당화하는 데 실패한다. 번역이 원문과 비교해서 '더 가부장적'이고 '더 이기적'이고 '더 독립적'이라고 주장한다면, 원문과 비교해서 덜한 것들도 있을 수밖에 없다. 예를 들면 조재룡은 같은 번역에 대한 비평에서 "단호하고 폭력적이고 단순한 남편은 [⋯] [번역에서] 우유부단하고 고민에 휩싸인 남편이 된다"거나 "번역은 원문의 수동적인 아내에게 능동성을 부여하고, 원문의 폭력적인 남편에게는 인내심과 합리성을 선사"한다고 평가하고, 이런 점을 번역이 "남성 중심주의 전반의 구조적 문제나 남성 편향적 가족 이데올로기의 폭력성, 직장의 위계와 권력의 횡포, 남성의 종속성과 비굴함 전반"을 지워버리는 사례로 지적한다.[17] 그렇다면 *The Vegetarian*은『채식주의자』에 비해 더 페미니스트적인가, 아닌가? 뭘 얻었고 뭘 잃었는지를 견주어서는 결론이 날 수가 없다. *The Vegetarian*이 부정한 미녀로 존재 가치를 인정받으려면 원문에 대한 비교 우위를 통해서가 아니라 작품 자체의 성취로 인정받아야 한다.

　나에게는『채식주의자』의 잔상이 강하게 남아 있어서 *The Vegetarian*을 백지상태에서 읽고 평가하기는 어려울 것 같다. 그렇지만 이 책이 어떻게 해외에서 칭찬을 받고 중요한 문학상을 받았을까 생각해보면, 물론 번역과 무관하게 원문의 탁월함이 와닿았을 수도 있지만, 어쩌면 번역이 의도하지 않은 효과를 만들어냈을지도 모르겠다는 생각이 든다. 한 연구자는 이 책에서 번역자가 인물 간의 관계를 잘못 파악해서 일어나는 내용상의 혼란을 분석하고 이렇게 덧붙인다. "아마존[미국 온라인 서점 사이트]의 독자 후기를 살펴보면 이해의 어려움을 호소하는 경우가 꽤 많고, 특히 2부 중반을 넘어 결말을 향해 가면서 뭐가 어떻게 되는 건지 이해하기 어렵다는 불만이 두드러진다. 이는 이전까지 누적된 오역이 작품 이해에 심각한 혼선혹은 파탄으로 귀결됨을 보여주는 유의미한 징후라고 판단되는 바 […]."[18] 한강의 『채식주의자』를 모호하거나 난해하다고할 수는 없을 것이다. 그런데 데버라 스미스는 *The Vegetarian*번역에 관한 변에서 "한국어를 영어로 번역하는 일은 모호성,반복, 평범한 문체를 더 잘 수용하는 언어에서 정밀성, 간결함,서정성을 선호하는 언어로 옮겨가는 과정이다"라고 말했다.[19]나는 모호성, 반복, 평범한 문체가 한국어의 특징이라는 데는동의할 수 없다(한강의 문장에 서정성을 추가할 필요가 있다는 생각에도 물론 동의하지 않는다). 적어도 한국어의 정밀성이 영어에 못 미친다고 생각해본 적은 한 번도 없다. 모호성은원문에 있었던 게 아니라 데버라 스미스의 머릿속에 있었던 게아닐까. 그리고 스미스가 번역문에 전사한 모호성, 불분명함이 한국어를 모르는 독자들에게 동양의 낯선 신비로 여겨진 건아닐까.*

* 우리는 잘 알 수 없는 것, 모호한 것을 심오한 것으로 오해하기도 한다.예전에 친구가 스티븐 킹의 어떤 소설 이야기를 하면서 "스티븐 킹이대중소설 작가라고만 생각했는데 작품이 철학적이고 난해하고 심오해서놀랐다"고 말한 적이 있다. 눈만 갖다 대면 책장이 호로록 넘어갈정도로 술술 읽히는 스티븐 킹의 글이 난해하다고? 나로서는 도저히동의할 수 없는 말이었는데, 나중에 그 친구가 읽은 번역본을 보고왜 그렇게 말했는지 알았다. 오역이 너무 심해서 도저히 무슨 이야기를하는지 알 수가 없었던 것이다. 번역에서 발생한 난해함을 친구는철학적 깊이로 오해했다.

데버라 스미스의 *The Vegetarian*이 물꼬를 텄다고 할 정도로, 지금은 한국문학이 외국에 소개되는 일이 이전보다 훨씬 잦아졌다. 이제는 그래서 우리나라의 번역 관행과 영미권의 관행이 현저히 다르다는 것도 알게 되었다. 한국문학이 영미권으로 가기 위해서는 번역이 투명해야 한다. 원문을 충실하게 옮겼는지보다는 번역문이 얼마나 자연스럽고 세련된 영어로 쓰였는지가 훨씬 중요하다. 심지어 영어권 출판사에서는 번역자에게 영어권 독자가 쉽게 이해할 수 있도록 원고에 손을 대서 (피츠제럴드처럼 가위와 풀을 들고) 고쳐달라고 요구하기도 한다고 한다.

이런 차이는 베누티도 지적하듯이 출간되는 서적에서 번역서가 차지하는 비율과도 관련이 있다. 2023년에 한국에서 출간된 책 가운데 번역서의 비율은 17퍼센트였다. 반면 영미권은 3퍼센트 정도다.[20] 영어권에서는 번역서가 특이한 존재이고 익숙하지 않아서, 번역했다는 사실이 티가 나지 않는 편을 선호한다. 일단 독자들이 번역을 거친 책은 손실이 있다고 생각하기 때문에 번역했다는 사실을 최대한 감추는 게 좋다. 영미권에는 "번역가들은 닌자와 같아서, 눈에 뜨인다면 좋지 않다"라는 말이 있다고 한다. 표지에도 우리나라와 달리 번역자 이름을 표기하지 않는다.

그래서 2021년에 번역가 제니퍼 크로프트가 소셜 미디어에서 #TranslatorsOnTheCover라는 해시태그를 달면서 표지에 작가 이름과 번역자 이름을 같이 넣어달라는 캠페인을 벌였다. 제니퍼 크로프트는 올가 토카르추크의 『방랑자들』 번역으로 2018년 맨부커 인터내셔널상을 수상한 번역가다. 현재 인터내셔널 부커상으로 이름을 바꾼 이 상은 비영어권 소설의 영어 번역본에 주는 상인데, 2016년 한강과 데버라 스미스가 같이 상을 받았듯이 작가와 번역가가 함께 수상하고 상금도 똑같이 나눠 받는다. 중요한 문학상에서 이렇게 작가와 번역가를 똑같이 대우하는 경우는 없었는데, 번역가를 협업자로 인정한다는 점에서 번역가들에게는 큰 의미가 있는 상이다. 그런데 2016년부터 시작된 이 상의 수상작은 현재까지 9권인데 전부 앞표지에 번역자 이름이 없다. 제니퍼 크로프트의 해시태그 캠페인이 상당히 주목을 받은 후에도 달라지지 않았다. 아마도 영어권 책에서 표지에 번역자 이름이 들어가는 건 아예 생각할 수 없는 일인 모양이다. 작품 배경이 한국이고 폴란드인데 번역서임을 무슨 수로 감춘다는 것인지 우리로서는 얼핏 이해가 되지 않지만, 줌파 라히리도, 아룬다티 로이도, 하진도, 가즈오 이시구로도, 이민진도, 치마만다 응고지 아디치에도 영어로 글을 쓴다는 점을 생각해보자. 영미권 독자는 이런 다양한 배경의 작가들의 책을 원서로 읽을 수 있는데 굳이 손실을 감수하고 번역서를 찾아 읽을 필요를 느끼지 않을 수 있다.

한국에서 출간되는 번역서의 전체 구성을 보면 만화를 제외한 단행본 번역서 가운데 절반 이상이 영어권으로부터 번역된다.[21] 전 세계로 넓혀보아도 영어가 패권 언어임은 확고한 사실이다. 영어권에서는 주로 텍스트를 수출하고 다른 언어권에서는 수입한다. 중요한 글은 거의 영어로 쓰이기 때문에(혹은 영어로 쓰여야 중요한 글이 되기 때문에) 영어권에서는 번역이 별로 필요 없는 반면, 그 밖의 다른 언어권에서는 세계적으로 널리 읽히려면 혹은 상을 받으려면 일단 영어로 번역이 되어야 한다. 그러니 수요와 공급의 불균형에 의해서도 번역 관행의 차이가 발생할 수밖에 없다. 이를테면 한국에서 미국 책을 들여올 때는 경쟁이 붙는 경우가 많고 한국 출판사는 을이 된다. 원문 수정을 요구할 수 있는 위치가 아니다. 원저작권자에게 번역자 약력과 번역 샘플, 번역서 표지, 제목 등을 미리 보여주고 허락을 받아야만 번역서를 출간할 수 있을 때도 있다. 반면 미국 출판사에서 한국 책을 수입할 때는 상당히 강력한 권한을 행사할 수 있다. 입맛에 맞게 바꿀 수도 있고 번역도 자유롭게 할 수 있다.

또 얼마나 낯선가에 따라 길들이는 정도의 차이가 난다. 평균적인 한국 독자가 미국 문화에 친숙감을 느끼는 정도와 평균적인 미국 독자가 한국 문화에 친숙감을 느끼는 정도는 크게 다르다. 거리가 있을수록 많이 길들이게 된다는 말이다. 그래서 중심에서 변방으로 갈 때는 충실성을 지키며 번역할 수 있지만, 변방에서 중심으로 갈 때는 이해할 수 있는 범위 안으로 들어올 때까지 길들여야 하기도 한다.

지금처럼 문화가 동시적으로 세계에 퍼지기 전에는 서로 낯설 때도 있었다. 우리나라에서 번역을 통해 서양 문화를 처음으로 받아들이기 시작한 개화기에는 우리도 피츠제럴드 못지않게 적극적으로 번역하고 번안했다. 이때의 번역에는 뚜렷한 목표가 있었다. 우리나라는 서양 문물을 먼저 받아들이고 근대화를 이루어 제국주의 열강의 반열에 오른 일본의 지배를 받게 되었으니, 우리도 일본 근대화를 모범으로 삼고 일본과 중국의 책을 번역해 서양 문물을 들여와야 했다. 번역을 거쳐 식민지인들에게 부과된 지배 집단의 문화와 사상과 가치는 식민주의적 폭력을 은폐하는 기능을 하기 마련이다. 그렇지만 일본의 억압 아래에 있던 우리에게는 서구의 자유평등 사상이 오히려 식민 상황을 벗어나는 길을 보여주었을 수도 있을 것이다. 일본어 중역(重譯)이라 이미 원본에서 한 단계 멀어져 있기도 했지만, 우리에게는 계몽적 목적이 있었으므로 더욱 우리 사정에 맞게 적극적으로 번역했다. 또한 근대적 담론이 이루어지지 않은 한국에 번역을 통해 들어온 외국 문물은 현실과 큰 격차가 있을 수밖에 없었다. 낯선 것, 모르는 것, 알 수 없는 것, 알고 싶지 않은 것을 어떻게 받아들일 것인가? 너무 낯선 것을 그대로 우리 것인 양할 수는 없었다. 그래서 제3의 공간, 언어적·문화적 차이를 협상하는 중간 지대를 만들었다. 원문 충실성을 강조하기보다는 역자가 개입하여 편역(編譯)이나 번안, 개작하는 전략을 주로 택했다.

그러다가 외국 문화와 외국어가 서서히 덜 낯설어지면서 번역의 방향도 점진적으로 바뀌었을 것이다. 1989년에는 해외여행이 자유화되었고 무엇보다 중요한 변화는 인터넷의 보급이다. 1990년대 후반부터 인터넷이 보편화되면서 문화의 확산 속도는 놀랍게 빨라졌고 이제는 국가 사이의 실질적인 경계가 사라졌다. 낯선 것을 줄이기 위한 번역가의 개입이 불필요해졌다.

우리는 기본적으로 문화적 위상이 낮은 위치에서 외국 텍스트를 받아들였으므로 원문에 무게를 두고 원문 충실성을 중요시했다. 여기에 몇 가지 요인들이 더해지며 정확성에 더 예민해지지 않았나 싶다. 1996년 우리나라가 베른 협약에 가입하면서 해외 저작물의 저작권을 보호하게 된 것도 하나의 계기일 듯하다. 이전에는 외국 책을 국내 출판사에서 계약 없이 마음대로 출간할 수 있었지만, 이때부터는 저작권 독점 계약을 맺어야 번역서를 출간할 수 있었다. 아무리 번역이 엉망이어도 독자는 울며 겨자 먹기로 한 종밖에 없는 책을 선택할 수밖에 없는 것이다. 그러면서 출판사와 번역자에게 좀 더 책임의식이 요구되기 시작했다. 또 인터넷 서점이 성장하면서 독자 리뷰나 블로그 등을 통해 오역 논쟁이 종종 벌어지며 번역서의 오역에 더욱 민감해졌다. 그래서 앞에서도 말했듯이 편집 경향도 달라졌다. 내가 번역 일을 처음 시작한 2002년 무렵 내가 만나던 편집자들 가운데는 국문과 출신이 많았다. 아동문학가이자 우리말 연구가인 이오덕 선생님의 영향을 받은 분들이었다. 선생은 8, 90년대 한국글쓰기교육연구회 활동 등을 통해 지식인층이 쓰는 언어에 남아 있는 일본어의 잔재를 떨쳐내는 데 온 힘을 기울인 분이다. 그 영향으로 당시 편집자들은 일본어 번역 투나 일본식 한자어를 골라내며 자연스럽고 편안한 한국어로 글을 다듬었다. 그런데 영어는 잘 모른다고 말씀하시기도 했다. 아무튼 이때는 편집부 교정 이후에 역자 확인 과정이 없었다. 한국어답게 고치고 다듬는 게 중요하지 원문에서 벗어났는지 아닌지는 중요한 문제가 아니어서, 편집부에서 수정한 원고를 역자에게 확인받지 않고 바로 출간했다. 내 첫 번역서가 나올 때도 역자 교정이란 건 없었는데, 출판사에 갔다가 정말 우연히 교정지를 슬쩍 보게 된 일이 있었다. 그런데 'bomb'이라는 단어가 들어가는 고유명사를 내가 '밤'이라고 음역하고 괄호 안에 원문을 표기했는데, 교정에서 원문 철자를 참고해 '봄브'로 바꾸어놓은 것이 눈에 들어왔다. 만약 내가 그걸 못 봤다면… 나의 첫 번역서는 'bomb'의 발음도 모르는 사람이 번역한 책이 되었을 것이다….

이제는 그렇게 하지 않는다. 요새는 편집자들이 다 영어를 잘하고 보통 원서를 번역 원고와 나란히 놓고 대조한다. 이전과 비교하면 편집 과정에서 문장을 다듬는 것보다 오역을 피하는 데 더 노력을 기울인다고 볼 수 있겠다. 출판사에서는 오역 논란에 휩쓸리지 않으려고 외국어 능력이 있는 편집자를 채용하고 원문 대조를 기본 프로세스로 삼는다. 원문 대조를 한다는 건 원문을 기준으로 놓고 번역을 바라본다는 의미다. 편집 방향도 원문에 가깝게, 충실성을 중시하며, 상대적으로 직역 혹은 낯설게 하기 쪽을 지향하게 된다.

또 서양 번역 이론의 영향을 받아 번역가나 이론가들이 낯설게 하기를 옹호하는 경향도 있다. 하지만 아무리 많이 길들이는 한국 번역가라고 하더라도 서양의 관행과 비교해보면 (『채식주의자』 논란을 통해 보았듯이) 상대적으로 원문에 가까울 것이다. 이미 우리는 상대적으로 낯설게 두는 쪽에 훨씬 가까운 편인데, 서양 이론에서 주장하는 바를 따라 여기에서 더 가야 한다는 말인가?

이론가나 편집자는 좀 더 원문 쪽으로 가려고 움직이는 추세지만 어쩐지 나는 자꾸 반대 방향으로 가려고 하는데, 이런 까닭 때문이다.

일단 우리가 만드는 책은 사실 예술 작품보다는 상품에 더 가깝다. 상업 출판사에서 판매를 목적으로 출간하는 책이고, 책은 읽혀야 팔린다.* 게다가 어떤 책이든 회수(淮水)를 넘어와 번역을 거치면 조금 어려워진다. 책에 따라 조금 다르기는 하지만, 책이 너무 어려워지지 않고 잘 읽힐 수 있도록 번역가가 개입해야 할 때가 있다.

또 영어와 한국어는 너무나 다른 언어라서 좀 더 많이 개입할 필요가 있다(이 점에 있어서는 "영어와 한국어는 너무 거리가 멀다"고 한 데버라 스미스와 내 생각이 일치한다.** 그런데 어느 정도를 '많이' 개입한 것으로 보느냐의 기준은 크게 달라서 같은 말을 해도 무척 다른 이야기이긴 하다). 영어에서 한국어로 올 때는 문장을 완전히 뒤집거나 구문을 재배치해

---

* '번역도 하나의 예술이다'라고 (번역가 듣기 좋으라는 듯) 말하는 사람도 있지만, 번역가가 대부분 작업한 원고의 분량에 따라 돈을 받는다는 사실을 생각하면 어울리지 않는 말이다. 작업 분량에 따라 돈을 버는 작업 조건에서 예술을 할 수 있는 사람이 몇이나 될까.
** 일본어는 조금 다른 듯하다. 일본어는 한국어와 친연성이 높아서 상대적으로 개입을 덜 해도 (수려하진 않더라도) 꽤 읽을 만하다. 슐라이어마허나 발터 벤야민도 주로 유럽에서 유럽어로의 번역을 염두에 두고 있었기 때문에 직역이나 낯설게 하기를 내세울 수 있었을 것이다. 친연성이 높은 언어끼리는 직역해도 아주 괴상망측한 결과가 나오지는 않고 어느 정도 짐작해 읽을 수 있다.

야 할 때가 많다. 그러지 않고 영어의 특유 표현(수동태, 물주(物主) 구문, 완료, 진행, 사역 등)을 그대로 옮기면 어색한 번역 투가 되고 무슨 뜻인지 이해가 잘 안 가기 십상이다. 영어와 한국어는 언어의 사고방식 자체가 달라서 좀 더 적극적으로 번역해야 한다.

마지막으로, 슐라이어마허, 벤야민 등이 직역이나 낯설게 하기를 내세우는 바탕에는 직역을 해야 언어가 풍부해지고 문화가 다채로워진다는 주장이 있다. 하지만 이제 상황이 달라졌다. 이제는 일부러 수입해서 들어오지 않아도 이미 문화는 놀라운 속도로 확산되고 서로 영향을 주고받는다. 직역을 해서 낯선 문화를 들여와 자국 문화에 수혈해야 한다는 주장은 요즘 시대에는 맞지 않는다.

언어는 다른 언어로부터 영향을 받고 오염된다. 그러나 지금은 19, 20세기에 그랬던 것처럼 책이 주된 텍스트가 아니다. 인터넷의 언어가 언어 세계를 지배하고 있다고 해도 과언이 아니다. 인터넷의 언어는 의식할 수 있는 번역 과정을 거치지 않고 자동 번역되어 경계 없이 넘나든다. 자동 번역된 텍스트가 사람의 번역보다 직역에 가까운 것은 당연하다. 그런데 이 자동 번역된 언어가 현재 우리 언어생활에 무엇보다도 강력한 영향을 미치고 있다.

요새 SNS 등에서는 일본어 번역 투가 특히 눈에 많이 뜨인다. '-한다는', '-ㄹ까나', '-랄까', '-해버리고 말다', '-에 진심인 편' 등등. 일본어가 한국어와 친연성이 높아서 직역도 잘 되고 우리말에도 더 쏙쏙 잘 들어오는 게 아닐까 싶다. 이오덕 선생의 영향으로 한국어에 남은 일본어의 잔재가 알게 모르게 많이 교정이 되었다. 그런데 이제는 책과 지식인층을 통해서가 아니라 다른 분야에서, 하위문화와 인터넷을 통해 일본어의 흔적이 다시 우리말을 물들이고 있다.

그뿐만 아니라 세계적으로 보면 영어의 패권적 지위는 절대적이다. 이런 상황에서 낯설게 하기를 택해서 한국어가 영어와 미국 문화에, 혹은 일본어와 일본 문화에 더 많은 영향을 받아야 한다고는 생각하지 않는다. 베누티가 비판한 길들이기는 영어에서 다른 문화를 흡수하는 번역 관행이고 우리는 사실 반대 입장이다. 더더군다나 기계 번역의 부상을 생각하면 어쩔 수 없이 언어에 대한 태도가 방어적이고 보수적이고 때로는 국수적으로 보일 정도로 기울게 되는 것 같다.

그렇다면 길들이기와 낯설게 하기 사이에서 우리는 어디쯤 자리를 잡아야 할까? 베누티가 말하듯 도착 문화의 가치와 신념에 맞게 외국 텍스트를 재구성하는 번역은 문화적 폭력이다. 번역된 텍스트에는 타자의 흔적이 남아야 한다. 그 말이 곧 직역을 하자는 뜻은 아니다. 낯선 요소나 타자성은 언어의 형식적 틀을 유지해야만 전해지는 것이 아니기 때문이다. 글에 담긴 문화적인 요소, 이야기의 배경, 주제와 관점, 글의 분위기와 감성, 서술 방식 등에서도 얼마든지 낯설고 새로운 것을 접할 수 있다. 이런 것을 지워버린다면 문화적 폭력이 될 것이다. 등장인물에게 페미니스트적 인식이 부족한 것 같으니 좀 더 가미해주어야 한다는 번역도 마찬가지다. 그런데 낯선 요소를 잘 전달하려면 무엇보다 독자들이 번역된 글을 즐겁게 읽을 수 있어야 한다. 무슨 소리를 하는지 알아들을 수 없고 언어가 거칠고 어색해서 작품에 몰입할 수가 없는 번역을 읽는 경험이 원작을 읽는 경험과 유사하다고 말할 수 있나? "단어 선택, 구문 등에 있어서 원문에 가장 '충실'한 번역은 원독자 대중의 경험, 곧 위대한 문학을 읽는 경험에 충분히 '충실'한 결과물이 될 가능성이 매우 낮다"는 데버라 스미스의 말에 나는 전적으로 동의한다. 물론 이 경우에도 우리는 번역에 관해 같은 말을 하지만 전혀 다른 이야기를 하고 있다.

그녀를 믿지 마세요

> 1954년께 환도 이후의 일로 기억됩니다. 우리 문단에는
> 女性의 3인칭대명사를 돌연 '그녀'라고 쓰는, 하나의
> 표현상의 혁명이 일어나더니, 그 말은 눈 깜짝할 사이에
> 문학작품, 신문·잡지, 또는 그 밖의 활자 매체는
> 무론이요, 영화·연극 그리고 방송 등에서 거의 모두
> 약조나 한 듯이 쓰게 되었읍니다.
>   특히 각 매스컴 분야의 新人들 사이에서는 예외 없이
> 이 말을 쓰는 듯이 보입니다. 하지마는, 이것은 표준어로
> 인정된 바도 아니요, 모든 학자·문필가가 이를 좋다고
> 따르는 것도 아닙니다.
> ― 조풍연, 「그; 그 여자; 그녀」

번역서를 읽는 경험이 원작을 읽는 경험과 유사해야 한다고 말
하지만, 생각해보면 19세기 샬럿 브론테 소설을 현대 한국어
로 읽는다는 것 자체가 이상한 일이긴 하다. 19세기 영국에 사
는 어떤 사람이 "제인, 어디 가서 앉으려무나"라고 한국어로
말하는 상황이 펼쳐진다고 믿을 수 있어야만 우리는 작품을 감
상하고 즐길 수 있다. 허구를 감상하는 데 반드시 필요한 이런
마음가짐, 이치에 닿지 않는 것도 기꺼이 믿으려는 태도를 콜
리지는 '불신의 유예'라고 불렀다. 하지만 불신을 유예하는 데

에도 정도가 있다. 예를 들어서 만약에 책을 읽다가 'She's my baby'를 직역한 '그녀는 내 아기예요'라는 대사가 나온다면 책이 어쩐지 나를 밀어내고 몰입을 방해하는 것 같다는 느낌을 받을 수밖에 없지 않나?

그래서 나는 독자의 환상을 최대한 유지하려면 지나친 번역 투로 옮기지 않으려고 조심해야 한다고 생각한다. 물론 따지고 들자면 끝이 없다는 것도 안다. 이를테면 서양 사람이 양말을 신고 양복을 입고 양배추를 먹는 것도 이상한 일이다. 우리 입장에서 물 건너 들어온 것에 '양(洋)'이라는 글자를 붙여 만든 단어들이니까. 하지만 그 정도까지는 독자들이 기꺼이 믿어줄 거라고 믿는다.

그렇다면 과연 어떤 말투가 번역 투일까?

내가 처음 번역 일을 시작할 무렵에도 일본어식 번역 투가 민감한 문제였다. 해방 후에 많은 학자와 작가들이 우리말에서 일본어의 잔재를 떨쳐버리려고 애를 썼으나 여전히 흔적이 남아 있었다. 이오덕 선생은 우리말에 나타나는 번역 투 문장이나 일본어 잔재를 연구해서 말글을 다듬으려 애썼다. 나는 이오덕 한국글쓰기연구회 등에서 교육을 받은 편집자분들에게 가족, 미소, 야채, 식탁 같은 말들은 일본식 한자어라 쓰지 않는 게 좋고 꼭 필요하지 않은 한자어는 고유어로 바꾸면 글이 쉽고 편안해진다는 것을 배웠다. 또 '으로서의' 등과 같은 이중조사나, '-적(的)'이라는 접미사나, '것'이라는 의존명사, 소유관계가 아닌 명사를 '의'로 연결하는 것(보라색 장미의 사람, 진격의 거인) 등과 같은 표현도 일본어 투임을 알게 되었다.

그런데 지금 우리가 쓰는 문어를 보면 일본어 번역 투는 여러 노력에 힘입어 상당히 사라졌으나 대신 영어 번역 투에 영향을 받는 것 같다. 단행본 번역서 가운데 영어 번역서가 가장 많기도 하고, 또 영어는 한국어와 많이 다른 언어라 원문의 흔적이 일본어보다 더 뚜렷하게 남는다.

출발어가 도착어에 미치는 영향은 말뭉치 비교로 확인할 수 있다. 김혜영의 『국어 번역문과 번역 글쓰기』는 출간된 책에 있는 언어로 말뭉치를 만들어서 번역 투를 수량적으로 연구했는데, 이 결과에서도 영어의 영향이 보인다. 김혜영은 1990년대부터 2000년대까지 출판된 서적을 번역서와 비번역서로 나눠서 각각 말뭉치를 구축한 다음, 각각의 말뭉치에 나타나는 상대빈도를 비교했다. 이때 번역서 말뭉치 쪽에서 더 많이 나타나는 단어는 번역가들이 번역하는 과정에서 외국어의 영향을 받아 무의식적으로 더 많이 쓰게 되는 단어라고 볼 수 있다.

번역서 말뭉치에는 이런 요소들이 상대적으로 많이 나타났다.

동사: 있다, 되다, 만들다, 가지다, 대하다, 의하다
보조용언: 있다, 하다, 않다
장형 부정: -지 않다, -지 못하다
기타: 수 있다, 피동형(-지다)[1]

이것만 보아도 영어의 문법 요소들이 번역서에 상당한 영향을 미치고 있음을 짐작할 수 있다. 동사 '있다'는 'there is/there are'에서 왔을 테고, '되다'와 '만들다'는 영어의 사역동

사(let, make 등)에 기원이 있을 것이다. '가지다'는 'have'의 번역 투이고 '대하다', '의하다'가 많이 나타나는 것은 'about, through, by' 등 영어 전치사의 영향이다. 보조용언 '있다'는 진행형(먹고 있다), '하다'는 사동형(먹게 하다)이나 의무형(먹어야 한다)를 나타내는 조동사(have to, must, should…)의 영향으로 나타나며, '않다'는 번역문에 장형 부정(먹지 않다)이 단형 부정(안 먹다)보다 상대적으로 많이 나타나는 것과 관련 있을 듯싶다. '수 있다'는 조동사 'can'과 관련이 있고 피동형 '-지다'는 수동태에 영향을 받았을 것이다. 간단히 말해, 영어에는 있는데 우리말에는 없는 것들이 번역문에 흔적으로 남는다.

인칭대명사도 한국어와 영어에서 쓰임에 차이가 나타나는 중요한 성분이다. 영어는 한국어에 비해 대명사를 훨씬 많이 쓴다. 영어는 한국어와 달리 주어나 목적어 등 문장 구성 성분을 생략할 수 없기 때문이기도 하다(예를 들어 영어는 'I saw Mina. I called her'라고 써야 하지만 한국어는 누군지 알 수 있으면 두 번째 문장에서 주어, 목적어를 다 생략해도 상관없다. '나는 미나를 봤다. 소리쳐 불렀다'). 그래서 대명사도 번역문에 더 많이 나타난다.[2] 세부적으로 들어가면, 인칭대명사 가운데 어떤 것을 많이 쓰는지도 비번역문과 번역문에서 차이가 나타난다. 이를테면 이인칭대명사 가운데 '너'는 비번역문이 번역문보다 두 배 이상 많은 반면, '자네'와 '당신', '그대', '여러분'은 번역문에 훨씬 많이 나온다. '자네, 당신, 그대, 여러분'을 쓰면 번역 투의 느낌이 날 수 있다는 말이다.

삼인칭대명사는 의외의 결과가 나왔다. 번역문에서 삼인 칭대명사가 뚜렷이 많이 나타나리란 것은 예상할 수 있는 일이

었으나('그'는 번역문에서 두 배 이상 많이 등장한다), '그녀'
는 오히려 비번역문에서 더 많이 나타났다.[3] 우리가 '그녀'를
대표적인 번역 투로 인식하는 것을 생각하면 신기한 결과다.
번역가들은 번역 투 같은 느낌이 나지 않게 하려고 '그녀'를 의
도적으로 피하는 한편, 오히려 한국어로 글을 쓰는 작가들은
그만큼 꺼리지 않는다는 뜻이라고 해석할 수도 있겠다. 소설가
는 번역가가 번역 투라고 욕을 먹을까 봐 기피하는 요소를 특
별한 효과를 내기 위해 일부러 쓰기도 한다. 번역 투로 글을 쓰
면 영어로 번역이 잘된다는 장점도 있다. 실제로 통번역 대학
원 학생들 사이에서는 번역 투로 글을 쓰는 어떤 한국 소설가
작품이 영어로 번역이 잘된다는 사실이 널리 알려져 있다. 이
작가의 소설은 한영 번역 프로젝트의 저본으로 인기가 높다.

　　말뭉치 연구로 전치사, 수동태, 진행형, 조동사, 관계절 등
한국어에 없는 영어 특유의 문법 요소나 문장구조, 숙어 등의
영향이 번역문에 나타나는 것을 수량적으로 확인할 수 있다.
이런 요소들을 번역 투라고 할 수 있을 것이다.

　　그런데 사실 우리는 알게 모르게 이 번역 투에 익숙해져
있다. 전에 영어 교재 번역 아르바이트를 한 적이 있는데, 학
생용 영어 교재의 뒤쪽 해설에 들어가는 지문과 질문, 보기 번
역문을 작성하는 일이었다. 그때 출판사에서 준 번역 지침서
를 보면 관사나 전치사 등 의미가 거의 없는 단어까지 의미를
살려서 번역할 것을 권장한다. 이 지침서는 "원문의 어구와 구
문 하나도 빠뜨리지 않고 그대로 살리고", "원문을 변형하거
나 생략하지 말라"고 하면서, 반복적으로 나오는 어형과 단어
를 어떻게 번역할지 일일이 패턴을 제시하는데, 지침서 분량

이 A4로 서른 장이 넘었다.[4] 그러니까 교재를 번역할 때는 패턴을 기계적으로 따르는 직역 머신이 되어야 한다. 출판 번역보다 수입은 훨씬 좋았는데 이 일을 계속하다 보면 직역체가 몸에 밸 것 같아 겁이 나서 그만뒀던 기억이 난다. 그런데 우리는 중고등학교 때 이런 영어 교재를 많이 접하기 때문에 적잖게 영향을 받는다. 영어 교재를 보고 영어 공부를 하면서 자기도 모르게 직역체에 익숙해진다. 그래서 나도 처음 번역을 할 때는 직역 투 습관을 벗어버리는 데 신경을 많이 썼다.

어떤 글이 번역 투나 문어체로 느껴지는 데 가장 큰 영향을 미치는 대명사는 삼인칭대명사다. 말뭉치 연구에서도 비번역문과 번역문 사이에 삼인칭대명사가 나타나는 빈도가 뚜렷이 다르다는 결과가 나왔다(비번역문에서 약 15,000건 나타날 때 번역문에서는 25,000건 나타났다). 요즘 나오는 국내 소설과 번역 소설을 몇 권 훑어보았는데, 삼인칭대명사로 '그/그녀' 둘 다 쓴 소설, '그'만 쓴 소설, 둘 다 쓰지 않은 소설, 이렇게 세 가지가 다 있었다. 이런 선택이 글의 분위기나 문체에 분명히 영향을 미친다. 왜일까?

일단 한국어 구어에서는 '그, 그녀, 그들' 등의 삼인칭대명사는 쓰지 않는다. 구어적 상황에서는 '걔, 얘, 쟤, 그이, 이이, 저이, 그분, 이분, 저분' 등을 삼인칭대명사로 쓴다. 국문학자 박재희에 따르면 중세국어에서는 지시대명사 '이, 그, 뎌(저)'가 삼인칭대명사로 쓰였다고 한다. 이때 글로 쓰인 서사체 서술문에는 '-더라, -는지라' 등 '-라'로 끝나는 종결어미를 쓰는 게 보편적이었다. '-라'형 종결어미는 화자가 청자에게 이야기를 들려주는 말투이기 때문에, 화자와 청자의 상대적 위치에 따라 삼인칭대명사를 '이, 그, 뎌' 가운데 선택해서 사용했는데 (화자에게서 가까우면 '이', 화자에게서 멀면 '뎌', 눈에 보이지 않지만 마음에 있는 대상을 가리킬 때는 '그'), 그중에서 주로 '뎌(저)'가 많이 쓰였다.[5]

'저'는 지금은 사라진 삼인칭대명사지만 성경에 흔적이 남아 있다. 성경은 개화기에 처음 번역된 후에 개정판이 계속 나왔으나 재미있게도 근대 이전의 문체로 적힌 판본이 여전히 가장 많이 읽힌다. 그래서 성경은 현대에 널리 읽히는 책 가운데 '-라'형 종결어미로 쓰인 유일한 책이다. 성서 번역가 전무용에 따르면 1911년에 번역된 『구역』 성경에서는 눈에 보이는 거리에 있는 지칭 대상에는 '뎌'를, 눈에 보이지 않는 곳에 있는 대상을 가리킬 때는 '그'를 써서 두 가지 삼인칭대명사를 썼으나, 1961년 『개역한글판』에서부터 '뎌'가 '그'로 일괄적으로 바뀌었다고 한다.[6]

『구역』 창세기 4장 25절

아담이 다시 안히와 동침ᄒᆞ니 뎌가 아돌 을 낫코 […]

『개역한글판』 창세기 4장 25절

아담이 다시 아내와 동침하매 그가 아들을 낳아 […]

이렇게 '뎌'가 '그'로 바뀌었지만 그래도 완전히 사라지지는 않았다. 현재 가장 널리 읽히는 성경인『개역개정판』에도 삼인칭대명사 '저'가 흔적처럼 남아 있다.

『개역개정판』 열왕기하 18장 7절

여호와께서 그와 함께 하시매 그가 어디로 가든지 형통 하였더라 저가 앗수르 왕을 배반하고 섬기지 아니하였 고 […]

그렇다면 '그/그녀'가 언제부터 '저'를 밀어내고 대표적인 삼 인칭 단수 대명사가 되었을까?

우리나라 근대소설과 그 이전의 서사 양식을 구분하는 특 징이 여러 가지 있지만, 일단 외형적으로는 종결어미가 다르 다는 점을 들 수 있다. 신소설『혈의 누』와 최초의 근대소설로 일컬어지는『무정』의 첫 문장을 비교해보자.

이인직『혈의 누』(1906)

일청전쟁의 총소리는 평양 일경이 떠나가는 듯하더니, 그 총소리가 그치매 사람의 자취는 끊어지고 산과 들에 비 린 티끌뿐이라.

이광수『무정』(1917)

경성학교 영어 교사 이형식은 오후 두 시 사 년급 영어 시 간을 마치고 내려쪼이는 유월 볕에 땀을 흘리면서 안동 김 장로의 집으로 간다.

일본도 그랬지만 우리나라도 번역을 통해 근대문학이라는 것이 만들어졌다. 근대 초에 이른바 번역 열풍이 일어, 최남선과 이광수 등 여러 문인이 주로 서양 문학작품을 일본어에서 한국어로 중역해서 서구의 근대사상과 문화를 자국화하는 한편 근대 한국어를 고안하고 정착시켜나갔다. 국문학자 박진영은 1900년대 후반에 등장한 신소설과 1910년대 후반 근대소설 사이의 잃어버린 고리가 번역/번안 소설이라고 본다. 신소설과 동시에 등장한 번역/번안 소설이 신소설과 경쟁하며 문학과 소설에 대한 새로운 관념이 성장했고, 그 과정에서 신소설이 패배하며 근대소설이 수립되는 기틀이 만들어졌다는 것이다. 1910년대 번안 소설은 한자 병기 비율을 줄이며 언문일치의 소설 언어를 확립했고, 인용 부호를 이용해 인물의 발화를 서술과 분리하였으며, 무엇보다도 '-다'라는 새로운 종결어미를 사용하면서 근대 장편소설의 형식적, 언어적 기틀을 마련했다.[7] 신소설에는 서술자의 해석과 판단을 개입시키고 계몽적, 교훈적 메시지를 전하는 '-라'형 종결어미가 주로 쓰였으나, 번역/번안소설에서는 객관적 상황을 전달하고 중립성과 현장성을 높이는 '-다'형 종결어미가 압도적으로 많이 나타나기 시작했다. 그러니까 '-라'형 종결어미가 대부분이었던 신소설에서 '-다'형 종결어미가 95퍼센트에 이르는 『무정』으로 넘어가기까지, 그 사이에 번역 및 번안 소설이 있었다. 1910년대 주요 소설에 사용된 종결어미의 비율을 보면 번역 및 번안 소설에서는 '-다'와 '-라'가 평균 71 대 29 정도로 나타나 대세를 뒤집고 있다.[8] 이때 이광수 등이 직접 번역을 하기도 하면서 서

양의 영향을 받은 근대적인 문체를 발달시키는 과정이 이루어
졌다. 그리하여 구체적인 화자의 존재를 지우고 대상과 거리
를 두고 사건 중심으로 객관적 서술을 하기에 좋은 '-다'형 종
결어미가 근대소설의 문체로 정착되었고, 그러면서 지시대명
사 중에서 가장 중립적인 성격을 지닌 '그'를 택해 삼인칭대명
사로 쓰게 되었다고 한다.[9]

　　'그'는 빠르게 자리잡았으나, 여성형 삼인칭대명사는 그만
큼 안정적 지위를 갖추지는 못했다. 일본어에서 영어의 'he'와
'she'를 '가레[彼]'와 '가노조[彼女]'로 번역해서 쓴 것에 영향을
받아 '피녀, 그녀' 등이 등장했으나 1920년대부터 1950년대까
지도 '궐녀, 피녀, 그녀' 등이 경합하는 양상을 보였다. 1960년
대에는 '그녀'가 여성 삼인칭대명사로 어느 정도 자리 잡은 듯
하나, 한편 '그녀'가 어색한 번역 투라고 불만을 표하는 문인
들도 많았다. 언론인 조풍연에 따르면 교육계와 어학계에서 이
름난 학자들이 모인 '국어순화운동 전국연합회'에서 1974년
'바르고 고운 말을 씁시다;―그녀와―여인의 경우'라는 제목
의 책자를 나누어주며 '그녀'의 사용에 반대하는 캠페인을 벌
이기도 했다. 이들은 '그녀'라는 말의 조어 과정 자체도 미심
쩍은 데다가(우리말에 관형사와 한자가 붙어 단어를 이룬 사
례가 있던가?) '그녀는'이 '그년은'으로 들린다고 불편해하기
도 했다. 그래서 일부 작가들은 이에 대한 대안으로 '그미, 그
니, 그네, 그희, 그매' 등을 삼인칭 여성대명사로 내세웠다. 혹
은 그냥 고유명사나 일반명사로 인물을 지칭하거나, '그'를 남
녀 두루 쓰거나, '그 여자, 그 여인, 여자' 등으로 지칭하기도 했

다.[10] 일본어학자 한중선은 영한사전에서 'she'의 대응어로 무엇이 실려 있는지를 살폈고 '그녀'가 삼인칭대명사로 대표적 지위를 확립한 것은 1980년대라고 했다.*[11] 1980년대에 이오덕은 당연히 '그녀'의 사용에 반대했다.

이런 부침을 겪은 '그녀'는 여전히 쓰이기는 하되, 굉장히 불균형하게 쓰인다. 언어학자 안소진은 신문, 잡지, 문학, 비문학, 구어 등으로 분류된 말뭉치에서 '그녀'의 출현 빈도를 조사해서, 텍스트의 종류에 따라 '그녀'가 나타나는 빈도가 크게 달라짐을 보였다. 문학 말뭉치와 순(純)구어 전사 자료에서 무려 298배의 차이가 나타난 것이다.[12] 전체 '그녀' 출현 건수 중에서 83퍼센트가 문학 말뭉치에서 나타났다. 반면 순구어에서는 사실상 '그녀'를 안 쓴다.

정리하자면 삼인칭대명사 그/그녀는 유럽어의 삼인칭대명사에 영향을 받아 입말과는 상관없이 문체적 필요에 따라 쓰이게 되었다. '그'는 '-다'형 종결어미가 자리잡으면서 인위적으로 선택되었고, 문어에 한정되어 쓰인다. '그녀'는 새로이 발명되어 여러 다른 경쟁어들과 함께 잠정적인 기간을 오래 거쳐서 최종적으로 살아남았으나, 문어 가운데에서도 정보성 텍스트보다는 문학 텍스트에 편중적으로 쓰인다(영어 학습 교재는

* 한중선의 논문 「한국어 여성 삼인칭대명사 '그녀'의 성립 과정 고찰」에는 영일사전을 참고해서 만든 영한사전에서 'she-彼女'의 쌍이 한국어로 어떻게 옮겨졌는지 표로 정리되어 있다. 1946년부터 '그 여자'로 꾸준히 번역되다가, 1964년에 '그 여자'와 '그녀'가 함께 등재된다. 1987년에는 '그녀'만 남는다.

예외다). 그래서 문학 텍스트에서 일부러 문어적인 느낌을 내기 위해 전략적으로 '그녀'를 쓰기도 한다.

2020년에 김초엽 소설가는 이렇게 말했다. "지난해부터 나는 소설을 쓸 때 '그녀'를 되도록 쓰지 않기로 마음먹었다. 인칭대명사를 둘러싼 논쟁을 접하면서 예전처럼 아무 입장 없이 '그녀'를 쓰기가 불편해진 것이다." 김초엽 소설가가 고민하는 지점은 이런 것이다. "이브가 아담의 갈비뼈에서 파생된 존재라는 것처럼 우리를 둘러싼 언어는 남성을 기본형으로 간주하고 그것에 슬그머니 '여'를 덧붙여 여성을 보편에서 배제한다. 물론 소설에서 흔히 쓰이는 '그'와 '그녀'도 그런 혐의에서 무결하지 않다."[13]

내가 어렸을 때 들은 유명한 난센스 문제가 있다. 어떤 아버지와 아들이 차를 타고 가다가 사고를 당했다. 아버지는 즉사하고, 아들은 응급실로 실려 갔다. 그런데 호출을 받고 온 외과 의사가 아들을 보고 이렇게 말하는 것이 아닌가. "난 이 환자 수술 못 합니다. 이 애는 내 아들입니다." 어떻게 이런 일이 일어난 걸까? 출생의 비밀은 아니고, 너무나 당연한 답이지만, 의사는 환자의 어머니였다. 요즘 사람들은 쉽게 답을 떠올리고 왜 이게 난센스 문제인지조차 이해하지 못할지도 모르겠다. 하지만 내가 어릴 때는 의사는 당연히 남자라고 생각했기 때문에 고정관념의 허를 찌르는 문제였다. 그리고 그런 고정관념의 흔적이 '여의사, 여경, 여배우' 등에 남아 있다('남의사, 남경, 남배우'가 얼마나 어색하게 들리는지 보면 알 수 있다).

우리는 '그/그녀'를 유럽어에서 받아들여 쓰게 되었는

데, 이제는 서양에서도 남녀를 구분하는 대명사를 불편하게 여긴다. 자신이 이분법적 성별 체계에 속하지 않는 논바이너리(non-binary)라고 생각하는 사람이 늘면서 'he/she' 대신 'they'를 삼인칭 복수 겸 단수 대명사로 쓰는 경향이 눈에 뜨인다. 경칭으로도 'Ms'나 'Mr' 대신 'Mx'를 붙이기도 한다. 미국에서 학생들을 가르치는 친구에게 들었는데, 이렇게 논바이너리로 정체화한 학생을 임의로 'he/she'로 지칭하면 차별이 될 수 있어서 늘 신경 쓰고 조심한다고 한다.

그러니 이제는 한국어에 성별 구분 대명사가 본디 없었고 지금도 미미한 지위밖에 지니지 못해서 참 다행이라는 생각이 든다. 물론 한국어에 성별 표지가 없어서* 번역을 거치며 성별 정보가 지워지기도 하고 그게 손실로 느껴질 때가 없는 건 아니다. 내가 리베카 솔닛의 『해방자 신데렐라』를 번역할 때도 손실이라고 할 수밖에 없는 일이 있었다. 『해방자 신데렐라』는 리베카 솔닛이 전래 동화 『신데렐라』를 세심하게 다듬어 오늘날 시대감각에 맞지 않는 부분을 고쳐 쓴 그림책이다. 다시 쓴 이야기에도 신데렐라가 흘리고 간 구두를 주인에게 돌려주려고 왕자가 집집마다 찾아다니는 장면이 있다. 이 구두 주인이 여기 있느냐는 질문에, 사람들은 차례로 이렇게 대답한다.

---

* 예를 들어 프랑스어에는 성별 구분 대명사가 있는 것은 물론이고 사람의 직업이나 역할을 나타내는 일반명사도 남성인지 여성인지에 따라 다르게 쓰는 것이 많다. 친구(ami/amie), 가수(chanteur/chanteuse) 등.

No, said the farmer whose golden wheat fields spread on and on beyond **her** fine farmhouse, and

No, said the clockmaker who lived in **his** little house full of ticking clocks, and

No, said the painter in the house full of pictures of animals and places you only see in dreams (and **her** paintings), and

No, said the dancing teacher in **their** house full of music, and

No, said the blacksmith as **she** worked iron at her forge, and

No, said the bird doctor as **he** fixed a sparrow's wing.

"아뇨." 한없이 넓게 펼쳐진 금빛 밀밭 옆 잘 지은 농가에 사는 농부가 말했어.

"아뇨." 똑딱거리는 시계가 가득한 작은 집에 사는 시계공이 말했어.

"아뇨." 꿈속에서만 (그리고 그림에서만) 볼 수 있는 동물과 장소를 그린 그림이 가득한 집에 사는 화가가 말했어.

"아뇨." 음악 소리가 흘러넘치는 집에 사는 댄스 교사가 말했어.

"아뇨." 대장간에서 일하던 대장장이가 말했어.

"아뇨." 참새 날개를 고쳐주던 새 의사가 말했어.[14]

솔닛은 이 인물들의 성별을 대명사로 드러냈다. 농부와 화가, 대장장이는 여성, 시계공과 새 의사는 남성이고 댄스 교사는 논바이너리다. 이렇게 해서 솔닛은 눈에 잘 뜨이지 않는 대명사를 이용해 자연스럽게 성소수자를 이야기에 포함시켰지만, 한국어로는 이 표지를 나타낼 방법이 없었고 어린이용 그림책이라 주석을 달기도 마땅하지 않았다. 리베카 솔닛이 말하고 싶었던 것을 번역서에는 담지 못해 아쉬웠다.

나는 글에도 편하고 자연스러운 구어체를 쓰는 편을 더 좋아해서 웬만하면 삼인칭대명사는 잘 넣지 않는다. 물론 삼인칭대명사 없이 번역하기가 불가능한 글도 있고, 삼인칭대명사든 뭐든 동원해서 문어적 느낌을 살려주어야 하는 글도 있으니 삼인칭대명사를 쓰지 않는다는 원칙 같은 것은 없다. 또 성별을 나타내는 삼인칭대명사를 쓰지 않음으로써 사라지는 정보가 있음도 생각해야 한다.

번역이 아무리 자연스럽고 편안한 한국어를 추구한다고 할지라도 번역문에는 번역의 흔적이 남을 수밖에 없다. 때로는 그 흔적이 번역문의 미덕이 된다. 타자의 언어와 나의 언어가 포개어지고 간섭이 일어날 때 아롱거리는 무늬가 언어에 아름다운 흔적으로 남는다. 나는 한국어로 글을 쓰는 사람을 흉내내려 하는데 번역가를 흉내 내어 글을 쓰는 사람도 있고, 이런 교환과 충돌을 통해 언어의 가능성이 최대로 이끌어내어지기도 한다. 내가 쓰는 언어에도 지금까지 내가 읽고 번역한 무수한 글들의 기억이 사라지지 않는 흔적으로 남아 있을 것이다. 그런가 하면 타자의 텍스트를 씹고 삼키고 흔적도 남지 않게 흡수해버리는 번역도 있다. 다음 장에서는 길들이다 못해 잡아먹어버리는 식인주의 번역(Cannibalist Translation)을 다룬다.

성경과 옥수수빵

> 옥수수빵이 놀라운 까닭은 그 배경에 있는 자애로운 듯
> 보이는 인도주의적 의도 때문이 아니라, 국지적이고
> 육체적인 혀의 층위에서 비자발적인 그리움, 평생
> 지속되는 갈망을 만들어낸다는 점 때문이다. 이런
> 갈망은 식민지화되기를 바라는 욕망으로 쉽게 번역되고
> 미국 외교정책에서 특히 군사적 움직임의 차원에서는
> 확실히 그렇게 번역된다. 그렇지만 내 혀는 변형되고,
> 불복종한다. 신식민주의적 의존에 얽혀 있는 이 갈망을
> 집에 대한 그리움, 질병의 한 형태로, 강렬함의
> 한 형태로 번역한다.
> ― 최돈미, 「번역은 하나의 모드다 = 번역은
> 반(反)신식민주의 모드다」

재작년 가을에 강원도 고향에 묻힌 아버지 산소에 성묘를 갔
다. 전에 이 동네에 아직 살고 계시는 친척분들한테서 6·25 때
우리 아버지가 동네 사람들을 살렸다는 말을 얼핏 들은 적이
있는데, 그 가을에는 아버지의 조카 인숙 님한테서 그 이야기
의 풀 버전을 들었다. 인숙 님은 우리 아버지와 나이 차이가 크
지 않은 조카라 이제 많이 쇠약해진 노인인데, 약간 달뜬 듯한
목소리로 때로 울먹이며 고생스러웠던 어린 시절부터 시작해
이야기를 풀어놓으셨다. 그러는 동안에 우리 아버지 이야기

가 나왔다. 아버지가 살아 계실 때는 한 번도 듣지 못했던 이야기다. 아버지가 나오는 대목의 풀 버전이지만 인숙 님의 풍상고초의 이야기에서는 극히 일부분을 여기 옮겨놓으려 한다.

인숙과 정숙 자매는 우리 아버지의 큰누나의 딸이다. 그런데 시집간 큰누나가 인숙과 정숙의 동생을 낳고 얼마 안 되었을 때 개울에서 빨래를 하다가 맥없이 쓰러져 세상을 떴다(엄마가 돌아오지 않자 인숙이 우는 갓난아기를 등에 업고 빨래터로 엄마를 찾으러 갔다가 발견했다고 한다. 아기는 그 후에 더 살지 못하고 죽었다). 새어머니가 들어왔는데 어린 정숙과 인숙을 말할 수 없이 구박했다. 정숙과 인숙의 아버지는 노름에 중독된 망나니였고 아무 도움이 안 됐다(나중에는 노름 빚 때문에 인숙을 폐병 걸린 남자에게 팔아넘긴다). 정숙과 인숙의 외할아버지이자 나의 할아버지가 보다 못해 정숙과 인숙을 외가로 데려왔고, 그래서 우리 아버지와 한집에 살게 됐다.

발단은 불발된 수류탄이었다. 전쟁 도중 어디선가 굴러 들어온 수류탄 불발탄이 있었는데, 정숙과 인숙, 또 남자 사촌 누구누구가 같이 수류탄을 가지고 놀다가 수류탄이 폭발했고 정숙의 다리에 수류탄 파편이 박혔다. 전쟁 중이라 제대로 치료를 받지 못해 정숙은 지팡이를 짚지 않으면 걷지 못하는 상태가 되고 말았다. 마을 사람들이 피난을 떠날 때 몇몇 집은 떠나지 못하고 남았다. 다리를 다친 정숙과 인숙, 우리 아버지와 노인들도 남았다.

우리 아버지는 강원도 시골에 살면서 영어로 이루어진 다른 세상을 꿈꾼 소년이었다. 아버지는 헌책방에서 영어 책을 사서 모으며 독학으로 영어를 익혔다. 영어 성경이 한 권 있었는데 공습 때 책에 불이 붙어 일부가 타버리고 말았다. 아버지는 타버린 책장 한 장 한 장마다 풀로 종이를 이어 붙이고 불에 타서 사라진 글자를 손으로 써넣었다. 아버지에게는 그만큼 귀하고 소중한 책이었다.

바깥세상과 멀리 떨어진 듯 느껴지는 강원도 시골에도 전쟁은 깊이 찾아들었다. 피난을 떠나지 않고 남은 동네 사람들은 공습과 폭격이 심해지면 산기슭에 파놓은 방공호로 숨어들어가곤 했다. 그러던 어느 날, 포격 소리가 유난히 가까이 들리던 날, 아버지가 방공호 바깥쪽을 내다보더니 다급하게 사람들더러 얼른 밖으로 나가자고 했다. 탱크의 포신이 방공호 쪽을 향하고 있다고, 이대로 있다가는 모두 죽는다고.

미군이 피난을 떠나지 않은 사람을 모두 인민군 부역자로 간주하고 동네마다 불을 지르고 사람들을 쏴 죽이며 남에서 북으로 올라오던 참이었다. 이 동네도 초토화하려고 탱크를 끌고 들어온 것이었다. 방공호 안에 숨어 있던 사람들 모두 아버지를 따라 두 손을 들고 밖으로 나왔다. 줄줄이 나온 사람들을 미군이 에워싸고 총을 겨누었다. 너희들은 누구냐, 왜 숨어 있느냐. 일촉즉발의 상황이었다. 그때 아버지가 앞으로 나와 영어로 설명했다. 우리도 남쪽으로 가려고 했는데 여기 애(정숙)는 다리를 다쳐서 걷지 못하고 힘없는 노인들도 많아 피난을 떠나지 못했다고(인숙 님은 영어를 모르지만 이런 대화가 오갔다고 한국말로 나에게 들려주었다). 그리고 아버지가 불에 탔다가 복원된 영어 성경을 꺼내어 미군에게 보여주었다. 충성의 징표. 영어에 대한, 기독교에 대한 숭배의 증거. 그 책을 보고는 미군들의 태도가 백팔십도 달라져서 총을 거두고 빵이며 과자가 잔뜩 든 상자를 갖다주었다고 한다. 또 미군 군의관이 정숙의 다리에 박힌 수류탄 파편을 제거해주어 정숙은 다시 걸을 수 있게 되었다. 그래서 아버지가 영어를 할 수 있었기 때문에 사람들이 살 수 있었다고, 아버지가 동네 사람들을 전부 구했다고 인숙 님이 전설처럼 이야기하는 것이었다. 나중에는 미군과 꽤 친해져서 미군들이 아버지가 헌책방에서 사서 모아놓은 영어 책을 빌려 가기도 했단다. 아버지는 그때 알게 된 미군의 소개로 미국인 집에서 일자리를 구했고 전쟁이 끝난 다음에는 서울로 와서 영어 실력을 기반으로 취직해서 평생 영어로 먹고살았다. 영어 때문에 전쟁에서 살아남았고, 영어 때문에 중산층의 삶을 살 수 있었다.

  너무 이야기적으로 그럴듯해서 오히려 믿기 어려운 이야기란 이런 것일 거다. 이 이야기를 새기다 보니 호미 K. 바바의 「경이로 받아들여진 기호」라는 글의 첫머리가 떠오른다. 호미 바바는 영국 식민주의 관련 문헌에서 수없이 되풀이되어온 이야기를 하겠다며 글을 시작하는데, 그 이야기는 바로 인도, 아프리카, 카리브해 등의 식민지에서 영어 책을 발견하는 이야기다. 이 글에 실린 이야기는 1817년 아눈드 메세라는 전도사가 델리 외곽의 나무 그늘에 모여 있는 500명 남짓한 사람들을 찾아가며 시작된다. 아눈드가 왜 사람들이 모였냐고 묻자, 이들은 이렇게 대답한다.

"우리는 가난하고 미천하고, 이 책을 읽고 사랑합니다."

"무슨 책인가요?"

"신의 책입니다!"

사람들은 영국 선교사가 힌두스타니어로 번역하고 인쇄해서 나누어준 성경을 들고 모여 있었다. 일부는 인쇄된 것이고, 일부는 인쇄된 것을 손으로 베껴 만든 것이었다(우리 아버지의 성경처럼!). 아눈드가 이 책은 유럽인이 당신들에게 자기들 종교를 가르치려고 인쇄한 책이라고 설명하지만 사람들은 믿지 못한다. "아, 아니에요, 그럴 순 없어요. 그 사람들은 살(소고기)을 먹으니까요", "이 책은 신이 준 선물인데 어떻게 유럽인의 책일 수 있죠? 신이 우리에게 보내줬어요." 식민지 사람들은 지배자의 책을 베끼고 해석하고 오독하고 의심하고, 그러는 과정에서 절대적 진리의 원천으로서 책의 권위는 해체된다. "이 책의 발견은 원본성과 권위의 순간이며 동시에 전치(轉致)의 과정이기도 한데, 이 전치로 인해 역설적이게도 책의 존재는 반복되고 번역되고 오독되고 전치되는 한에서만 경이로운 것이 된다." 아눈드는 기독교의 교리를 설명하고, 세례를 받고 성찬을 하라고 설득하지만, 사람들은 이제 추수하러 가야 한다며 완곡하게 거절한다. 특히 성찬에 대해서는 완강한 태도를 비친다. "세례는 받을 생각이 있지만 성찬은 절대 하지 않을 겁니다. 왜냐하면 유럽인은 소를 먹으니, 우리는 절대 그럴 수 없습니다."[1]

한국전쟁 때 강원도에서도 그 책이 등장했다. 미군이 소통 불가능한 민간인 한 무리를 마주했다. 무슨 말을 하는지 알아들을 수도 없고 생김도 구분이 가지 않는 사람들. 적인지 우리 편인지, 도무지 파악할 수 없는 공백, 의미의 진공. 그때 복종과 추종의 기호가 성경책의 형태로 나타난다. 불에 타고, 복원되고, 부활하여 새로운 몸과 새로운 의미를 얻은 책이었다. 이 장면은 호미 K. 바바가 프로이트의 개념을 빌려와 '최초 장면(primal scene)'이라고 부른 것으로 보기에도 손색이 없다. 식민주의자와 식민지인의 첫 번째 만남—폭력, 죽음의 위협, 위기, 오해, 혐오와 욕망, 정체성 형성, 빵과 의료의 수혜, 문화적 지배의 시작. 이 첫 번째 만남의 트라우마를—그리고 갈망을—나도 아버지에게서 물려받았다. 그래서인지 아버지도, 오빠도, 나도 평생 번역을 하면서 살게 되었다. 델리 인근에 사는 인도인들은 성찬을 거부했으나, 우리는 거부하지 못하고 그 빵을—몸을 받았다.

성찬을 너무 적극적으로, 문자 그대로, 몸을 몸으로 받아들인 사람들도 있었다. 16세기 브라질에서 투피남바 부족이 유럽 식민주의자들을 만났을 때의 일이다. 투피남바족은 의식적 식인주의를 실천하는 부족으로 적을 잡으면 죽여서 살을 먹는 신성한 의식을 치르는데, 이 의식에는 적의 강력한 힘과 정신을 흡수한다는 의미가 있다. 유럽 선교사들이 브라질에 와서 기독교를 전파하며 이들에게 성찬식의 개념을 설명했다. 그리스도의 몸과 피를 상징하는 빵과 포도주를 먹음으로써 그리스도와 하나가 된다는 의식의 의미를 투피남바족은 아주 잘 이해할 수 있었다. 이들은 그리스도의 살과 피를 실제로 먹는 것으로 받아들였고 유럽인들의 성찬식도 자기들과 같은 식인 의식이라고 생각했다. 이들은 '존경'의 뜻에서 포르투갈 선교사를 죽여서 살을 먹었다.[2]

브라질 모더니즘 예술가들은 식민주의자와 원주민의 파국적 만남과 치명적인 문화적 오역의 사례인 이 사건을 브라질의 문화적 정체성과 능력을 상징하는 메타포로 삼고 외부의 영향을 통째로 삼키는 '식인주의(antropofagia)' 운동을 내세웠다. 브라질 시인이자 번역가인 아롤도 데 캄포스 등은 이 운동에 영향을 받아 외국의 영향을 거부하거나 경계하는 대신 흡수하고 양분으로 삼고 변형해서 재창조하는 에너지로 삼는 번역을 주장한다.[3] 식인주의 번역은 직역이나 낯설게 하기 번역의 정반대에 있다. 원본을 씹어 삼켜 흔적도 남기지 않는 번역이다. 빵을—몸을 받아들이고 한 몸이 되는 번역이다.*

번역가이자 시인인 최돈미는 열 살 때인 1972년에 한국을 떠났지만 미국의 식량 원조로 한국 학생들에게 공급된 옥수수빵의 맛을 기억한다. "내 혀는 영어를 접하기도 전에 권력의 장악, 전쟁, 상처, 변형의 장이었으며 궁극적으로, 이미, 어머니를 잃은 상태였다."[5] 그 빵의 낯선 맛을 본 이상, 영원한 갈망

---

* 조지 스타이너도 두 언어가 번역을 통해 만났을 때 일어나는 동화 과정을 성찬(sacramental intake)과 감염(infection)이라는 몸의 은유로 설명한다. 성찬이 번역을 통해 외국 텍스트를 흡수해 도착어 문화가 풍부해지는 경우라면, 감염은 출발어 텍스트가 도착어 문화를 오염시킨다고 보고 궁극적으로 거부하는 경우다.[4]

에 시달리게 된다. "옥수수빵이 놀라운 까닭은 그 배경에 있는 자애로운 듯 보이는 인도주의적 의도 때문이 아니라, 국지적이고 육체적인 혀의 층위에서 비자발적인 그리움, 평생 지속되는 갈망을 만들어낸다는 점 때문이다. 이런 갈망은 식민지화되기를 바라는 욕망으로 쉽게 번역되고 미국 외교정책에서, 특히 군사적 움직임의 차원에서는 확실히 그렇게 번역된다. 그렇지만 내 혀는 변형되고, 불복종한다. 신식민주의적 의존에 얽혀 있는 이 갈망을 집에 대한 그리움, 질병의 한 형태로, 강렬함의 한 형태로 번역한다."[6] 최돈미는 외국의 단어들에 끌리는 마음을 '향수병'으로 표현해서 나를 놀라게 한다. 외국에 매혹된, 그 빵의 맛을 본, 낯섦에 놀란, 첫 만남의 충격을 트라우마로 간직하고 영원한 결핍에 시달리는 우리는 본질적으로 어머니가 없는, 뿌리가 없는 존재다.

내가 처음으로 영어를 읽고 싶어 했던 때를, 그리고 그때 영어가 어떤 의미였는지를 생각하면 나도 번역의 충동이나 욕구를 식민주의의 맥락과 떼어서 생각할 수 없다. 내가 자란 곳도 분명 문화적 식민지였다. 정치적인 것은 전혀 몰랐더라도 내가 어릴 때 서양은 어마어마하게 발전한 곳이고 풍부한 문화가 있는 곳이고 동경의 대상이었고 외국어는 그 세계에 접근하는 수단이라는 생각이 무의식에 있었다. 지금은 국산이 좋은 물건의 지표지만 내가 어릴 때는 외제(미제나 일제)가 비교할 수 없이 좋은 것이었다. 그렇지만 그 좋은 물건을 만들어내는 외국은 우리가 갈 수 없는 곳이었고 상상 속에만 있는 곳이었다. 책장 안에 있는, 언어 너머에 있는 세계에 대한 막연한 동경이 자랐다.

내가 느끼는 향수는 현실의 외국이 아니라 내가 어렸을 때 상상하던 외국 혹은 낯선 곳을 향한다. 구체적으로 열거하자면 색색의 들꽃이 가득 피어 있는 푸르른 들판, 무슨 맛인지 내가 모르는 음식이 풍족하게 차려진 식탁(칠면조, 사과 소스, 자두 푸딩…), 크리스마스 무렵의 이유 없이 들뜬 분위기, 가장자리가 톱니처럼 깔쭉깔쭉한 하트 모양 사탕, 붉은 입술의 키가 큰 미녀, 다양한 색깔과 무늬의 실크 스타킹, 달고 물 많은 과일이 가득 담긴 수레, 나무에 보석이 주렁주렁 달린 동굴… 현실의 경험으로 채울 수 없는 구멍이 그리움을 남긴다.

영어는 낯선 세계에 진입하는 열쇠이고 그 자체로 신비한 퍼즐 같았다. 1990년대에 나는 영문과에 진학했고 영문학을 좋아했지만, 동시에 우리나라가 미국의 식민지라는 이야기도 그때 선배들한테 처음 들었다. 우리나라는 식민지가 아니고 계급투쟁을 해야 한다고 하는 선배들도 있긴 했지만(이쪽이 좀 더 설득력 있었다). 어쨌든 한국인인 내가 왜 남의 나라 문학을 공부하는지 스스로 정당화하기는 어려웠다. 그러다가 정지용이 일본 유학 시절인 1926년에 쓴 시「카페 프란스」를 읽었다.

[…]
나는 子爵(자작)의 아들도 아모것도 아니란다.
남달리 손이 히여서 슬프구나!

나는 나라도 집도 없단다.
大理石(대리석) 테이블에 닷는 내 뺨이 슬프구나!

오오, 異國種(이국종) 강아지야
내 발을 빨어다오.
내 발을 빨어다오.

　식민지 지식인의 서글픔이 낯설지 않았다. 이국적인 풍요
에 매혹되었고 그것이 선이자 진리라고 생각해 주워들은 조각
난 지식으로나마 번역 혹은 번안하여 문화를 옮겨 전했던, 오
늘날 어떤 진본성도 영속성도 가질 수 없는 그들의 어설픔. 어
쩔 수 없는 이국적 취향과 서구 문화에 대한 동경과 동시에 이
모든 것이 나의 것이 아니라는 자의식("나는 나라도 집도 없
단다")과 자괴감을 나도 영문과에 다니면서 느꼈다. 번역 일을
하면서도 마찬가지였다. 한 번도 외국 생활을 해본 적이 없는
내가, 외국인과 대화해본 경험조차 손에 꼽을 정도인 내가, 영
화에서 TV에서 책에서 주워들은 이미지에 기반하여 마치 외
국의 삶과 문화를 잘 아는 양 재현한다는 것이 우스꽝스럽다
고 느낄 때, 변방에서 머릿속의 이미지로 만들어낸 상상 속의
제국이 어색하다고 느낄 때, 문화 권력의 불균형에 열등감을
느낄 때, 아무리 그럴듯하게 흉내를 내려 해도 이종교배의 산
물이 비웃음을 피할 수는 없으리란 생각이 들 때, 식민지 지식
인들을 생각했다.
　테레사 현은 일제강점기인 1920-1930년대에 외국 문학
이 활발하게 번역될 때 여성 문인들도 번역에 적극적으로 참
여했음에 주목한다. 김명순, 노천명, 모윤숙 등은 창작 활동을
통해 여성의 목소리를 내기도 했지만 번역에도 참여했다. 테

레사 현은 이들 여성 번역가들의 번역 작품이 새로운 여성상을 제시하는 한편 현대적 감각의 구어체를 발달시키는 데 기여했다고 평가한다.[7] 이때 여성 번역가들이 하던 번역 작업에 어떤 감정이 끼어들었을지 상상해볼 수 있다. 이들은 식민 지배를 받는 민족인 데다 여성이라는 이중의 억압 상황에서 이 세계가 아닌 다른 세계에 동경을 품을 수밖에 없었을 것이다. 외국 문물과 문화에 갈망을 품고 번역에 참여하고, 또 번역문학을 갈급하게 소비했으리라. 아직 근대를 온전히 이루지도, 독립된 나라를 갖추지도, 근대적 문학의 틀이 확립되지도 못했던 때에 나온 번역 작품들을 보고 오늘날 우리는 완성도가 떨어진다고, 작품을 제대로 이해하고 옮기지 못했다고, 어쩌면 열등해서 초조한 자신의 모습을 너무 많이 노출했다고 비웃을 수도 있다. 그렇지만 외국의 책에 끌린 까닭은 거기 담긴 세상이 알지 못하는 것이기 때문이었을 것이다. 한 번도 가보지 못한 곳이어서. 상상할 뿐 경험할 수 없어서. 특히 내가 발붙이고 있는 현실이 초라하고 보잘것없을 때는 이곳이 아닌 다른 곳을 그리워하게 된다. 나는 남에게 빼앗긴 내 땅에서 외국인이 되어 낯선 땅에 향수를 느낀다.

내가 어릴 때도 학교에서 거리에서 여러 종류의 폭력이 만연했다. 여자들은 이중의 고통을 받았다. 내 땅에서 이방인이되어 현실을 도피하고자 하는 충동이, 낯선 곳에 대한 끌림이, 옥수수빵에 대한 그리움이 때로 번역이라는 형태로 나타난다.

호미 K. 바바는 식민지인이 식민주의자의 문화를 받아들여 본래 전통과 뒤섞을 때 생겨나는 새로운 혼종성(hybridity)에서 전복 가능성을 찾는다. 식민주의자들의 종교와 신성한 책과 신성한 의식은 식민지의 맥락과 만나 번역되고 변질된다. 문화 사이에서 일어나는 번역은 원본을 흉내 내며 권위를 재정의하고 재해석하며 해체한다. "번역 과정은 식민지 재현의 핵심에 또 다른 정치적이고 문화적인 논쟁의 장을 연다. 신성한 권위를 지닌 언어에 깊은 결함이 있음이 드러나고 지배의 행위 자체를 통해 주인의 언어는 이것도 저것도 아닌 혼종이 된다."[8] 이쪽에도 저쪽에도 속하지 않는 틈새에 있는 번역은 새로운 의미를 만들어낸다. 지배 서사에 균열을 만들어 주변화된 목소리가 들리게 한다. 번역은 원본이 그 자체로 완결성과 근원성을 지닌다는 신화를 무너뜨린다. 번역은, 이종교배는, 혼종은 원본을 변형하고, 아버지를 살해하고, 혹은 아버지를 삼키고, 거기에 내 모습을 입히고, 내 것으로 만들고, '최초 장면'의 트라우마를 길들인다. 그렇게 식민지에서 우리가 계속 번역을 하며 다른 세상을 꿈꾸었기 때문에 오게 된 곳이 이곳일지 모른다.

내가 이런 이야기를 하면 도대체 언제 적 식민지 타령이냐고 생각할지 모르겠다. 실제로 이제는 정말 많이 달라졌다. 요즘 젊은이들은 서양 문화에 동경이나 열등감 같은 것을 느끼지는 않을 것이다. 문화의 경계도 많이 흐려졌다. 호주 출신의 베트남인 케이팝 아이돌이 일본 노래를 부른다. 대중매체와 인터넷의 파급력이 막강해서 이제는 어떤 것도 낯설고 신기하게 느껴지지 않는다. 이제 번역은 예전처럼 낯선 세계로 가는 다리를 놓아주는 마법의 옷장이 아니다. 지배자의 권위에 저항하고 도전하기 위해 번역을 하는 사람도 없을 것이다.

내가 번역하는 텍스트도 권위로 나를 위압하지 않는다. 절대적으로 숭앙해야 하는 원문의 권위라는 것은 없다. 번역이 원문을 배신하고 손상할 수밖에 없다고 하지만, 그렇다고 해서 원문이 번역문보다 절대적으로 우월하다는 뜻은 아니다. 얼마 전에는 내가 좋아하는 미국 백인 작가가 1990년대에 쓴 글을 번역하다가 구제 불능의 인종주의적 표현을 마주한 적이 있었다. 이런 문구를 그대로 세상에 내놓을 수는 없기 때문에 나는 그 부분을 둥글려서 감췄다(작가도 오늘날까지 살아 있었다면 부끄럽게 여겼을 거라고 믿는다). 번역에서 손실이 일어났지만, 인종주의를 잃었다고 아까워할 필요는 없다. 어떤 텍스트도 그 자체로 온전하지 않다. 그렇기 때문에 우리는 제3의 공간을 만들고, 새로운 의미를 만들고, 더 나은 글을 생산하기 위해서 번역하고 또 번역한다.

틈새의 여자들

> 번역은 원본을 분절하고 해체하고 원본이 언제나 이미
> 분절되어 있음을 드러낸다. 번역이 원본에 대해
> 부차적이라는 사실에 기인하는 듯 보이는 번역의
> 실패는 본질적인 실패 곧 원본에 이미 존재하는
> 본질적인 분절을 드러낸다. 번역은 원본이 이미 죽어
> 있음을 발견함으로써 원본을 죽인다.
> ― 폴 드 만,「결론」

오래된 비유법들은 번역에 대한 사람들의 일반적 관념을 보여준다. 대표적으로 르네상스 시대부터 사람들 입에 오르내린 '번역가, 배신자'라는 말부터 17세기에 등장한 '부정한 미녀'라든가, 번역본과 원본을 에코와 나르키소스*에 비유하는 것, '번역하면 사라지는 것이 시'라는 말, 그리고 2003년 소피

* 그리스 신화에 나오는 님프 에코는 말재주가 뛰어났다. 제우스가 다른
님프들과 바람을 피우는 동안 에코는 헤라에게 이야기를 들려주며 주의를
흩뜨렸고, 그 사실을 알게 된 헤라에게 벌을 받아 자기 뜻대로 말할 수
없고 남의 말을 따라 할 수밖에 없게 되었다. 에코는 아름다운 젊은이
나르키소스를 사랑하고 갈망하지만 자기 말로 마음을 표현할 수가 없다.
한편 나르키소스는 물에 비친 자기 모습을 보고 사랑에 빠져 이룰 수
없는 사랑에 말라가다가 죽고 만다.[1]

아 코폴라 감독의 영화가 더욱 유명하게 만든 '번역 중 손실(Lost in Translation)'*이라는 말까지 우리가 번역에 대해 하는 말들은 하나같이 번역이 원문과 비교해 저열하거나 부족하거나 온전하지 못하다는 점을 강조해 되새긴다. 하지만 바로 그랬기 때문에, 번역이 창작이 아니라 모방에 불과하며 부차적이고 종속적인 것으로 취급받아왔기 때문에, 그 틈새에 여자들이 침투할 수 있었다.

르네상스 인문주의 시대에 고대 그리스, 로마, 아랍 문헌이 번역되어 서양으로 들어오고 라틴어가 속어로 번역되는 등 번역이 활발히 이루어지면서, 비로소 문학 생산의 장에 여성의 모습이 비치기 시작한다. 중세에는 문필의 세계에서 배제됐던 여성이 번역에 참여하며 문학계에 발을 들여놓게 된 것이다.[2] 여자들은 번역이라는 경시되던 분야에서, 창작의 틈새에서 글을 쓸 공간을 찾았다. 이름을 드러내거나 이름을 남긴 사람은 많지 않지만, 번역을 표현의 수단으로 삼으며 보이지 않게 문화의 발전에 기여한 여자들이 있다.

16세기 후반에 태어난 메리 시드니 허버트**가 이름을 남긴 몇 안 되는 여성 번역가 가운데 한 명이다. 셰익스피어가 영원한 명성을 얻을 작품들을 써내던 16세기 후반에도 여자들이 글을 쓰는 것은 부적절하다는 관념이 확고했다. 『노턴 앤솔

* 한국에서는 '사랑도 통역이 되나요?'라는 제목으로 개봉되었다.
** 1561-1621, 결혼 전 이름은 메리 시드니로 시인 필립 시드니의 동생이다. 메리 허버트는 필립 시드니를 비롯한 문인들을 후원했을 뿐 아니라 「시편(Psalm)」 등 여러 번역 작품을 남겼다.

러지』10판에서 독립된 항목으로 다루어진 16세기 작가 열세 명 가운데 여자는 펨브로크 백작 부인 메리 시드니 허버트 단 한 명뿐이다. 메리 시드니 허버트는 성경 「시편」 번역으로 필립 시드니, 크리스토퍼 말로, 윌리엄 셰익스피어 사이에 이름을 올렸다(개정판에서 에드워드 피츠제럴드가 퇴출되었으니 이제는 메리 시드니 허버트가『노턴 앤솔러지』에 포함된 유일한 번역가일 것이다). 메리는 참 운이 좋았다. 당시 여자들은 학교에 다닐 수 없었으나 메리는 어머니가 엘리자베스 여왕의 시녀였으므로 궁정에서 자라며 인문학과 라틴어 교육을 받을 수 있었다.[3] 메리의 오빠는 유명한 시인인 필립 시드니였고, 메리도 귀족과 혼인해 백작 부인이 된 뒤에는 삶에 여유가 생겨서 여성에게 허락된 유일한 집필 활동인 번역에 손을 대 남자들이 쌓아 올린 문학의 금자탑 한구석에 발을 들일 수 있었다.

이런 조건을 갖추지 못한 여자들은 어떻게 될까. 버지니아 울프는『자기만의 방』에서 셰익스피어에게 그만큼 재능이 뛰어난 누이가 있었다면 어떻게 되었을까 하는 가정을 해보았다. 그리고 이런 결론을 내린다. "16세기에 태어난 위대한 재능의 여성은 틀림없이 미치거나 총으로 자살을 하거나 마을 변두리의 외딴 오두막에서 절반은 마녀, 절반은 요술쟁이로 공포와 조롱의 대상으로서 일생을 끝마쳤을" 것이라고.[4] 번역은 그나마 틈새에 있어서, 문필 활동 가운데에서 애매한 지위를 차지하고 있어서, 작가 뒤에 숨어 보이지 않을 수 있어서, 부차적이고 중요하지 않은 일로 간주되어서, 운 좋은 일부 여자들이 접근할 수 있는 영역이었다.

우리나라에도 보이지 않는 곳에서 번역을 한 여자들이 있었다. 정조와 성덕임(의빈 성씨)의 로맨스를 그린 드라마 〈옷소매 붉은 끝동〉에서 궁녀 성덕임은 서고를 관리하면서 틈틈이 소설을 필사하는 일을 한다. 실제로 성덕임이 정조의 두 여동생인 청연군주, 청선군주 등과 함께 필사한 『곽장양문록』이 오늘날까지 남아 전해진다.[5] 당시에 궁중이나 민간 여성들 사이에서는 소설 읽기가 주된 오락 거리여서, 궁중 여인들도 필사본을 만드는 데 적극적으로 참여한 것으로 보인다. 양난 이후 17세기부터 조선에 들어온 중국 소설은 한글로 번역되어 한글 소설과 함께 널리 읽혔는데, 당시 소설의 주 소비층은 여성이었고, 역자의 이름이 남지는 않았지만 번역도 여자의 손을 많이 거쳤을 것으로 생각된다.[6] 사대부들은 한문이 최고라고 믿으며 한글을 여자들이나 쓰는 문자라는 뜻으로 '암클'이라고 비하했다. 하지만 한글이 있었기 때문에 교육을 받지 못해 한문을 잘 모르는 여자들도 글로 소통할 수 있었다. 그래서 한글을 가장 활발히 사용하고 한글 번역과 필사에 참여하고 한글 글쓰기를 발전시킨 이들은 여자들이었다.

지금 현재도 출판 번역 분야에서 활동하는 번역가 중에는 여자가 압도적으로 많다. 이 현상은 OECD 회원국 중 최고라는 우리나라의 남녀 임금격차와 무관하지 않을 것이다. 번역과 출판을 비롯해 여초 현상이 나타나는 산업 분야는 상대적으로 임금수준이 낮다. 고학력을 요구하는 일인데 소득수준이 남성 고학력자의 기대치에 미치지 못하면 남성 인력의 유입이 적기 마련이다. 반면 여성 고학력자는 안 그래도 비정규직이나 프리랜서 쪽으로 가게 되는 일이 많아 저임금을 어쩔 수 없이 받아들인다(나도 그랬다. 처음에 이 일을 시작할 때는 번역으로 생활비를 벌면서 박사과정을 밟겠다는 야심 찬 목표가 있었다. 하지만 여기에 육아가 더해지는 바람에 대학원은 그만두고 아이를 키우면서 프리랜서로 번역 일을 하게 되었다). 주 독자가 여성이었던 청나라 소설을 한글로 번역하는 일이 전혀 중요하지 않은 일로 여겨져 여자들 손으로 넘어왔던 조선시대처럼, 지금도 번역은 눈에 보이지 않고 중요하지 않고 주변적인 일로 사회적 인정이나 금전적 보상이 별로 따르지 않으며 그래서 주로 여자들이 하는 일이 되어 있다.

그렇지만 번역이라는 일은 남성 중심적 문학 전통에 여성이 침투하는 방법이기도 하다. 보이지 않는 번역가는, 아버지의 목소리로 이루어진 전통의 틈새에 슬며시 깃들기도 한다. 메리 시드니 허버트가 그랬듯이.

어떤 전통은 좀 더 견고해서, 틈새로 비집고 들어가기까지 더 많은 시간과 노력이 필요할 수도 있다. 2017년 에밀리 윌슨이 번역한 『오뒷세이아』 영역본이 출간되었다. 1615년 조지 채프먼이 『오뒷세이아』를 처음으로 영어로 번역한 후 무려 400년 만에 나온, 여자가 번역한 최초의 영역본이다. 그때까지 최소 60종의 영역본이 나왔는데 전부 남자가 번역한 것이었다.

『오뒷세이아』는 어떤 책인가. 『일리아스』와 『오뒷세이아』는 기원전 8세기경에 살았던 호메로스가 썼다고 일컬어지는 서사시로, 이 두 편의 서사시가 서양 문학의 시작점이라고 말하더라도 과장이 아니다. 『일리아스』는 트로이아 전쟁 이야기고, 『오뒷세이아』는 트로이아 전쟁이 끝난 뒤 오뒷세우스가 고향 이타카로 돌아가기까지 10년 동안의 모험 이야기다. 오늘날 독자는 이 작품을 마땅한 경외감을 품고 읽지만, 그런 한편 어딘가 불편한 느낌이 솟는 것도 당연하다. 지금으로부터 2,800-2,900년 전에 쓰인 이야기니 요즘 독자의 기대와 감수성에 쏙 들어맞는다면 오히려 이상한 일이다.

예를 들면, 오뒷세우스는 그 10년 동안 식인 거인에게 잡히고 괴물도 만나는 등 죽을 고비를 수없이 넘기지만 한편 키르케와 칼립소 등 아름다운 여자들의 품에서도 하세월(키르케 1년, 칼립소 7년)을 보낸다. 오뒷세우스의 아내 페넬로페는 남편이 돌아오길 20년(전쟁 10년 + 귀환 10년) 동안 기다리며 왕권을 노리는 구혼자들을 물리치느라 하루하루 힘겹게 버티는데. 또 오뒷세우스의 궁에는 당연한 듯이 노예가 있다. 이야기의 클라이맥스 부분에서, 오뒷세우스는 페넬로페에게 구혼한다는 핑계로 궁을 차지하고 있던 구혼자 108명을 모조리 학살한다. 이어 아들 텔레마코스에게 구혼자들과 같이 잔 여자 노예들을 모두 죽이라고 시킨다. 궁의 여자 노예들에게 성적 자기 결정권이 있었을 리가 없는데도.*

사실 어쩌면 우리가 읽는 번역은 알게 모르게, 거의 무의

---

* 이런 점 때문에 고전 다시 쓰기를 시도하는 작가들도 많다. 이를테면 마거릿 애트우드는 페넬로페의 관점에서 쓴 소설 『페넬로피아드』에 살해된 여자 노예들에게 페넬로페가 느끼는 죄책감과 슬픔을 담았다.

식적으로, 보이지 않게, 원전 텍스트를 길들이는 과정을 거친 것이며, 그러면서 불편함이 조금은 가려졌을 것이다. 수천 년의 시간을 넘어 독자에게 건너오는 과정에는 번역자의 중재와 동시대적 해석이 반드시 개입한다. 그런데 에밀리 윌슨의 번역 전략은 장엄한 수사로 가려져왔던 영웅 서사의 표면에 작은 균열을 내서 불편함과 부당함을 있는 그대로 보이려는 것인 듯하다. 윌슨은 자신의 번역 목표 중 하나가 "독자들도 불편하게 만드는 번역"이며, 불편한 부분을 둘러대어 감추는 대신 잘 보이게 함으로써 "더욱 흥미로운 텍스트"를 만드는 걸 지향한다고 한다.[7] 이를테면 윌슨은 오뒷세우스의 집에서 일하는 노예들을 'servant(하인, 일꾼)', 'maid(하녀, 시녀)' 등으로 포장해서 에두르지 않고 'slave(노예)'라는 단어를 종종 넣었다. 윌슨은 옮긴이의 글에서 "이 서사시에 묘사된 이상적 사회는 충격적이게도 노예제가 당연히 여겨지는 사회이기도 하다는 사실이 드러나게" 하려 했다고 밝힌다.

와이어트 메이슨은 『오뒷세이아』의 첫 행 번역을 예로 들어 에밀리 윌슨 번역의 특징을 보여준다. 『오뒷세이아』는 서사시의 관습을 따라 무사 여신(뮤즈)에게 시적 영감을 달라고 호소하면서 시작한다.

Ἄνδρα μοι ἔννεπε, Μοῦσα, πολύτροπον, ὃς μάλα πολλὰ

여기 있는 'πολύτροπον(polytropon)'이라는 단어의 'poly'는 '많다'는 뜻이고 'tropon'은 '전환(turn)'이라는 뜻이다. 'Ἄνδρα μοι ἔννεπε, Μοῦσα, πολύτροπον'를 문자 그대로 해석하면 "말해주소서, 무사 여신이여, '많은 전환/변환/회전…'의 남자의 이야기를"이 된다. 이 첫 행은 오뒷세우스라는 인간이 대체 어떤 사람인지를 한마디로 제시하는 중요한 부분이다. 이 부분과 '폴리트로폰'이라는 단어를 천병희 번역가는 "들려주소서, […] 임기응변에 능한 그 사람의 이야기를"이라고 옮겼고 이준석 번역가는 "한 사람을 제게 말씀하옵소서, […] 숱하게 변전한 그이는"이라고 옮겼다. 메이슨은 여러 영어 번역 가운데 비슷한 것은 빼고 서른여섯 가지를 열거했는데, '폴리트로폰'이 "여러 수단, 지혜, 신중함, 다양한 재주, 다재다능함, 천재, 교활함, 현명함, 기발함, 운명의 부침, 많은 굴곡, 다면적임, 다변함…" 등으로 번역되었다.[8] 대부분의 번역가가 꾀가 많고 다재다능하다고 일컬어지는 오뒷세우스의 특징을 드러내는 수식어를 붙이거나 아니면 오뒷세우스가 예측할 수 없는 모험과 무수한 부침을 겪었음을 암시하는 말을 넣어 번역했다. 한국어 번역본의 '임기응변에 능한', '숱하게 변전한' 등도 그런 성격을 띤 표현이다. 그런데 윌슨은 특별히 의미를 부여하지 않고 건조하게 옮겼다.

Tell me about a complicated man.
복잡한 남자에 관해 말해주소서.

앞에 열거한 다양한 역어들에 비하면 기름기를 쫙 뺀 번역이라고 하겠다. 에밀리 윌슨은 주인공을 실제 호메로스의 글에 들어 있지 않은 웅장한 수사와 함께 등장시켜 경외감을 불러 일으키기보다는 독자가 문제적 영웅을 있는 그대로 볼 수 있 도록, 재주도 있지만 결함도 있는 인물로 볼 수 있도록 간결하 게 제시한다.

페넬로페는 어떤가. 페넬로페는 전통적으로 정절과 인내 의 상징으로 여겨진다. 오뒷세우스가 온갖 모험을 하고 다니 는 동안 페넬로페는 가정을 지키며 낮에는 베를 짜고 밤에는 낮 동안 짠 베를 몰래 푼다. 페넬로페와 결혼해서 왕권을 차지 하려고 몰려든 구혼자들에게 시아버지의 수의를 완성하기 전 에는 결혼할 수 없다고 하며 시간을 벌고 있기 때문이다. 오뒷 세우스가 세상 끝까지 다녀오는 모험을 하는 동안 페넬로페는 한자리에서 베를 짰다가 풀었다가 제자리걸음만 하고 있다. 사 촌인 클뤼타임네스트라하고 비교해보면 답답할 정도로 수동 적인 인물이다.* 페넬로페는 늘 순종적이고 정숙하고 수동적 인 이미지가 부각되게 그려진다. 그런데 오뒷세우스가 10년의 방랑 끝에 드디어 몰래 이타카로 귀환한 뒤, 구혼자들을 학살 하는 클라이맥스에 도달하기 직전에, 페넬로페가 구혼자들에 게 활쏘기 시합을 하자며 무기가 가득한 창고를 여는 장면이

---

* 트로이아 전쟁에서 그리스 연합군의 지휘관이었던 아가멤논은 전쟁에서 귀환하자마자 아내 클뤼타임네스트라의 덫에 걸려 살해당한다. 『오뒷세이아』에는 살해 동기가 자세히 나오지 않지만 이후 그리스비극 작품에서는 아가멤논이 출항을 위해 딸 이피게네이아를 희생 제물로 바친 것에 클뤼타임네스트라가 복수하려고 살해한 것으로 그린다. 페넬로페와 클뤼타임네스트라는 전통적으로 대조적인 여성상으로 제시되어왔다.

21권에 있다. 손잡이가 상아인 열쇠로 창고 문을 여는 페넬로페의 손을 호메로스는 직역하면 '두껍다'가 되는 단어(παχύς)로 수식했다. 호메로스가 전사들의 손을 묘사할 때 종종 쓰는 단어다. 하지만 '두툼한 손'이라니 전통적 여성상에도 맞지 않고 20년 동안 인내와 고통의 삶을 살아온 페넬로페의 이미지에도 어울리지 않는다. 그래서 이전 번역가들은 이 단어를 생략하거나 혹은 '흔들림 없는 손' 등으로 바꾸었다.* 그런데 윌슨은 전사의 손을 묘사할 때처럼 '근육질의 단단한 손(muscular, firm hand)'이라고 번역했다. 수십 년의 베틀질로 마디가 굵어지고 근육이 발달했을 페넬로페의 손을 묘사하는 단어가 원문에 분명히 있으니, 윌슨은 그 단어를 지우거나 얼버무리는 대신 두드러지게 번역하기로 한다. 이 작은 단어 하나가, 페넬로페가 수동적이기만 한 인물이 아니라—의식하고 그렇게 했든 아니든—무기고를 열어 최종 결말에 이르는 파국의 동인으로서 어떤 역할을 하고 있음을 암시한다.**9

또 이전 번역가들은 대부분 텔레마코스가 페넬로페의 여자 노예 열두 명을 목매달아 죽이는 22권의 장면에서 텔레마코스가 이 여자들을 '창녀(sluts, whores)'라고 부르게끔 번역했으나, 윌슨은 원문에는 여성형 정관사가 있을 뿐 그런 비하어

* 천병희 번역가는 생략했고 이준석 번역가는 '억센 손'이라고 했다.
** 이야기상으로는 이 시점에서 페넬로페는 오뒷세우스가 돌아왔다는 사실을 모른다. 페넬로페가 그런데도 무기고를 열고 오뒷세우스의 활을 꺼내 활쏘기 시합을 하자고 제안한 까닭은, 뭔가 일이 벌어질 때가 다가왔음을 무의식적으로 인식했기 때문이라고 보기도 한다.

가 없음을 지적한다.[10] 번역가가 비하어를 임의로 추가해 학살을 정당화하고 불편함을 덜어내 균열 없는 영웅 서사를 이루도록 살짝 거들어준 셈이다. 윌슨은 이 여자들을 'these girls'라고 지칭해서 이 장면의 비인간성을 감추지 않고 전달했다.

최초의 여성 번역이라는 문구와 함께 에밀리 윌슨의 책이 출간되었을 때, 한편에는 의심의 눈으로 보는 이들이 있었다. (요즘 세상에) 여자가 번역했다는 게 뭐 대단한 일인가? 이미 수십 편의 번역이 있는데 왜 또 다른 번역이 필요한가? 여자의 번역이라서 의미가 있다는 말은 곧 번역가가 투명해야 한다는 의무를 저버리고 원본에 함부로 개입해 훼손했다는 뜻이 아닌가? 요즘 말로 하면 호메로스에 '페미 묻힌' 것이 아닌가?

그렇지만 위의 사례를 보아도 그렇고, 윌슨이 옮긴이의 글에서도 밝혔듯이, 윌슨은 원문 충실성을 저버리지 않으려고 애쓰고 오히려 현대의 편견이나 관념이 글에 옮겨지는 것을 경계했다. 오뒷세우스에게 장려하고 과장된 수사를 붙이고 페넬로페의 손에 필터를 먹이고 여자 노예들에게 '창녀'라는 오명을 덧씌운 것은 남자 번역가들이다.

로리 체임벌린은 여성 번역가가 남성 중심적 전통 안에서 쓰인 텍스트를 번역할 때의 딜레마를 이야기하며 기예르모 카브레라 인판테의 소설을 번역한 수전 질 러바인의 말을 인용한다. "여성 번역가는 이런 책을 어떻게 해야 하나? 이 나르키소스의 에코가 되어 원형을 그대로 반복하며 이중의 배신자가 되는 것은 아닌가? 어머니의 '부국어'를 쓰는 사람, 위대한 남성의 사상과 담론을 메아리처럼 따라 하는 사람은 어떤 면에서 배신자다." 하지만 그렇다고 번역하지 않는다면, 원본에 부여된 권위를 상처 하나 없이 남겨두는 일이나 다름없다. 따라서 부정(不貞)에 부정(不貞)으로 대응해야 한다고, 여성 번역가는 주인의 목소리를 대변할 게 아니라 작품과 함께 말하며 모순을 드러내고 논쟁해야 한다고 말한다.[11] 에밀리 윌슨의 『오뒷세이아』 번역은 원본의 틈새에 파고들어 은폐된 모순을 드러내는 것만으로 권위 있는 텍스트에 미세한 균열을 낼 수 있음을 보여준다. 우리가 근원적인 서사로 생각한 것에도, 호메로스의 위대한 작품에도 균열이 있고 여러 목소리가 섞여 있으며 순수한 하나의 목소리란 신화에 불과함을 여성의 번역이 드러낸다. 반들반들 다듬어진 표면에 감추어져 보이지 않던 균열, 삶의 고통, 노예들의 비명, 우리가 보고 싶지 않았기에 눈을 돌렸던 것들이, 그럴듯하게 구성된 신화를 치웠을 때 비로소 보인다. 번역이 원문의 틈새에 깃들어 있던 목소리를 끌어낸다.

　　폴 드 만은 "번역은 원본을 분절하고 해체하고 원본이 언제나 이미 분절되어 있음을 드러낸다"고 했다. 원본은, 이미 죽어 있는 원본은 번역이 없으면 정전이 되지 못한다. 원본은 번역되면 될수록 정전으로서 위치가 굳어진다. 드 만은 원본이 번역을 필요로 하므로 순수하게 그 자체로 정전일 수 없고, 또 번역될 수 있으므로 최종본이 될 수도 없다고 한다. 번역은 원본을 정전화하고, 잠정적으로 동결하며, 이전에는 알아차리지 못했던 원본의 유동성과 불안정성을 드러낸다.[12] 서양 문학의 시조인 『오뒷세이아』도 끊임없이 번역되지 않으면 그 지위를 유지할 수 없다. 그렇지만 새로운 번역본이 나올 때마다, 다양한 번역이 여러 목소리를 낼 때마다, 고정되고 절대적이고 최종적인 원본이라는 신화는 무너진다. 번역을 통해 우리는 원본을 받아들이며 영향을 받아 달라지지만, 원본도 늘 번역을 겪으며 새로운 생명을 얻고 다시 복원되고 변모한다.

『오뒷세이아』 4장에 나오는 해신(海神) 프로테우스는 사자, 뱀, 나무, 물 등 어떤 모습이라도 될 수 있지만, 온 힘을 다해 꽉 붙들고 절대로 놓아주지 않으면 변신하기를 포기하고 진실을 들려준다. 번역도 때로는 그렇게 꽉 붙드는 일이다. 무수히 변하는(폴리트로폰) 원본을 고정하고 틈새에 스며 있던 의미까지 꽉 짜내어 진실을 듣기 위해서.

침묵과 메아리

空山不見人　빈산에 사람은 보이지 않고
但聞人語響　다만 울리는 말소리만 들린다
返景入深林　저녁 해가 깊은 숲에 들어
復照青苔上　다시 푸른 이끼 위를 비춘다
　　　—　왕유,「녹시(鹿柴)」

숲에서 나무가 쓰러지는 엄청난 일이 일어났을 때, 그 숲에 소리를 들을 수 있는 존재가 없다면 아무 소리도 나지 않은 것이라는 말을 떠올린다. 아무리 목이 터져라 소리를 질러도 듣는 사람이 없다면 아무 소리도 나지 않은 것이다. 하지만 눈밭에 눈송이가 떨어지는 따위 힘없는 소리도, 아무도 없는 빈산에서 울리는 메아리도 귀를 기울이는 사람은 들을 수 있다. 우리는 언어의 공백을, 침묵을 들을 수 있다. 같은 텍스트라도 읽는 사람에 따라, 그 텍스트가 놓인 맥락에 따라 다르게 읽히는 현상을 두고 우리는 행간에 의미가 있다고 말하기도 한다. 행과 행 사이, 단어와 단어 사이 빈 공간에 눈에 보이지 않는 의미가 있다. 눈에 보이지 않는, 언어로 명시되지 않은 의미를 어떻게 번역할 것인가? 침묵을 어떻게 다룰 것인가?

　번역가의 일은 무엇보다도 침묵에 목소리를 부여하는 일이다. 첫째로 나의 언어가 아니라서 들리지 않던 침묵하는 말이 들리게 한다. 번역가는 에코처럼 숲속 깊이 숨어 있어 눈에 보이지 않고 나르키소스가 먼저 입을 열지 않으면 말을 하지 못하지만, 나르키소스의 혼잣말을 멀리, 모든 사람이 들을 수 있도록 전한다. 또 번역가는 원저자의 언어만 번역하는 게 아니라 침묵까지 번역한다. 번역은 언어의 빈틈을 다룬다. 단어와 단어 사이에서 발생하는 의미를 읽고, 그 의미를 번역된 글의 여백에 눈에 보이지 않게 다시 침묵으로 담는다.

엘리엇 와인버거는 『왕유를 보는 열아홉 가지 방법』(1987; 2016)이라는 책에 당나라 시인 왕유의 오언절구「녹시(鹿柴)」를 번역한 여러 시를 모았다. 1919년의 번역부터 시작해서 1978년 게리 스나이더의 번역까지 열아홉 가지 번역을 비교하고 해설한다. 어떤 번역은 소리를 중시하고, 어떤 번역은 의미를 중시하고, 어떤 번역은 원문을 '개선'하려고 수식을 덧붙이고, 어떤 번역은 왕유의 미니멀리즘을 고수하고, 어떤 번역은 왕유의 정토 사상을 번역에 담으려 한다. 단 스무 글자로 이루어진 간결한 한시가 강한 시작(詩作) 전통이 있는 언어와 만났을 때 얼마나 다채로운 결과물이 나타나는지 보여주는 아름다운 모음집이다. 열아홉 편의 시가 다 서로 다르지만, 이전 번역의 영향이 메아리로 남아 있어 서로 연결되기도 한다.

　　전에 중국어 번역가 친구가 중국어는 귀에 걸면 귀걸이, 코에 걸면 코걸이라고 푸념하는 걸 들은 적이 있다. 중국어에서는 같은 글자가 명사도 될 수 있고 형용사도 될 수 있고 동사도 부사도 될 수 있고, 또 중국어는 한국어나 영어처럼 형태 변화가 없는 데다 단수·복수 등도 없어서 맥락으로 모든 걸 추론해야 한다고 했다. 말하자면 중국어는 다른 언어에 비해 밀도가 낮다. 여백이 많은 언어다. 아무도 없는 빈산에서 말소리를 듣는 왕유처럼, 응축된 단 스무 개의 글자 사이에 무엇이 있는지, 어떤 의미의 끈들이 이 글자들을 연결하는지를 생각해야 한다. 스무 개의 글자를 어떻게 잇느냐에 따라 다른 시가 된다.

이 번역들을 참고하여, 나도 고등학교 때 배운 어설픈 한자 지식으로 스무 번째 번역을 더해본다(다행히 어려운 글자가 없다).

空山不見人 빈산에 사람은 보이지 않고
但聞人語響 다만 울리는 말소리만 들린다
返景入深林 저녁 해가 깊은 숲에 들어
復照靑苔上 다시 푸른 이끼 위를 비춘다

모든 말은 그 안에 침묵을 품고 있다. 번역가가 침묵을 읽어서 단어들을 엮으며 번역을 이루기 때문에 모든 번역은 이렇게 다르다.

얼마 전에 1955년에서 1970년까지 월간 여성 잡지 『여원』에 실린 번역문학을 분석한 연구[1]를 읽다가, 진 스태퍼드의 「시골 러브 스토리(A Country Love Story)」가 쟌 스태포드의 '러브 스토리'(번역 오기방)라는 제목으로 『여원』 1959년 9월호에 실렸음을 알게 되었다. 진 스태퍼드는 국내에 거의 소개되지 않았지만 E. B. 화이트가 탁월한 문장의 표본으로 꼽은 소설가다. 스태퍼드는 1950년 「시골 러브 스토리」를 『뉴요커』에 발표한 이후 꾸준히 『뉴요커』에 단편을 게재했고 1970년에는 단편집으로 퓰리처상을 수상했다. 개인적 삶은 힘겨웠다. 스태퍼드는 알코올중독과 우울증에 시달리다가 1947년 정신병원에 입원했고 1948년에 이혼했다. 「시골 러브 스토리」는 첫 번째 남편인 시인 로버트 로웰과의 고통스러운 결혼이 끝날 무렵에 쓴 단편이다.

　이 단편이 1959년에는 어떻게 번역되었을지 궁금했다. 옛 번역에서 침묵이 어떻게 다르게 번역되는지 작은 틈을 찾아낼 수 있지 않을까 하는 생각이 들었다. 오기방 번역가*와 나 사이에 있는 66년의 시차. 1959년 역자와 2025년 역자가 작품을 바라보는 관점, 작품 해석, 의미를 형성하는 그물망은 다를 것이고, 그 차이가 역어의 선택에 영향을 미쳐 빈틈에서 다른 의미가 만들어지리라 가정했다. 그래서 도서관에 가서 잡지 디지털 자료를 출력했고 원문과 1959년의 번역을 나란히 놓고 비교해보았다. 오역으로 보이는 부분이 좀 있었으나, 잘못 읽은 부분을 지적하는 일은 지금 나의 목적에는 맞지 않는다. 나와 오기방 번역가가 기본적으로 같은 해석을 했지만 미묘하게

* 번역가 오기방을 국가자료종합목록에서 검색해보았는데 역서가 그레이엄 그린의 『조용한 미국인』(1959, 여원사) 한 권밖에 나오지 않았고 다른 정보는 찾지 못했다. 지금은 아마 돌아가시지 않았을까 생각한다. 이 글은 번역을 평가하려는 게 아니라 차이를 드러내고 싶었을 뿐이니, 내가 이렇게 언급하는 것이 누가 되지 않기를 바란다.

다른 단어를 선택해 의미가 살짝 어긋난 부분들을 찾아서 열거해보려고 한다.**

「시골 러브 스토리」는 한겨울, 뉴잉글랜드 한적한 시골집에서 남편 대니얼과 같이 사는 메이의 관점에서 이야기를 펼친다. 남편은 나이가 메이보다 스무 살 더 많은 역사 교수다. 대니얼이 폐결핵에 걸려 1년 동안 요양원에 입원해 있다가 퇴원한 후, 텔렌바크 의사의 권유에 따라 부부는 이곳으로 이사하게 되었다.

그러나 메이는 마당에 방치되어 낡아가는 썰매 차를 바라보며 시골 생활이 처음에 기대했던 것과는 전혀 다른 모습이 되었다는 생각을 한다. 텔렌바크 의사는 메이에게 대니얼이 1년이나 요양원 생활을 했으니 번잡한 도시와 교수 사회로 돌아가지 말고 시골에서 요양하며 회복해야 한다는 의견을 강하게 피력했다. 그러면서 그게 대니얼이 원하는 바이기도 하다고 말했다. 그 말을 듣고 난 메이의 반응이 원문에는 "Stung to see that there was a greater degree of understanding between Daniel and Dr. Tellenbach than between Daniel and herself…"라고 표현되

** 번역을 할 때 어떤 단어가 꽃처럼 여겨질 때가 있다. 여러 장의 꽃잎이 합해져 이루어진 꽃에서 번역은 꽃잎 한 장밖에 떼어가지 못할 때가 많다. 셰익스피어의 소네트를 번역할 때 'will'의 무수한 뜻 가운데 한 가지 단어를 골라야 하듯이. 고유명사처럼 꽃잎이 단 한 장인 단어도 있지만, 장미처럼 여러 겹의 의미가 뭉쳐 있는 단어도 있다. 번역가가 각 단어에서 어떤 꽃잎을 따 오느냐에 따라 얼마나 다른 글이 될 수 있는지를 생각하면 번역만큼 신비로운 일이 없는 것 같다.

어 있다. 이 대목에서 'stung'이라는 단어를 어떻게 옮길까 고민해봤다. 마음이 날카로운 것으로 찔린(sting) 듯한 느낌과 관련된 말은 무수하겠지만, 나는 메이가 남편과 1년 동안 떨어져 지내는 동안 남편과 꽤 멀어졌으며 텔렌바크 박사가 자기보다 남편의 속마음을 더 잘 안다는 사실을 알고 **충격을 받았으리라**고 짐작했다. 반면 오기방 번역가는 "메이는 다니엘과 자신 사이보다 다니엘과 텔렌밧하의 사이가 더 이해의 정도가 깊다는 사실을 알게 되어 **가책을 받으면서**…"라고 번역했다.[2] 가책을 받아도 마음이 찔리기는 하지만 나로서는 메이가 가책을 느낄 이유를 찾을 수가 없었다. 여기에서 의미의 틈새가 조금 벌어진 것을 느꼈다.

메이와 대니얼이 처음 이 시골집에 왔을 때는 마치 다시 신혼으로 돌아간 것처럼 희망과 기대가 넘쳤다. 둘이 집을 수리하기도 하고 같이 소풍을 다니며 아름다운 자연을 누리기도 했다. 그러나 겨울이 오자 대니얼이 돌변해서 영화 〈샤이닝〉의 잭 니콜슨처럼, 아니면 『미들마치』의 캐소본 목사처럼 서재에 틀어박혀 일만 한다. 대화 상대도 없이 긴 하루를 혼자 보내야 하는 메이는 점점 외로워진다. 그러다가 하루는 대니얼에게 산책이라도 하러 가자고 조른다.

"You never go outdoors," she said, "and Dr. Tellenbach said you must. Besides, it's a lovely day."

"I can't," he said. "I'd like to, but I can't. I'm busy. You go alone."

Overtaken by a gust of loneliness, she cried, "Oh, Daniel, I have nothing to do!"

A moment's silence fell, and then he said, "I'm sorry to put you through this, my dear, but you must surely admit that it's not my fault I got sick."

In her shame, her rapid, overdone apologies, her insistence that nothing mattered in the world except his health and peace of mind, she made everything worse, and at last he said shortly to her, "Stop being a child, May. Let's just leave each other alone."

오기방 번역

"당신은 집 밖에 한 번도 나가지 않아요." 그녀는 말했다.

"텔렌밧하 의사는 산책을 해야 한다고 했어요. 그리고 오늘은 날씨가 참 좋기도 하구요."

"나갈 수 없어. 나도 나가고 싶지만 그렇게는 할 수 없어. 나는 바쁘니까. 당신 혼자 가구려."

그녀는 갑자기 고독감에 사로잡히면서 외쳤다.

"아, 다니엘, 저는 할 일이라곤 아무것도 없어요."

잠시 침묵이 흐른 후에 그는 말했다.

"여보, 당신을 이런 지경에 빠지게 해서 미안하오. 그러나 병에 걸린 것은 내 잘못이 아니라는 것을 당신은 제발 알아주어야 하겠어."

그녀는 황급하게 자기가 이 세상에서 관심을 가지고

있는 것은 그의 건강과 마음의 평화뿐이라고 진정이 아닌 과장된 사과를 했다. 그러자 그는 무뚝뚝하게

"어린애처럼 굴지 말어요. 메이. 우리 서로 따로 떨어져 있어" 하고 그녀에게 말했다.[3]

내 번역

"당신은 도무지 밖에 나가질 않잖아. 텔렌바크 박사는 바깥 활동을 해야 한다고 했어. 게다가 오늘 날씨도 좋아." 메이가 말했다.

"안 돼. 그러고 싶지만 안 돼. 바빠. 혼자 가."

대니얼의 말에 갑자기 외로움이 북받쳐 메이는 이렇게 외쳤다. "아, 대니얼, 나 할 일이 아무것도 없어!"

잠시 침묵이 흐른 후에 대니얼이 말했다. "이렇게 돼서 미안해, 여보. 하지만 내가 병에 걸린 게 내 잘못은 아니란 건 인정하겠지."

메이는 당황하며 서둘러 과도할 정도로 사과하며 남편의 건강과 마음의 평화 말고는 어떤 것도 중요하지 않다고 거듭 강조했지만 말을 할수록 점점 더 상황이 꼬이는 것 같았고 마침내 대니얼이 무뚝뚝하게 말했다. "어린애처럼 굴지 마. 그냥 좀 서로 따로 있자."

영어에는 존댓말이 없지만 우리말로 옮길 때는 부부나 연인 사이에서 어떤 말투를 쓸지 고민이 될 때가 있다. 데면데면한 사이에서 연인으로 발전하는 경우라면 어느 시점에서 말을 놓을

지도 고민하게 된다. 언제부터 두 사람 사이에서 조심스러움이 사라지고 특별한 친밀감이 생기는 걸까? 이야기 전개상 그 특별한 지점이다 싶은 순간을 신중하게 가려 말을 놓을 시점을 결정해야 한다. 최근에 영화 〈해리가 샐리를 만났을 때〉 각본집을 번역하면서도 해리와 샐리가 언제 서로 말을 놓게 할지 고민했다. 해리와 샐리가 처음 만난 날—둘이서 열여덟 시간 같은 차를 타고 왔지만 서로 뜨악한 관계다. 말을 놓긴 이르다. 5년 뒤 두 번째 만난 날—우연히 같은 비행기를 탔는데, 샐리는 아직도 해리와 가까워지고 싶은 생각이 없다. 6년 뒤, 둘다 싱글이 된 뒤에 재회한 날—같이 와인을 마시며 속엣말도 털어놓고 농담도 잘 통한다. 하지만 그렇다고 갑자기 말을 놓긴 그런데. 아, 헤어지기 전에 해리가 우리 이제 친구냐고 묻는다. 좋은 큐다. 다음 만남부터 말을 놓으면 된다. 이번 책은 말을 놓는 시점을 결정하기가 쉬웠지만 더 애매할 때도 있다. 존댓말이 없는 언어권의 번역가라면 이런 고민을 할 일은 없을 것이다. 하지만 한국어 번역가는 빈산에서 울리는 메아리에 귀를 기울이듯 두 사람 사이 관계 기류의 미묘한 변화와 이야기의 흐름을 읽어서 인물의 말투에 반영한다.

나는 연인이나 부부 사이라면 서로 평어를 쓰거나 (배경이 먼 과거라면) 서로 존대하는 쪽으로 번역하고 싶다. 하지만 불과 3, 40년 전만 하더라도, 영화나 소설 등에서 나이가 비슷한 연인이나 부부 사이에서 남자는 여자에게 반말하고 여자는 남자에게 존대하는 모습을 흔히 볼 수 있었다. 사실 이 소설의 부부는 나이 차이가 스무 살이나 나는 데다 대화 내용을 보아도 권력 차이가 뚜렷하기 때문에, 그런 관계를 더 확실히 드러내기 위해 오기방 번역가처럼 아내는 존댓말을 하고 남편은 반말을 하는 번역이 좋을 듯도 하다. 다만 요즘에는 대화문에 하오체를 쓰면 너무 문어체로 느껴진다.

　두 번역에서 대니얼이 한 대사를 비교해보면, 내가 느끼는 대니얼이 오기방 번역가가 생각하는 대니얼보다 더 **차갑다**는 생각이 든다. 오기방 번역의 대니얼은 하오체만 아니면 마치 어린아이를 **달래는 듯한** 말투다. 이 부분에서도 조금 다른 그림이 그려졌다.

　다시 소설을 오기방 번역과 함께 더 읽어보자. 이런 나날이 계속되고, 메이는 남편을 향한 감정이 서서히 변하는 것을 느낀다.

To the thin, ill scholar whose scholarship and illness had usurped her place, she had gradually taken a weighty but un-violent dislike.

그녀는 자기의 위치에 학문과 병을 대치한 마르고 병든 학자에게 차츰 격렬하지는 않으나마 견디기 어려운 **증오감**을 느끼고 있었다.[4]

　메이가 처음으로 남편에게 부정적 감정을 느끼고 자신도 당혹해하는 순간인데, **증오감**은 너무 강한 단어라는 생각이 든다. 나라면 **싫다** 정도로 했을 것 같다.

216

For a minute or two, she was almost enraptured in this state of no desire, but then, purged swiftly of her cynicism, she knew it to be false, knew that actually she did have a desire – the desire for a desire.

그녀는 잠시 아무 의욕이 없는 그런 상태에 거의 황홀감을 느꼈으나 그 순간 늘 비꼬아 생각하는 버릇이 갑자기 자취를 감추고 그것이 거짓이라는 것을 알았고 사실은 의욕을—의욕을 위한 의욕을—가지고 있다는 것을 알았다.[5]

나라면 'desire'를 욕망이라고 번역했을 듯하다. 1957년에 *A Streetcar Named Desire*가 '욕망이라는 이름의 전차'라는 제목으로 영화도 개봉되고 번역서도 나왔으니 번역어로 '욕망'도 고려해볼 만했을 텐데 오기방 번역가는 '의욕'이라는 좀 더 점잖은 단어를 썼다. 교양 있는 여성 잡지라는 매체에 걸맞게 번역을 길들였던 걸까.

이 네 군데 포인트를 성기게 연결해서 지금까지의 줄거리를 요약하면 이렇게 된다.

오기방: 메이는 남편이 앓고 난 뒤 남편과 거리가 멀어진 것을 알고 가책을 느낀다. 시골 요양 생활에 따분함을 느낀 메이는 남편에게 산책을 가자고 조르지만 남편은 어린애 대하듯 메이를 달랜다. 메이는 남편에게 증오감을 느낀다. 의욕을 잃고는 다시 의욕이 생기길 바란다.

나: 메이는 남편이 앓고 난 뒤 남편과 거리가 멀어진 것을 알고 **충격을 받는다**. 시골 요양 생활에 따분함을 느낀 메이는 남편에게 산책을 가자고 조르지만 남편은 **냉정하게 거부한다**. 메이는 남편이 **싫어진다**. **욕망**이 없어졌음을 느끼고 다시 욕망이 솟기를 욕망한다.

크게 갈라지지는 않았을지라도 살짝 다른 경로가 만들어졌다. 어떤 텍스트든 읽는 사람에 따라 조금씩 다르게 읽히기 마련이지만 이야기를 들려주는 사람은 일관된 줄기를 따라가며 독자를 설득해나가야 한다. 얼핏 봐서는 차이가 드러나지 않을 정도로 비슷한 단어들이지만, 어떤 단어를 선택하느냐에 따라 이 단어들이 어우러져서 만드는 전체적인 분위기는 꽤 달라질 수 있다. 이 단편을 번역하는 사람은 이어지는 메이의 변화가 납득이 가게 할 흐름을 만들어야 한다.

이렇게 빌드업을 했으니 이제 이야기의 절정으로 가보자. 메이가 "오늘 자메이카 호수에 가면 참 좋을 거야"라고 혼잣말처럼 말하자, 대니얼은 벌컥 화를 내며 주먹으로 식탁을 친다. "난 이런 걸 바라지 않았어!" 대니얼은 자기가 떠나 있었던 1년 동안 즐거웠냐며 메이를 다그친다. 메이는 할 말을 잃고 대답하지 못한다. 메이가 아무 말도 하지 않자 대니얼은 나한테 말하지 않은 것이 있지 않냐며 무슨 짓을 저질렀느냐고 추궁한다. 메이는 아무 짓도 한 게 없으니 대답할 말이 없다. 남편의 권위 있는 목소리와 지배적인 담론의 무게에 메이의 말은 힘을 잃고 메이는 목소리를 잃고 침묵할 수밖에 없다. 남편의 건강 때문에 시골에 살게 되어 적막과 외로움에 시달리는 것은 메이인데, 대니얼이 적반하장으로 나온다. "왜 날 이렇게 괴롭히는 건지 말해줄래? 무슨 강박증이야? 통제가 안 돼? 미친 거야?"

메이의 절망과 고독감은 더욱 깊어지고, 메이는 대니얼에게 받은 상처에 앙갚음하듯 낡은 썰매를 바라보면서 그 위에 애인이 앉아 있다는 상상을 한다. 메이가 현실에서 벗어나기 위해 상상이 주는 달콤한 위안에 매달릴수록 상상 속 애인의 존재는 점점 생생해진다. 메이는 밤이고 낮이고 애인을 상상하면서 원하던 대로 강렬한 욕망에 사로잡혀 달뜬 상태로 나날을 보낸다. 메이는 이제 비밀이 생겼으므로 대니얼의 터무니없는 추궁에 진짜 죄책감을 느낀다. 밤에도 잠을 자지 못하고 뒤척인다. 대니얼은 메이를 점점 더 몰아붙이고 미친 게 틀림없다고, 정신병원에 가야 한다고 말한다.

그러던 어느 날 밤, 메이는 꿈속에서 상상의 애인이 자신에게 사랑한다고 하는 말을 듣고 기쁨에 벅차오르는데, 눈을 떠보니 현실은 늙고 병든 남편의 모습으로 눈앞에 있었다. 남편이 사랑한다고 하며 메이를 깨워서는 커피를 좀 달라고 하는 것이었다. 메이의 상상은 산산이 흩어져버리고 차가운 현실이 내려앉는다. 메이는 집 밖으로 나가 썰매 위에 앉아서 "남은 삶을 어떻게 살지를 생각하고 또 생각했다".

"남은 삶을 어떻게 살지를 생각하고 또 생각했다"라는 건조하고 간결한 마지막 문장에서 메이의 깊은 절망감이 느껴진다. 나이 차, 남성과 여성을 둘러싼 관습, 교수라는 직업 등이 얽혀 있는 메이와 대니얼 사이의 불평등한 권력관계 때문에 메이의 말은 너무 쉽게 묵살되고 하고 싶은 이야기는 번번이 가로막힌다. 대니얼의 관점과 주장이 두 사람이 나누는 대화를 지배하고 메이는 침묵할 수밖에 없다. 메이는 자기 생각을 말할 수 없는 답답한 심정에 환상에서 출구를 찾지만 현실 앞에서 그 출구마저 막혀버린다. 이 소설은 그 답답함과 암담함을 낡은 썰매에 걸터앉은 메이의 마지막 모습에서 구체적으로 실감하게 한다. 진 스태퍼드는 언어의 힘과 침묵이라는 주제를 설명하지 않고 말없이 강력하게 보여주었다. 번역가는 그 말 없는 울림을 행간에서 읽어 행간으로 말없이 전달해야 한다. 번역가는 행간에서 읽은 의미를 말로 설명하면 안 되고 그럴 필요도 없다. 단어의 선택만으로도 행간의 의미가 행간으로 전해진다. 그 단어들을 연결하는 것은 독자의 몫이다.

나는 이렇게 읽었다고 말하지만 물론 이것만이 옳은 읽기라고 말할 수는 없다. 내가 이렇게 번역한 근거는 언어에 있는게 아니라 행간에, 작가가 말하지 않은 침묵에 있기 때문이다. 나의 읽기는 열아홉 가지 방식 가운데 하나일 뿐이다. 어쩌면 진 스태퍼드의 1950년 단편에 2025년의 나보다 1959년의 오기방 번역가가 더 가까울지도 모른다. 그렇지만 이 읽기가 지금 나에게는 가장 옳은 것으로 느껴진다.

우리는 흔히 원본은 완결되었으며 따라서 완전하지만 번역은 아무리 해도 완성되지 않고 완전해질 수 없는 것, 그래서 열등한 것으로 생각한다. 하지만 번역이 완결될 수 없다는 말은, 이미 시간 속에 못 박혀 고정되어버린 원본과 달리 번역은 계속해서 현재의 요구에 적응하며 이루어지는 살아 있는 것이라는 말이기도 하다. 와인버거는 "위대한 시는 영원히 변하고 영원히 번역되는 상태로 산다. 시는 더 갈 곳이 없을 때 죽는다"라고 한다.[6] 번역가는 자신과 동시대 독자를 염두에 두고 독자가 원래 작품이 쓰인 시대의 독자들처럼 작품을 즐길 수 있게끔 새로이 번역한다. 당연히 번역은 번역이 이루어지는 시대와 장소와 문화와 밀접한 관련을 맺으며, 번역가의 문화적·이데올로기적 정체성에도 영향을 받을 수밖에 없다. 그래서 번역은 늘 가능성으로 가득한 지평을 연다.「녹시」의 번역이 열아홉 편 있다 해도,『오뒷세이아』의 영어 번역본이 60권 있다 해도 또 다른, 또 새로운 번역본이 나올 수 있다. 그렇게 번역은 원본이 소멸하지 않고 끊임없이 재생산되며 살아 있게 만든다. 번역가가 하는 일은 원본을 훼손하거나 손상하는 일이 아니라 계속해서 살아 있도록 생명을 주고 되살리는 일이다. 번역가는 "상상력과 독창성과 자유로움을 요하는 연금술 같은 정교한 공정을 통해 텍스트의 의미를 복원"한다.[7] 에코는 자기 목소리를 내지 못하고 나르키소스가 하는 말을 따라 할 뿐이지만, 자기 자신밖에 보지 못하는 나르키소스가 점점 말라가다 소멸한 뒤에도 계속 나르키소스의 목소리를 따라 하고 다양하게 반향하며 울려 퍼지게 한다. 나르키소스는 침묵할지라도, 그 침묵에 귀를 기울이면 우리는 에코의 목소리를—빈 산에 울리는 메아리를 들을 수 있다.

기계 번역 시대의 번역가*

> 그것은 첫 번째 무한의 거울상이고 그림자이고
> 메아리이며 다른 심연과 동심원을 이루는 심연이
> 아닌가? 두 번째 무한도 지성을 가지고 있나? 생각을
> 하나? 사랑을 하나? 의지가 있나?
> — 빅토르 위고, 「레 미제라블」

인간에게는 거울 뉴런이라는 게 있어서 이 신경 체계가 다른 사람의 행동을 관찰하고 모방하는 데 관여한다고 한다. 거울 뉴런 때문에 아기가 다른 사람의 말을 따라 하며 언어를 습득할 수 있고, 사람이 다른 사람의 행동을 보며 감정을 느끼고 의도를 파악할 수 있다. 사람이 번역을 할 수 있는 것도 이 거울 뉴런 때문일 것이다. 다른 사람을 거울에 비친 나의 모습처럼 인식하고, 어떤 감정인지 느끼고, 의도를 짐작한다. 다른 사람을 마치 나인 것처럼 바라보고 공감한다.

거울은 거울이 비추는 대상을 똑같이 재현하지만 사실 거울 안의 세상은 모든 게 정반대다. 이상은 시 「거울」에서 "거

---

* 이 글의 일부는 『릿터』 42호에 실린 「AI, 경쟁자에서 공조자로」를 다시 쓴 것이다.

울 속의 나는 참 나와는 반대요마는 꽤 닮았소"라고 했고 거울 나라에 간 앨리스는 이곳에서는 무엇이든 반대로 이루어진다는 걸 알게 된다. 책 위에 쓰인 글자는 반전되어 있고, 가까이 다가가려면 뒷걸음질을 쳐야 하고, 하얀 여왕은 비명을 지른 다음에 브로치 핀에 손을 찔린다. 나도 헬스*를 하러 가서 거울을 보며 덤벨을 들 때면 거울 나라에 간 앨리스처럼 머리가 뒤죽박죽된다. 거울을 보면서 양쪽 팔이 대칭을 이루게 하려고 팔을 돌리다 보면 이상하게 점점 더 비뚤어지기만 한다. 눈에 보이는 것과 반대로, 직관을 거슬러서 팔을 움직여야 맞는 방향으로 돌아간다.

번역은 원문을 메아리처럼, 거울처럼 고스란히 반향하려 한다. 그렇지만 거울 속의 이미지는 완전하지 않다. 거울 안에 비친 세상은 복제이자 동시에 반전이다. 74면에서 예로 들었던 번역 사례를 다시 보면,

ST   I've been home all day long.

TT1   나 오늘 종일 집에만 있었어.

TT2   오늘 집 밖에 한 번도 안 나갔어.

'오늘 집 밖에 한 번도 안 나갔어'는 뒤집어진 문장이지만 이 문장이 전달하고자 하는 뜻을 담기에 더 적절할 수도 있었

---

* 이 단어는 재미있다. 영어로 'health'는 '건강'인데 한국어로 '헬스'는 '주로 헬스클럽에서 기구를 사용해서 하는 운동'이다. 일본어로 'ヘルス (헤루스)'는 성매매 업소를 뜻한다.

다. 이게 기계와 사람의 차이이기도 하다. 앞의 예문 'I've been home all day long'을 번역기에 넣는다고 해보자. 문맥이 어떻든 간에 기계가 두 번째 번역문인 '오늘 집 밖에 한 번도 안 나갔어'를 내놓을 리는 없다. 그렇지만 사람인 나는 번역을 할 때 종종 부정을 긍정으로, 긍정을 부정으로 뒤집는다. 반전해야만 상이 뚜렷해지는 때가 있다. 앨리스가 거울 나라에서 책을 읽기 위해서는 거울에 비추어 보아야 했던 것처럼.

사람의 언어는 명징하지 않다. 사람의 언어는 텍스트뿐 아니라 여백을 통해서도 말한다. 사람의 언어는 표면이 우그러진 거울이고 흐릿한 유리창이다. 사람의 번역도 그렇다. 『괴델, 에셔, 바흐』의 저자 더글러스 호프스태터는 "생각을 표현하는 것은 언제나 왜곡이다. 언어는 엉성한 근사치이거나 단순화에 지나지 않기 때문이다. 다른 사람의 생각을 다시 표현하는 것[번역] 역시 언제나 왜곡이지만, 두 번째 왜곡이 첫 번째 왜곡[원문]보다 덜 충실할 것도 없다"[1]라고 말한다. 나는 여기에 더해, 왜곡하고 뒤틀어야 더 충실해질 때가 있다고 말하고 싶다.

ST   In the silvery twilight the intricate palms rival the historic beauty of the surrounding architecture.

TT1   은빛 어스름 속에서 복잡한 야자수가 주변 건축물의 역사적인 아름다움에 필적합니다.

TT2   은빛 박명 속 섬세한 야자나무가 주위에 있는 예스러운 건물 못지않게 아름답다.

96면에서 예로 들었던 예문이다. 인간(나)이 기계(TT1)와 달리 'beauty'를 명사로 번역하지 않고 서술어로 번역한 사례다. 명사를 서술어로 바꾸어 번역하는 것은 영어를 한국어로 번역할 때 사용하기 좋은 기법 가운데 하나다. 영어는 명사가 중심이 되는 구문이 많다. 명사를 핵으로 두고 명사 뒤에 관형절 등을 잔뜩 붙여서 비대하게 꾸밀 때가 많다. 그런데 한국어에서는 꾸밈을 받는 단어가 꾸미는 말보다 뒤에 오기 때문에, 관형절이 붙은 명사의 구문을 그대로 옮기면 꾸미는 말이 한없이 나오다가 마지막에 가서야 뭘 꾸몄는지를 알게 된다.

예를 들면 이런 식이다.

어제 오빠가 친구 집에서 먹다가 남긴 과자를 담아 온 통에 그려져 있는 포켓몬이 뭐야?

'포켓몬이 뭐야?'가 이 질문의 핵심인데 끝까지 듣기 전에는 뭘 물어보려는 건지 알 수 없다. 무슨 이야기가 나올지 모르는 상태에서 복잡하고 다양한 정보를 집중해서 들어야 하니 이 말을 하는 사람에 대한 사랑이 없다면 어려운 일이다. 책을 읽는 독자에게 그런 것을 기대할 수는 없다. 영어로 하면 'What is the name of the Pokémon...'으로 시작해서 골자부터 전달한 다음 관형절을 붙여 수식할 테니까 훨씬 이해하기가 쉽다. 한국어로 같은 이야기를 하려면 '그 포켓몬 이름이 뭐지…'로 시작한다든가 해서 아예 문장구조를 바꾸어주는 편이 좋다.

예를 들면 이런 식으로 번역한다.

ST1   When they reached the top of the hill, they found a lovely tea hut with crowded tables and chairs where those who had come for shopping were taking a rest.

TT1   그들이 언덕 꼭대기에 도착했을 때, 그들은 쇼핑하러 온 사람들이 휴식을 취하고 있는, 붐비는 테이블과 의자가 있는 **사랑스러운 찻집을 발견했다.**

TT2   언덕으로 올라가자 **예쁜 찻집이 나왔는데** 쇼핑을 하다가 쉬러 온 사람들이 테이블마다 가득했다.

이 문장의 핵심은 'they found a lovely tea hut'이고 나머지 말들은 더 자세한 정보를 덧붙이는 역할을 한다. 기계(GPT-4o) 번역인 TT1은 원래 문장의 구문 구조를 따라 번역해서 핵심이 가장 뒤로 밀렸다. TT2는 원래 문장구조를 벗어났으나 대신 원문의 의미 전달 순서를 따랐다. 중요한 정보를 먼저 들은 다음에 부가 정보를 들어야 머릿속에 더 잘 들어오기 때문에 원문처럼 중요 정보를 앞쪽에 둔다. 또 이 문장에서는 명사를 꾸미는 역할을 하는 'crowded'를 '가득했다'라는 서술어로 바꾸었다. 영한 번역에서는 문장구조를 뒤집거나 명사나 한정 형용사 등 술부에 속하지 않는 요소에 내포된 의미를 서술어로 가져가는 방법을 종종 쓴다(주어는 앞 문장과 일치할 때는 대체로 생략한다).

사람은, 적어도 의역을 하는 사람은 품사나 문장구조에 제약받지 않고 자유롭게 번역한다. 하지만 기계는 'beauty'라는 명사나 'crowded'라는 한정 형용사를 서술어로 번역하기는 어려울 것이고 주어를 바꾸고 문장구조를 뒤집지도 못할 것이다. 사람이 하는 번역에서는 출발어와 도착어 사이에 일대일 대응이 일어나지 않는다. 사람은 단어와 구문보다 뜻에, 의도에 더 주목하기 때문이다. 번역은 텍스트뿐 아니라 텍스트 바깥도—의도, 행간, 침묵, 분위기, 정서, 암시, 단어와 단어가 어우러져 생기는 효과까지도 다루므로 출발어와 도착어 사이에서 보편적인 대응 관계나 원리, 공식을 만들 수 없다. 사람의 거울은 예측할 수 없는 요소들을 동원해 최대한 비슷한 상을 그리려 한다.

내가 어릴 때, 퍼스널 컴퓨터라는 것이 이제 막 우리 주위에 나타났을 무렵에 컴퓨터 언어라는 게 뭔지 알게 되었다. 그때 오빠가 컴퓨터 학원에서 베이식 언어라는 것을 배워 와서는 나한테 베이식어, 어셈블리어, 기계어의 차이를 설명해주었는데 너무 놀라운 이야기라서 아직까지 기억이 난다. 기계가 쓰는 언어는 0과 1로 이루어져 있다는 것이다! 기계는 1과 0—존재와 무밖에 모른다. 그래서 베이식이든 무엇이든 사람의 언어를 닮은 언어로 글을 작성해서 기계에 넣으면 기계는 그걸 1과 0으로 번역해서 처리한다고 했다. 1과 0으로 이루어진 언어를 쓰는 두뇌라니. 그런 기계와 내가 서로를 이해할 일은 영영 일어나지 않을 것 같았다.

　　그런데 그 기계와, 여전히 1과 0밖에 모르는 기계와 지금 우리는 사람의 언어로 소통한다. 챗GPT나 제미나이(Gemini) 같은 생성형 AI에 일상어로 말을 걸면 1과 0이 아닌 일상어로 대답한다. 언어의 차이도 느껴지지 않고 번역이 개입했더라도 전혀 느껴지지 않는다. 그러자 우리는 기계가 기계라는 걸 잊고 마치 의식이 있는 존재인 것처럼 대한다. 기계가 '생각하고', '학습하고', '읽고', '알아듣고', '말하고', '환각을 일으키고', '창작한다'고 말한다.*

2023년 대형 언어 모델(Large Language Model, LLM)이란 것이 등장하기 전까지, 나는 인공지능 번역 엔진을 거울처럼 썼다. 그러니까 『백설 공주』에 나오는 왕비의 거울처럼.

2016년 구글 딥마인드가 개발한 인공지능 바둑 프로그램 알파고와 이세돌 9단이 대국을 해서 알파고가 4 대 1로 승리한 이후에 생긴 버릇이다. 그때까지 인공지능이 얼마나 발전했

---

* 요즘 나는 생성형 AI와 대화를 꽤 많이 한다. 번역에 도움을 받을 때도 있고, 날마다 단어 퍼즐을 한 개씩 같이 풀면서 퍼즐 풀이 실력을 얼마나 키울 수 있는지 테스트해보기도 한다. 그런데 그러다 보면 자꾸만 나도 모르게 생성형 AI가 생각을 하고 있다고 착각하게 된다. 그리고 그 사실이 당혹스럽다. 나는 기계가 생각하지 않는다고 생각할 수가 없다. 이 환각의 뿌리는 아주 오래된 동일시 경험에 있을지도 모른다. 나는 내가 처음으로 비디오게임을 했던 때를 생생하게 기억한다. 오빠가 친구한테서 책 한 권 정도 크기의 휴대용 콘솔 게임기(그때는 '전자 오락기'라고 불렸다)를 빌려 왔다. 내가 초등학교 2, 3학년 정도였을 것 같다. 펭귄을 조종해서 움직이는 얼음을 피하는 게임이었는데, 나(펭귄)는 게임을 하다가 '죽었고', 그리고 정말로 엉엉 울었다. 내가 죽은 것 같은 느낌이 들었기 때문이다. 나는 기계적 분신과 나를 동일시한다. 이렇게 내가 기계에 들어가 있을 뿐 아니라, 기계가 휴대용 단말기라는 형태로 이미 나의 의식에, 나의 손끝에 들어와 있다.

는지 전혀 몰랐던 나를 포함한 많은 사람이 이 대국을 생중계로 지켜보고 큰 충격을 받았다. 상상했던 한계를 이미 성큼 뛰어넘은 인공지능을 보면서 사람들은 인공지능이 인간을 능가할 또 다른 분야가 무엇일지 예측하기 시작했고, 언론에서 '미래에 인공지능에 밀려 가장 먼저 없어질 직업'이라는 제목으로 설문을 하기도 했다. 그럴 때마다 1위에 오르는 직업이 있었다―번역가.

나는 이 문제로 다른 번역가 동료와 꽤 열띤 논쟁을 벌이기도 했다. 그분은 인공지능 번역이 인간 번역을 따라오거나 능가하는 것은 시간문제라고 했지만 나는 그런 날은 절대 오지 않을 것이라고 우겼다. 내 논리는 이랬다. 이세돌 9단의 기보를 전부 학습한 알파고는 이세돌을 이길 수 있더라도, 홍한별의 병렬 말뭉치*를 전부 학습한 AI가 홍한별을 능가하는 번역을 할 수는 없다. 이유는 단순하다. 바둑은 한 수 한 수 둘 때마다 승률을 계산해서 그 수가 잘 둔 것인지 못 둔 것인지 명확하게 판단할 수 있다. 그렇지만 잘한 번역과 못한 번역을 객관적으로 판별하기는 불가능하다. 다시 말해 번역에서는 이기고 지고/잘하고 못하고를 산술적, 계량적으로 판단할 수 없다(물론 주관적이고 개인적인 차원에서는 당연히 평가와 판별이 가능하다. 번역자가 번역하는 과정은 어떤 것이 좋고 나쁜지를 무수히 겨루고 가리는 과정이다. 그 과정을 규칙이나 공식으로

---

* 두 가지 이상의 언어로 된 말뭉치(코퍼스)를 문장 대 문장으로 짝을 맞춰 놓은 말뭉치.

만들거나 가치를 수치로 환산할 수 없을 뿐이다). 만약 엄청나게 큰 말뭉치를 구축한다면? 여러 번역가들의 번역을 잔뜩 모아 만든 병렬 말뭉치를 신경망 학습으로 익힌 AI에게 번역을 맡긴다면 어떻게 될까? AI는 어떤 게 더 좋거나 나쁜지 판단하는 게 아니라 통계를 따르므로 가장 좋은 번역이 나오는 게 아니라 여러 번역가가 내놓을 법한 번역의 평균치에 가까운 결과물이 나올 것이다. 그러나 평균적인 번역은 잘한 번역이 아니다. 무난한 번역일 뿐이다. 번역의 탁월함은, 우리의 습관과 관성을 떨쳐버릴 때, 가장 많은 사람이 가는 평범하고 빤한 길을 벗어날 때 나타난다.

어쨌든 AI 때문에 번역가의 지위가 위태롭다는 말이 나온 이후로 나는 나를 이세돌 9단처럼 사람 대표로 간주하고 번역기와 자꾸 겨루는 습관이 생겼다. 작업 도중에 만난 어떤 문장이 특히 번역하기 까다로웠다면, 『백설 공주』에 나오는 왕비처럼 번역기에 넣어 돌려보며 이런 질문을 던진다. "구글아, 구글아, 세상에서 누가 제일 번역을 잘하지?" 구글을 상대로 지금까지는 내가 전승이므로 왕비처럼 안심할 수 있다. 자존감을 높이는 데 매우 도움이 되는 방법이다.

그러던 어느 날, 불쑥 성장한 백설 공주가 나타났다.

챗GPT를 처음 접했을 때 내 느낌은 그랬다. 대충격이었다. 챗GPT는 최소 수십억 단어에 달하는 방대한 텍스트 말뭉치로 생성한 대형 언어 모델이다. 인간 언어의 패턴을 학습했기 때문에 마치 인간처럼 언어를 구사한다. 구글 번역이나 파파고 같은 번역 엔진은 문자적 의미를 볼 뿐 맥락을 추론하지 못하는데, 챗GPT는 마치 맥락을 추론하고 행간을 읽는 것처럼 보였다. 책의 일부를 챗GPT에게 주고 내용을 설명하라고 하면 글에서 어떤 일이 벌어지는지 파악해서 자기 언어로 설명해낸다! 그렇다면 사람과 다른 점이 무엇인가? 인공지능에 의식이 없다는 걸 아는데도, 텍스트를 이해하는 게 아니라 이해하는 흉내를 내는 것뿐임을 아는데도, 챗GPT가 마치 사람과 똑같은 방식으로 맥락을 파악하면서 글을 읽는 듯한 착각이 들었다. 1과 0밖에 모르는 녀석이 사람과 똑같은 언어로 말하고 있었다. 이제 번역가가 필요 없어지는 날이 곧 올 것 같았다. 거울 앞에 서기가 두려운 날이 오고 만 것이다.

LLM을 기반으로 작동하는 생성형 AI가 마치 사람처럼 말을 할 수 있게 된 것의 핵심은 확률과 통계, 패턴 이용이다. LLM은 거대한 텍스트 데이터를 기반으로 문맥에 가장 잘 어울리는 단어나 문장을 확률적으로 예측해서 텍스트를 생성한다. 규칙을 통해 언어를 이해하는 것이 아니라 통계를 이용해 언어를 흉내 낸다. 자구에 매달리는 대신 큰 그림을 본다. 핵심 단어에 가중치를 부여하고 가중치가 부여된 단어를 중심으로 텍스트를 압축해 골자만 남겨 다루고 빈 곳은 그럴싸한 것들, 평균적인 것들로 채워 넣는다. 그래서 챗GPT가 내어놓는 정보에는 부정확한 부분, 마치 사실인 것처럼 환각(hallucination)을 일으키는 그럴듯한 오류가 섞여 있다. SF 소설가 테드 창이 「챗GPT는 웹의 흐릿한 JPEG」라는 글에서 이런 부정확한 구멍이 나타나는 이유를 직관적으로 설명했다.[2] 대형 언어 모델은 JPEG 파일 압축 방식처럼 거대한 텍스트를 쉽게 다루기 위해 손실 압축한 것이다. 그런데 압축된 텍스트를 다시 확대해 그럴듯한 글로 풀어내는 과정에서 엉뚱한 정보가 추가된다. 이미지 파일이 웹상에서 업로드, 다운로드, 전달 등의 과정을 여러 차례 거치면서 손실 압축을 반복하여 품질이 열화되는 현상을 '디지털 풍화'라고 부르는데, 대형 언어 모델도 새로운 정보가 추가되지 않는 닫힌계 안에서 상호 참조를 통해서 정보를 생산한다면 불명확한 정보가 확산되고 품질은 지속적으로 저하될 것이다. 테드 창이 말하듯 복사를 거듭하며 점점 흐릿해지고 모호해지고 뭉뚱그려지는 현상이 나타난다.*

신경망 번역 모델은 둘 이상의 언어의 출발어와 도착어 문장을 짝지어놓은 병렬 말뭉치를 이용해서 번역 패턴을 학습한다. 그런데 병렬 말뭉치가 부족할 때 사용하는 방법이 거울 생성 신경망 번역(Mirror-Generative Neural Machine Translation)이다. 거울 생성 신경망 번역이란 병렬 말뭉치가 아닌 말뭉치에서 양방향 번역(예를 들면 영어에서 한국어로, 한국어에서 영어로)을 이용해 동시 학습하는 모델을 만드는 것이다.[3] '고양이가 크림을 먹는다'를 'The cat eats cream'으로 번역하고, 다시 'The cat eats cream'을 한국어로 번역한 다음 결과를

---

* 이미 이런 현상이 일어나고 있는 듯하다. 처음에는 생성형 AI가 내놓은 결과를 웹 검색으로 확인하곤 했는데 지금은 웹 검색 결과에 AI가 생성한 텍스트가 섞여 있어 어떤 게 맞는 말인지 알 수가 없다. 얼마 전에는 똑같은 질문을 챗GPT, 제미나이, 클로드(Claude)에 각각 물었는데 하나는 '맞다', 하나는 '아니다', 하나는 '모르겠다'라고 대답했다. 셋 중 하나는 거짓말이지만 누군가는 그 정보를 참고하고 유통한다.

비교해본다. 입력된 병렬 말뭉치 대신 기계가 스스로 생성한 텍스트 쌍을 학습 대상으로 삼는 것이니, 거울을 보면서 내가 하는 동작을 내가 습득하는 것과 비슷하다. 양방향 번역이 연결되어 있어서 A언어에서 B언어로 번역을 업데이트하면 B언어에서 A언어로의 번역도 같이 업데이트된다.

　　기계는 거울처럼 사람을 따라 할 뿐 아니라, 자기 자신을 거울로 비추고 또 비추어서 무한한 미로의 방을 만들어 그 안에서 학습한다. ("거울과 미로는 다른 것이 아닙니다. 두 개의 거울을 마주 보게만 해도 미로를 만들 수 있으니까요."⁴) 그러면서 텍스트를 무한히 증식시키지만, 그 텍스트들은 본래 자기 모습의 열화된 버전, 반복 복제된 거울상에 지나지 않는다. 거울 두 개를 마주 보게 놓으면 공간이 무한히 뻗어 있고 그 안에 무수히 많은 이미지가 있는 것처럼 보이지만 그 거울들이 비추고 있는 것은 결국 '나' 하나뿐이다. 생성형 AI는 정말 놀라운 도구지만, 새로운 데이터가 충분히 공급되지 않고 스스로 생성한 내용으로 학습할 수밖에 없다면 한계에 부딪힐 것이다.

어떤 방식으로 발전하든 자동 번역 엔진이 앞으로 우리가 쓰는 언어에 큰 영향을 미치리라는 사실은 부인할 수 없다. 지금도 인터넷에서 보는 텍스트가 자동 번역된 건지 사람이 번역한 건지, 사람이 한국어로 쓴 건지, 아니면 기계가 쓴 건지 구분이 안 될 때가 많다.

　　다시 두 번째 예문으로 돌아가서,

ST   In the silvery twilight the intricate palms rival the his-
      toric beauty of the surrounding architecture.

TT1   은빛 어스름 속에서 복잡한 야자수가 주변 건축물
      의 역사적인 아름다움에 필적합니다.

TT2   은빛 박명 속 섬세한 야자나무가 주위에 있는 예스
      러운 건물 못지않게 아름답다.

  학생들에게 이 예를 들어주었을 때 한 학생이 TT1(DeepL)
이 더 문학적이지 않냐고 질문했다는 이야기를 앞에서 했다.
나는 첫 번째 문장이 어색한 번역 투라고 느끼지만, 그 질문을
한 학생은 딱히 거부감을 느끼지 않았다는 말이기도 하다. 기
계 번역이 만연하면서 언어 감각이 변해가고 있을지도 모른다
는 생각이 들었다. 어쩌면 이런 언어 감각의 변화가 출판 번역
을 하는 우리 같은 사람에게는 기계 번역의 발전보다 더 큰 위
협일지도 모른다.
  인공지능 번역 엔진은 현대의 바벨탑이다. 번역 엔진은
하나의 통합 언어를 향해, 다시 바벨탑 이전으로 돌아가기 위
해 분투한다. 자동 번역 엔진은 이제 번역가가 필요 없는 세상
이 될 것이고, 웹상에서, 일상에서 언어 간 경계가 사라질 것
이고, 언어는 결국 하나가 될 것이라고 말한다. 자동 번역과 대
형 언어 모델이 보편화되면서 언어의 다양성은 사라지고 문체
는 표준화된다. 우리가 추구하는 탁월한 언어는 그 과정에 아
무런 도움이 되지 않으며 표준화할 수도 없는 변칙, 아노말리
(anomaly)일 뿐이다.

다시 탑으로 돌아왔다.

　　보르헤스는 「바벨의 도서관」에서 육각형의 방이 위를 보아도 아래를 보아도 무한히 뻗어 있는 탑을 그린다. 이곳은 도서관이고 육각형의 방에는 책이 가득한 책장이 있다. 이 책 각권은 "띄어쓰기 공간과 마침표, 쉼표, 그리고 스물두 개의 철자 기호"로 이룰 수 있는 "가능한 모든 조합(그 숫자는 방대하지만 무한하지는 않다)"을 담은 책들이다. 다시 말해 이 도서관은 "모든 언어로 표현 가능한 모든 것을 포함하고 있다". 모든 조합이 구현되어 있으므로 이 도서관에는 어떤 텍스트든 있을 수 있다. 보르헤스는 이 도서관 어딘가에 소장되어 있을 수밖에 없는 책의 목록을 열거하기 시작한다. "미래의 상세한 역사, 대천사들의 자서전, '도서관'의 정확한 색인 목록, 셀 수 없이 많은 거짓 목록, 그런 목록들의 오류에 대한 증거…" 이렇게 시작해 숨가쁘게 이어지는 긴 목록을 읽을 때마다 나는 처음 가보는 대형 도서관에 들어갈 때처럼 심장박동이 빨라진다. 심지어 이 도서관에는 "당신의 죽음에 관한 정확한 이야기"도 있다. 독자를 직접 '당신'이라고 지칭하며 옭아매니 누구라도 이 목록에 혹할 수밖에 없다. 그뿐만 아니라 "각각의 책에 대한 모든 언어들의 번역본"까지 있다. 모든 것은 이미 쓰였으며, 번역도 이미 모두 이루어졌다.[5] 이곳에는 모든 책이 있으니 인류에 관한 기본적 수수께끼를 설명한 책도 있을 것이다(『미들마치』의 캐소본 목사가 집필하려고 했던 그 궁극의 책). 원숭이 무한 마리가 타자기 무한 대를 무작위로 두들긴다면 그 가운데에는 『햄릿』을 써내는 원숭이도 있는 것처럼. 그래서 사

236

람들은 육각형 진열실들을 샅샅이 뒤지며 무의미한 글자의 연쇄 사이에서 진리를 찾으려고 한다.

바벨의 도서관과 대형 언어 모델은 무척 닮았다. 모든 정보가 존재하지만 어떤 것이 중요한지 알 수가 없고 비슷비슷한 정보가 가득한데 어떤 것에도 원본성은 존재하지 않는 흐릿한 텍스트들. 바벨의 도서관에서 500년 전에 어떤 책이 한 권 발견되었는데, 두 페이지에 걸쳐 동일한 행이 반복되고 있었다. 물론 글자의 무작위적 조합으로 이루어진 우연이지만, 사람들은 거기에 분명 특별한 의미가 있을 것이라 생각하고 그 문장을 연구한다. 그리하여 한 세기 만에 암호 해독가들이 그 글이 어떤 언어로 쓰였는지 밝혀냈다. "고대 아랍어의 어형 변화를 가진 과라니어의 사모예드 리투아니아식 방언이었다. 또한 그 내용도 해독되었다. 그것의 내용은 조합 분석의 기초로, 무한하게 반복되는 변수들을 예로 설명되어 있었다."[6] 사람들은 바벨의 도서관에서 진리가 담긴 책을 찾아 헤매고, 대형 언어 모델로부터 진리를 구한다. 대형 언어 모델이 생산하는 텍스트들은 어떤 의도도 감정도 목적도 없는 순수한 텍스트—의미로부터 유리된 순전한 글자들—1과 0들이라는 것을 망각하고, 그 뒤에 어떤 의식을 가진 존재, 모든 것을 아는 신적인 존재가 있다고 믿는다. 마치 거울에 비친 나의 모습을 보듯 챗봇에 나의 인간적 감정을 투영하고 챗봇에 인격을 부여하고 챗봇을 마치 사람처럼 느낀다. 그리고 대형 언어 모델이 생성하는 텍스트에서 실제로는 거기에 존재하지 않는 것을 발견한다. 진리라든가, 창의성이라든가, 영감이라든가, 마음이라든가. 혹은 어떤 사람은 신비, 두려움, 경외감을 느낀다.

대형 언어 모델이 생성하는 글에 의미를 부여하는 것은 인간이다. 우리는 실은 거울을 보고 이야기하며 우리의 목소리를 듣는 것이다. 그런데 그러다 보면 거울 속의 세상이 현실보다 더 현실처럼 느껴지는 일이 일어난다. 기계는 사람을 흉내내어 말을 하는데, 우리가 기계와 대화하는 데 길들여지고 다른 종류의 텍스트는 접하지 않게 되면 기계의 말과 사람의 말은 점점 구분되지 않게 닮아갈 것이다. 기계가 똑똑해져서가 아니라 우리의 언어가 퇴화해서 기계가 튜링 테스트를 통과할지 모른다. 자기 자신만 들여다보고 반향하는 언어는 무뎌지고 밋밋해지고 거울 같은 수면에 비친 자기 모습만 바라보다 소멸한 나르키소스처럼 점점 쪼그라들 것이다. 사람이 스스로 글을 쓰고 창작하기를 멈추고 '똑똑한' 기계에 의탁하여 텍스트를 생산하면 우리의 언어는 거울의 방에 갇힌 채 메아리의 방—반향실(echo chamber)에서처럼 자기 목소리만 계속해서 듣게 될 것이다.

나는 번역을 하려는 사람들이 기계가 1초 만에 하는 쉬운 일인데 왜 그런 걸 하려고 하느냐, 전기 압력밥솥이 있는데 아궁이에 불을 때서 밥을 짓는 사람도 있느냐는 따위의 말에 흔들리지 않았으면 좋겠다. 기계 번역과 사람의 번역은 본질적으로 다르다. 정영목 번역가는 기계 번역을 '기표만을 번역하는 번역'이라는 점에서 사람 번역과 구분하며, 기계 번역은 "기의, 그리고 그 기의들로 구성된 맥락 뒤에 도사린 입체의 번역이 아니라 종잇장 같은 기표만 존재하는 평면의 번역"이라고 한다. 사람은 텍스트를 생각으로 바꾸고, 텍스트의 몸을 버리고 그 생각을 새로운 몸에 입히지만, 기계 번역은 단어에서 단어로, 몸에서 바로 몸으로 이동한다. 그 사이에는 어떤 생각도 의미도 개입할 필요가 없다. 기계가 아무리 똑똑해져도 기계에는 의식이 없다.* 텍스트와 행간의 의도와 감정을 읽어낼 도리가 없다. 기계는 읽지 않으면서 읽은 척한다. 쓰지 않으면서 쓰는 척한다. 결과물이 그럴듯하기 때문에 우리는 기계가 '읽고 썼다'고 믿지만, 기계는 여전히 1과 0밖에는 알지 못한다. 기계에 인격을 부여해서 생각하는 것은 어쩔 수 없는 인간의 기질이다(기계 속의 펭귄이 죽으면 울기도 한다). 우리는 동물은 물론이고 식물에도, 사물에도 습관적으로 인격을 부여하고 마치 사람처럼 대한다. 하물며 사람의 언어로 말을 하는 기계라면. 얼핏 비슷하게 보인다는 이유로 우리는 기계가 사람이 하는 일을 똑같이 하고 있다고 착각하지만, 둘은 전혀 다른 일을 한다.

통계를 이용한 기계 번역이 만연하게 되면 우리가 접하는 언어도 점점 표준적이고 상투적이고 두리뭉실하게 변할 것이다. 번역뿐 아니라 창작 글쓰기도 영향을 받는다. 정영목은

---

* 더글러스 호프스태터는 챗GPT가 나온 후에 기계에는 의식이 없다고 했던 이전의 생각을 철회한다고 우울하게 말해서 큰 충격을 안겼다. 인공지능이 사고를 하지 않는다고 말할 수 없고, 사고를 한다면 의식을 발전시켜나가지 않겠느냐는 것이다. 하지만 호프스태터는 『나는 이상한 고리』에서 모기나 토마토에 의식이 있는지를 고민하기도 했으니까 사실 그렇게까지 놀라운 일은 아니다.

"번역될 가능성을 조금이라도 염두에 두고 있는 경우에는 처음부터 기계 번역이 용이하도록 글을 쓰게 되는, 누가 생각해도 끔찍한 상황이 올지도 모른다"[7]라는 우려를 비쳤다. 이에 더해 요즘에는 '기계가 다 해주는데' 글을 쓸 필요를 느끼지 않는다거나, 글을 잘 쓰려고 노력할 필요가 없다는 사람도 늘었다.

기계 번역과 대형 언어 모델은 우리가 쓰는 언어를 모호한 번역 투의 흐릿한 혼종으로 만들어간다. 기계 번역은 인간의 노력을 기반으로 삼아 발전했으나, 기계 번역이 점점 발전해서 인간을 대신하게 되면 기계 번역이 참조 대상으로 삼을 수 있는 것은 기계 번역뿐이다. 거울에 비친 자신의 이미지. 이후에는 발전이 아니라 반복적인 손실 압축만이 일어난다. 기계의 바둑 실력은 대국을 거듭할수록 좋아지지만, 기계의 번역은 거듭할수록 다양성을 잃고 점점 표준화된다. 언어는 점점 단순해지고 생략되고 진부해지고 흐리터분해진다.

바벨탑 때문에 같은 것을 말하는 수만 가지 다른 방식이 생겼다. 우리는 그전으로 거슬러 가서 모두 똑같은 방식으로 말하게 되고 싶은가. 서로 다른 말들의 부딪힘과 어울림, 언어를 가지고 노는 다양한 방법, 날마다 우리가 느끼고 겪는 언어의 신비한 변화, 언어의 무한한 가능성을 버리고 싶은가. 살아 있는 풍부하고 섬세한 언어 없이 문화가 발전할 수 있을까. 흐릿하고 개성 없는 공용어로는 접근할 수 없는 섬밀하고 정교한 언어의 세계가 있다. 단테가 사람들이 실제로 쓰는 속어가 아니라 공용어이지만 죽은 언어인 라틴어로 글을 썼다면 『신곡』은 탄생하지 못했을 것이다. 번역이든 창작이든 우리가 쓰는 글은 지금까지 그랬던 것과 마찬가지로 더 평범해지는 쪽이 아니라 더 탁월해지는 쪽으로 가야 한다.

　그렇게 되는 방법은 한 가지가 아닐 것이다. 그러나 분명한 것은, 알고리즘으로는 답에 도달할 수 없다는 것이다.

다시 흰 고래

완성된 텍스트는 너무 초라해 보인다. 그건 마치 나
자신처럼 느껴진다. 균형이 틀어지고 결함을 품은 존재.
나는 내 번역에 애착이 생겼지만, 이 애착이 예술적인
만족감 때문에 생겨난 게 아니라는 걸 알고 있다.
그건 그저 친밀함 때문이다. 내 몸과 마음이 이 시와
가까워졌다는, 다분히 개인적인 기쁨뿐.
— 데리언 니 그리파, 『목구멍 속의 유령』

어쩌면 사랑한다는 것은 거짓말 같은 것일지 모른다.
자기 자신에게 하는 황홀한 거짓말. 그래서, 번역하는
동안에, 나는 『예브게니 오네긴』과 『박동』 둘 다에
깊은 사랑을 느꼈고(사실 지금도 그렇다), 내 모국어로
내 방식으로 표현하며 내가 할 수 있는 한 최대한
아름답게 거짓말하는 게 나에게는 매우 중요하고
반드시 필요한 일이었다.
— 더글러스 호프스태터, 「번역가, 교역가: 기분 좋게
    만연한 번역의 패러독스에 관한 에세이」

더글러스 호프스태터는 프랑수아즈 사강의 소설 『박동(La
Chamade)』을 번역하는 동안의 지적 여정을 에세이로 기록해
서 역자 후기로 첨부했다. 호프스태터는 이 번역본에 '그 미
친 아픔(That Mad Ache)'이라는 제목을 붙였는데, 말장난을

좋아하는 호프스태터답게 'chamade'의 애너그램*으로 'Mad Ache'라는 제목을 만들었다.

처음에는 출간하려는 생각으로 번역을 시작한 게 아니었다. 젊을 때 이 소설을 읽고 느꼈던 가슴 떨리는 감정을 다시 경험하고 싶었을 뿐이다. 그래서 호프스태터는 날마다 몇 시간씩 시간을 내서, 사강의 프랑스어 텍스트를 노트에 손으로 한 줄 쓰고 그 아래 두 줄을 비운 뒤 이어서 적어 내려갔다. 그런 다음에 비어 있는 첫 줄에 영어 번역을 적었다. 나머지 한 줄은 번역을 수정할 때 썼다. 호프스태터는 이 정성스러운 의식이 자신에게 강력한 정서적 영향을 미치는 아름다운 책과 '결혼'하려는 심리에서 나온 행동이었다고 한다. 말했듯이 처음에는 출간할 생각이 없었다. 누가 왜 이 작업에 이렇게 시간과 정성을 쏟느냐고 물으면 순전히 '사랑 때문'이라고 대답했다. 그러다가 이왕 이렇게 된 거 번역 원고를 출간해서 자신이 느낀 기쁨을 다른 사람들과 나누는 것도 나쁘지 않겠다는 생각이 들었다고 한다.

이 역자 후기에서 특히 재미있는 부분이 이 대목이다. 호프스태터는 번역서를 내기로 마음먹고, 출판이 가능한지 출판사에 문의하는 한편 기존 번역이 있는지 인터넷에 검색을 해 보았는데, 로버트 웨스토프라는 사람의 번역이 1966년에 출간되었다가 이미 오래전에 절판되었음을 알게 되었다. 호프스

---

* 애너그램은 단어를 이루는 글자를 재배열해서 다른 단어를 만드는 말장난이다('listen‒silent'처럼). 〈해리 포터와 비밀의 방〉을 본 사람은 'Tom Marvolo Riddle'의 애너그램을 기억할 것이다.

태터는 다른 사람의 번역에 영향을 받고 싶지 않았으므로 번역을 마치기 전에는 웨스토프의 번역을 보지 않을 생각이었으나 어쨌든 이 번역가가 누구인지 알고 싶어서 뒷조사를 했다. 그런데 알고 보니 웨스토프는 프랑수아즈 사강과 결혼한 적이 있고 사강이 낳은 유일한 자식의 아버지였다. 결혼 생활은 오래 이어지지 못하고 한두 해 만에 파경을 맞았으나 두 사람은 이혼한 뒤에도 평생 가까운 관계를 유지했고 웨스토프는 이혼 뒤에 사강의 초기 소설 몇 권을 영어로 번역했다. 그중 한 권이 『박동/그 미친 아픔』이다.

호프스태터가 과연 사랑에서 전남편을 이길 수 있을 것인가.

호프스태터는 번역을 마치고 웨스토프의 번역과 자신의 번역을 한 줄 한 줄 견주어보았다. 이 소설도 삼각관계에 관한 소설인데, 옮긴이 후기에서도 흥미진진한 삼각관계와 대결이 펼쳐진다.

나도 저작권이 만료되어 이미 여러 판본의 번역이 나와 있는 책을 번역할 때나, 나 이전에 다른 사람이 번역한 적이 있는 책을 재번역할 때는 경쟁심과 초조함에 시달린다. 내가 저자의 속마음을 더 잘 들여다볼 수 있게 되기를, 내가 더 간절히 사랑할 수 있기를 바란다. 나 이전에 이 텍스트를 차지했던 사람에게 알 수 없는 질투심을 느끼고 그 사람보다 조금이라도 나은 번역을 내놓고 싶다. 이럴 때 번역은 사랑의 경쟁이고, 그러면서 어쩔 수 없이 사랑하는 대상에 대한 배신이기도 하다.

하지만, 변명 같지만, 배신으로 느껴지더라도 전부 사랑의 충절에서 나온 것이다. 사실 번역을 하는 이유는 사랑이 아니면 도무지 설명이 안 된다. 내가 번역을 직업으로 삼은 지 20년이 넘었다. 무슨 일이든 한 가지 일을 20년 정도 하면 〈생활의 달인〉에 출연할 경지에 다다르고도 남을 것 같은데 유독 번역만은 경력이 곧 실력이 되는 일로 생각되지 않는지 지난 20년에 걸쳐 100원, 200원씩 올려온 나의 원고료 증분은 물가 상승률에도 미치지 못한다. 연차는 쌓였으나 실질소득은 감소한 셈이다. 그럼에도 번역을 하는 이유는 사랑이라고 해두자. 단테에 푹 빠져서 단테 번역에 여생을 바친 도러시 세이어스가 그랬던 것처럼. 이 사랑은 소유욕이기도 하다. 내가 좋아하는 작가를, 내가 좋아하는 책을 '내 것'으로 만들려는, 내 이름을 단 책으로 내려는, 호프스태터처럼 그 텍스트와 '결혼'하려는 행위다. 에드워드 피츠제럴드가 오마르 하이얌을 '내 소유물'이라고 부르게 만든 오만과 집착이 나에게도 있다. 사랑하지 않아도 번역을 할 수는 있지만(기계), 사랑하지 않는다면 번역을 할 이유가 없다. 여기까지 올 수 있었던 것은, 사랑 때문이었다. 혹은 에이해브가 모비 딕을 쫓게 만든 광기 때문이거나.

짐작했겠지만, 이 책은 비유를 사용해서 번역을 그리려는 시도였다. 이슈메일이 흰 고래를 묘사할 때 썼던 수법대로.

번역은 탑이고, 배신이고, 교환이고, 광기이자 광기의 치료제이고, 길들이기이자 낯설게 하기이고, 조각보이고, 보이지 않는 것이자 사라지지 않는 흔적이고, 빵이자 결핍이고, 틈새이고, 메아리이고, 거울이고, 다시 탑이다. 비유를 통하지 않고는 정의할 수 없는 번역은 흰 고래다.

멜빌은 『모비 딕』을 "자기 경험을 바탕으로 썼지만, 다른 작가들의 글을 엄청나게 훔쳐 오기도 했다".[1] 이게 멜빌이 흰 고래를 그리는 방식이다. 무수한 글을 모아 조각보를 이어 (흰 고래만 빼고) 흰 고래와 연관된 모든 것을 훑으며 흰 고래를 그려나간다. 나도 같은 방법을 썼다. 번역을 그리기 위해 다른 작가들의 책을 잔뜩 훔쳐 왔다. 『모비 딕』도 그중 한 권이다. 카슨, 솔닛, 보르헤스, 호프스태터, 다와다, 내가 사랑하는 작가들의 (그리고 그들의 번역가들의) 글을 조금씩 잘라와 내 글에 넣었고 그러면서 이들이 마치 나의 일부가 된 것 같은 전율을 느꼈다. 에드워드 피츠제럴드의 짜깁기 번역 방식은 사랑하는 글들을 한자리에 모아놓는 방법이었다. 피츠제럴드가 사랑하는 테니슨의 글을 삼켜서 페르시아 시 번역서에 넣어두었던 것을 나는 이해할 수 있다. 나도 그런 책을 한 권 갖게 되었다. 나의 개인적 수집욕을 담은 책.

정말 많은 작가, 이론가, 번역가들이 번역에 대해 다양한 이야기를 했다. 내가 바랐던 것은 이 이야기들을 모으고 합쳐서 흰 진공을 만드는 거였다. 그런데 번역에 관한 책을 읽으면 읽을수록, 번역을 말할 때 우리가 이야기하는 것들, 우리가 쓰는 단어들이 같은 뜻이 아닐 때가 많음을 알게 되었다. 그러니 번역을 이론으로 정리하거나 번역이 어떤 것인지 규명하기란 불가능한 일인지도 모르겠다. 그래서 나는 대신 비유를 빌려 비스듬히 그렸다.

셰익스피어의 『한여름 밤의 꿈』에서 직조공 보텀은 요정의 마법에 걸려 머리가 당나귀로 변한다. 당나귀 머리의 보텀을 보고 친구 퀸스는 이렇게 소리친다.[2]

Bless thee, Bottom, bless thee! Thou art translated.
맙소사, 보텀, 맙소사! 너 변했어.³

번역은 몸을 바꾸는 일, 변신이자, 고집스러운 짐승이 어리석은 인물의 자리에 들어서는 메타포다. 'translation'의 어원인 라틴어 'trans-latio'는 본디 이동, 이전, 이송을 뜻하는 말로 그리스어 'meta-phora'로 그대로 번역된다.*⁵ 메타포는 '저편으로 건너가다'라는 뜻이라 그리스에서는 교통편을 가리키는 말로도 쓰인다. 메타포를 통해 생각만 건너가는 게 아니라 몸도 건너간다. 리베카 솔닛은 생각을 태우고 가는 차량처럼 메타포가 별개의 두 존재를 연결하는 방식이라고 한다. "메타포의 이런 연결은 직관적, 심미적 연결이며, 그런 의미에서 메타포는 생각의 본질, 곧 기계로 수행될 수 없는 인간적 생각의 본질이다."⁶ 번역은 메타포처럼, 말을 말로 옮기면서 말을 말의 너머로 데려간다. 마치 저 너머로 건너가듯이 서로 다른 공간을 연결한다. 번역의 연결도 기계적 연결이 아니라 직관적, 심미적 연결이며 번역은 기계로 수행될 수 없는 인간적 생각의 본질이다. 나는 번역에 관한 글을 쓰면서, 여기저기에서 모은 글들로 조각보를 이어 붙이면서 메타포로 직관적, 심미적 연결을 이루려고 했다. 그 결과물이 크레이지 퀼트처럼 보이더라도, 번역이라는 주제의 특성 때문이라고 이해해주길.

---

* 영어의 'translation'뿐 아니라 독일어로 번역을 뜻하는 'Übersetzung'도 마찬가지다. 'über'에는 '저편으로', 'setzung'에는 '놓기'라는 의미가 있다.⁴

앤 카슨은 「침묵하고 있을 권리에 관한 변주들」이라는 에세이에서 침묵하는 말, 번역되기를 의도하지 않는 말, "스스로 그치는 말", "발음할 수는 있으나 정의하거나 소유하거나 이용할 수 없는" 말들에 대해 이야기했다.[7] 카슨은 프랜시스 베이컨의 회화에서 발견되는 흰 물감 얼룩을 그 침묵하는 말과 연결시킨다. 베이컨은 지금까지 이루어진 모든 재현의 관습에서 벗어나려고, 그럴듯한 개연성이란 환상을 무너뜨리려고 통제할 수 없는 재앙을 캔버스에 남겼다. 붓이나 스펀지, 막대기, 헝겊, 손, 혹은 물감 통을 그냥 캔버스에 던지고 그렇게 생긴 물감 얼룩을 그대로 내버려두는 방식으로.[8]

나도 흰 물감 얼룩을, 말할 수 없는 것들을, 흰 고래를 남겨둔 채로 이제 성급하게 글을 마무리하려 한다. "완성된 텍스트는 너무 초라해 보인다. 그건 마치 나 자신처럼 느껴진다."[9] 멜빌은 고래에 관한 그토록 방대한 책을 쓰고도 이슈메일의 입을 빌려서 "이 책도 전체가 초고, 아니 초고의 초고일 뿐이다"라고 말했다.[10] 나도, 번역에 관한 글은 영원히 완성되지 않을 테지만, 그럼에도 나는 계속 번역을 할 것이란 생각을 한다.

주

흰 고래의 흼에 대하여

1. 허먼 멜빌, 『모비 딕』, 김석희 옮김, 작가정신, 2024년, 647면.
2. 위의 책, 460면.
3. 위의 책, 248면.
4. 위의 책, 255면.
5. Walter Benjamin, "The Task of the Translator," *Walter Benjamin Selected Writings, 1913–1932*, vol. 1, edited by Marcus Paul Bullock et al., Belknap Press, 1996, p. 260.
6. 허먼 멜빌, 위의 책, 217면.

바벨

1. 『성경전서 개역개정판』, 대한성서공회, 1998년, 창세기 11장 1-9절.
2. 위의 책, 창세기 9장 1절.
3. 위의 책, 창세기 9장 7절.
4. *Rabba Genesis*, Soncino Press, 1939, pp. 302–303.
5. 『성경전서 개역개정판』, 창세기 11장 3절.
6. *3 Baruch (The Pseudepigrapha)*, 3:5–7.
7. 『성경전서 개역개정판』, 창세기 10장 10절.
8. Josephus, *The Antiquities of the Jews*, vol. 1, ch. 4 참조.
9. Theodore Hiebert, "The Tower of Babel and the Origin of the World's Cultures," *Journal of Biblical Literature*, vol. 126, no. 1, JSTOR, 2007, p. 126.
10. Jacques Derrida, "Des Tours de Babel," *Difference in Translation*, edited by Joseph F. Graham, Cornell University Press, 1985, p. 206.

11. Vladimir Nabokov, "Problems of Translation: *Onegin* in English," *The Translation Studies Reader*, edited by Lawrence Venuti, 4th ed., Routledge, 2021, p. 155.

12. Ibid., p. 143.

13. Vladimir Nabokov, *Eugene Onegin: A Novel in Verse: Text*, vol. 1, by Aleksandr Pushkin, translated by Vladimir Nabokov, introduction by Vladimir Nabokov, foreword by Brian Boyd, Princeton University Press, 2018, p. 13.

14. 조지 엘리엇, 『미들마치』 1권, 이미애 옮김, 민음사, 2024년, 35면.

15. 위의 책, 99면.

16. 위의 책, 100면.

17. 위의 책, 123면.

18. 위의 책, 340면.

19. 위의 책, 341면.

20. Alexander Nazaryan, "Middlemarch Grasped the Human Condition Like Few Novels Before or After," *Newsweek*, 22 Jan. 2014.

21. 조지 엘리엇, 위의 책, 348면.

배신자들

1. Dante Alighieri, *Divine Comedy*, translated by Henry Wadsworth Longfellow, Project Gutenberg eBook, 1 Aug. 1997, Canto 9, lines 16–18.

2. 단테 알리기에리, 『신곡』 지옥편, 박상진 옮김, 민음사, 2007년, 칸토 31, 43–45행.

3. 위의 책, 칸토 31, 76–78행.

4. 앤 카슨, 「침묵하고 있을 권리에 관한 범주들」, 『플로트』, 신해경 옮김, 봄날의책, 2023년.

5. 『성경전서 개역개정판』, 창세기 2장 19절.

6. 위의 책, 창세기 2장 17절.

7. 위의 책, 창세기 3장 4–5절.

8. 위의 책, 창세기 3장 22절.

9. 위의 책, 창세기 3장 19절.

10. Julia Trubikhina, "Nabokov's Beginnings: 'Ania' in Wonderland or 'Does Asparagus Grow in a Pile of Manure?'," *The Translator's Doubts: Vladimir*

Nabokov and the Ambiguity of Translation, Academic Studies Press, 2015, pp. 38–85.

11. Vladimir Nabokov, "Problems of Translation: *Onegin* in English," *The Translation Studies Reader*, p. 143.

12. Damion Searls, *The Philosophy of Translation*, Yale University Press, 2024, pp. 27–28.

13. 수잔 바스넷, 『번역의 성찰』, 윤선경 옮김, 동인, 2015년, 52–53면.

14. 이레네 바예호, 「심연의 칼날 위의 균형: 알렉산드리아 도서관과 박물관」, 『갈대 속의 영원: 저항하고 꿈꾸고 연결하는 발명품, 책의 모험』, 이경민 옮김, 반비, 2023년, 58–59면.

15. Jeremy Munday, Sara Ramos Pinto and Jacob Blakesley, *Introducing Translation Studies: Theories and Applications*, Routledge, 2022, p. 27에서 재인용.

16. Mark Polizzotti, *Sympathy for the Traitor: A Translation Manifesto*, The MIT Press, 2018, p. 27.

17. Ibid., p. 131.

18. Ibid., p. 144.

19. Anne Enright, "The Genesis of Blame," *London Review of Books*, vol. 40, no. 5, 8 Mar. 2018.

20. Marina Warner, "The Politics of Translation," *London Review of Books*, vol. 40, no. 19, 11 Oct. 2018.

21. Christopher Hitchens, "When the King Saved God," *Vanity Fair*, 1 Apr. 2011.

22. Sun Kyoung Yoon, "Deborah Smith's Infidelity: *The Vegetarian* as Feminist Translation," *Journal of Gender Studies*, vol. 30, no. 8, 21 Dec. 2020, pp. 938–948.

나는 내가 의미하는 걸 말해

1. Dorothy L. Sayers, *The Divine Comedy, Volume 1: Hell*, by Dante Alighieri, translated by Dorothy L. Sayers, introduction by Dorothy L. Sayers, Penguin Books, 1950, p. 56.

2. 매슈 레이놀즈, 「형식, 정체성, 해석」, 『번역』, 이재만 옮김, 교유서가, 2017년 참고.

3. "Dorothy L. Sayers," *Wikipedia*.

4. 단테 알리기에리, 『신곡』 지옥편, 칸토 9, 10–15행.

5. 어수웅, 「직역이냐, 의역이냐」, 『조선일보』, 2012년 1월 11일.

6. 이정서, 『위대한 개츠비』, 프랜시스 스콧 피츠제럴드 지음, 이정서 옮김, 새움출판사, 2022년, 책날개 뒤.

7. 위의 책, 13면.

8. 정원식, 「의역과 축역 사이, '번역 대결'」, 『주간경향』 953호, 2011년 12월 6일.

9. 최원형, 「"원문 가깝게"–"쉽게 다듬어야" 온라인서 '번역 대결'」, 『한겨레』, 2011년 11월 20일.

10. 김종목, 「읽기 쉬운 '일리아스' 대 호메로스 표현대로 '일리아스'」, 『경향신문』, 2023년 6월 23일.

11. 조재룡, 「한국번역비평학회 창립학술대회 보고서」, 『번역비평』 창간호, 고려대학교 출판부, 2007년, 52–53면.

12. 정영목, 「"세상 모든 일이 번역인지도 모르죠": 『씨네21』 김혜리 기자와의 인터뷰」, 『완전한 번역에서 완전한 언어로』, 문학동네, 2018년, 31면.

13. Damion Searls, *The Philosophy of Translation*, Yale University Press, 2024, pp. 156–183.

14. Lewis Carroll, "Humpty Dumpty," *Through the Looking-Glass*, ch. 6, *Through the Looking-Glass*, 1871.

자비를 베푸시오, 샤일록

1. William Shakespeare, *The Merchant of Venice*, annotated by Burton Raffel, Yale University Press, 2006, 1.3, ll. 105–106. 인용한 부분의 행수는 이 책을 따랐으며 운율 없이 뜻만 번역했다.

2. Ibid., 1.1, ll. 164–166.

3. Ibid., 4.1, ll. 99–100.

4. Ibid., 3.2, l. 312.

5. 최종철, 「작품 해설」, 『베니스의 상인』, 윌리엄 셰익스피어 지음, 최종철 옮김, 민음사, 2018년, 140면.

6. William Shakespeare, *The Merchant of Venice*, 3.1, ll. 37–42.

7. Ibid., 3.3, ll. 4–17.

8. Ibid., 4.1, ll. 237–239.

9. Ibid., 1.1, ll. 113–115.

10. Ibid., 1.3, ll. 136–142.

11. Ibid., 3.2, ll. 74–75.

12. Ibid., 3.2, l. 107.

13. Ibid., 4.1, ll. 62–67.

14. Ibid., 3.2, l. 8.

15. Ibid., 4.1, l. 181.

16. Ibid., 4.1, ll. 269–273.

17. Ibid., 4.1, ll. 312–313.

18. Ibid., 4.1, ll. 302–304.

19. 테리 이글턴, 「법」, 『셰익스피어 정치적 읽기』, 김창호 옮김, 민음사, 2018년, 79–80면.

20. Jacques Derrida, "What Is a 'Relevant' Translation?," translated by Lawrence Venuti, *Critical Inquiry*, vol. 27, no. 2, 2001, p. 380.

21. Ibid., p. 393.

22. Ibid., p. 376.

23. 프루 쇼, 「낱말」, 『단테의 신곡에 관하여』, 오숙은 옮김, 저녁의책, 2019년, 371면.

24. 위의 책, 372면.

25. 위의 책, 437면.

26. William Shakespeare, *The Merchant of Venice*, 4.1, ll. 225–226.

이 광기에는 번역을 처방한다

1. 데이비드 벨로스, 「직역이라는 허구」, 『내 귀에 바벨 피시: 번역이 하는 모든 일에 관하여』, 이은경, 정해영 옮김, 메멘토, 2014년, 142면.

2. 다와다 요코, 『글자를 옮기는 사람』, 유라주 옮김, 워크룸 프레스, 2021년, 11면.

3. Giorgio Agamben, *Höderlin's Madness: Chronicle of a Dwelling Life, 1806–1843*, translated by Alta L. Price, Seagull Books, 2023.

4. 앤 카슨, 「침묵하고 있을 권리에 관한 변주들」, 『플로트』.

5. Giorgio Agamben, *Höderlin's Madness: Chronicle of a Dwelling Life.*

6. 앤 카슨, 위의 글.

7. Walter Benjamin, "The Task of the Translator," *Walter Benjamin Selected Writings, 1913–1932*, vol. 1, pp. 260–262.

8. 다와다 요코, 『글자를 옮기는 사람』, 22–23면.

9. 위의 책, 64면.

10. Lewis Carroll, "Humpty Dumpty," *Through the Looking-Glass*, ch. 6, *Through the Looking-Glass*, 1871.

11. 마틴 가드너, 『Alice in Wonderland: 『앨리스』 출간 150주년 기념 디럭스 에디션』, 루이스 캐럴 지음, 승영조 옮김, 꽃피는책, 2023년, 469면 각주.

12. Alexandra Lukes, "The Asylum of Nonsense: Antonin Artaud's Translation of Lewis Carroll," *Romantic Review*, vol. 104, issue 1–2, 1 Jan. 2013, p. 110.

13. Antonin Artaud, *Antonin Artaud Selected Writings*, edited by Susan Sontag, translated by Helen Weaver, Farrar, Strauss and Giroux, 1976, pp. 448–451.

14. Alexandra Lukes, "Translating Artaud and Non-Translation," *Modernism and Non-Translation*, edited by Jason Harding and John Nash, Oxford University Press, 2019.

15. 수전 손택, 「아르토에 다가가기」, 『우울한 열정』, 홍한별 옮김, 이후, 2005년, 175–238면.

16. 앤 카슨, 「침묵하고 있을 권리에 관한 변주들」, 『플로트』.

17. 앤 카슨, 「카산드라 뜨다 할 수 있다」, 『플로트』.

18. Roman Jakobson, *Child Language, Aphasia and Phonological Universals*, translated by Allan R. Keiler, De Gruyter Mouton, 1968, pp. 21–22; 대니얼 헬러-로즌, 「극치의 옹알거림」, 『에코랄리아스: 언어의 망각에 대하여』, 조효원 옮김, 문학과지성사, 2015년, 9–11면.

영국식 퀼트 만들기

1. Edward Fitzgerald, *The Letters of Edward Fitzgerald, Volume 1: 1830–1850*, edited by Alfred McKinley Terhune and Annabelle Burdick Terhune, Princeton University Press, 1980, p. 308.

2. William H. Martin and Sandra Mason, *The Man Behind the Rubaiyat of Omar Khayyam: The Life and Letters of Edward Fitzgerald*, I. B. Tauris, 2016, Appendix 4.

3. Daniel Karlin, "Introduction," *Rubáyát of Omar Khayyám*, by Omar Khayyam, translated by Edward FitzGerald, edited by Daniel Karlin, introduction by Daniel Karlin, Oxford University Press, 2010, p. 19. 이 글에 나온 에드워드 피츠제럴드에 관한 전기적 사실은 칼린의 서문을 많이 참고했다.

4. Edward Fitzgerald, *The Letters of Edward Fitzgerald, Volume 2: 1851–1866*, p. 239.

5. Daniel Karlin, "Introduction," *Rubáyát of Omar Khayyám*, p. 14.

6. Ibid., "Publication History," p. 1.

7. "Rubáiyát of Omar Khayyám," *Wikipedia*.

8. Erik Gray, "Forgetting FitzGerald's 'Rubáyát'," *Studies in English Literature, 1500–1900*, vol. 41, no. 4, The Nineteenth Century, Rice University, 2001, p. 779.

9. Ibid., p. 777.

10. Daniel Karlin, "Introduction," *Rubáyát of Omar Khayyám*, p. 11.

11. 수전 손택, 『다시 태어나다: 수전 손택의 일기와 노트 1947–1963』, 데이비드 리프 엮음, 김선형 옮김, 이후, 2013년, 53면.

12. Charles Eliot Norton, *Rubáyát of Omar Khayyám*, Appendix I–2, p. 104.

13. Daniel Karlin, "Introduction," *Rubáyát of Omar Khayyám*, p. 45.

14. Edward Fitzgerald, *The Letters of Edward Fitzgerald, Volume 3: 1867–1876*, p. 342; Daniel Karlin, *Rubáyát of Omar Khayyám*, p. 51.

15. Edward Fitzgerald, *The Letters of Edward Fitzgerald, Volume 1: 1830–1850*, p. 633.

16. Edward Fitzgerald, *The Letters of Edward Fitzgerald, Volume 2: 1851–1866*, pp. 294, 323.

17. Charles Eliot Norton, *Rubáyát of Omar Khayyám*, Appendix I–2, p. 103.

18. Rachel Donadio, "Keeper of the Canon," *New York Times Book Review*, 8 Jan. 2006, p. 27.

번역을 말할 때 우리가 이야기하는 것

1. 호르헤 루이스 보르헤스, 「에드워드 피츠제럴드에 관한 수수께끼」, 『만리장성과 책들』, 정경원 옮김, 열린책들, 2008년, 142–148면.

2. Friedrich Schleiermacher, "On the Different Methods of Translating," *The Translation Studies Reader*, translated by Susan Bernofsky, edited by Lawrence Venuti, 4th ed., Routledge, 2021, pp. 56–57 참고.

3. Lori Chamberlain, "Gender and the Metaphorics of Translation," *The Translation Studies Reader*, edited by Lawrence Venuti, 4th ed., Routledge, 2021 참고.

4. Friedrich Schleiermacher, "On the Different Methods of Translating," *The Translation Studies Reader*, p. 69.

5. David Constantine, "Service Abroad: Höderlin, Poet-Translator A Lecture," *Translation and Literature*, vol. 20, no. 1, March 2011, pp. 79–97에서 재인용.

6. Walter Benjamin, "The Task of the Translator," *Walter Benjamin Selected Writings*, p. 256.

7. 이경원, 「아체베와 응구기: 영어제국주의와 탈식민적 저항의 가능성」, 『안과 밖』 12호, 영미문학연구회, 2002년, 69–72면.

8. Edward Fitzgerald, *The Letters of Edward Fitzgerald, Volume 2: 1851–1866*, p. 261.

9. Ibid., p. 305.

10. Daniel Weissbort and Átráður Eysteinsson, *Translation: Theory and Practice: A Historical Reader*, Oxford University Press, 2006, p. 197에서 재인용.

11. Thomas Carlyle, "On Heroes, Heroworship and the Heroic in History."

12. Lawrence Venuti, "Translation as Cultural Politics: Regimes of Domestication in English," *Textual Practice*, vol. 7, no. 2, 1993, p. 209.

13. Charles Montgomery, "Allie Park interviews translator Deborah Smith (*The Vegetarian*)," *Korean Literature in Translation*, 15 Jun. 2014.

14. Sun Kyoung Yoon, "Deborah Smith's Infidelity: *The Vegetarian* as Feminist Translation," p. 939.

15. Min Young Godley, "The Feminization of Translation: Gender Politics in the Translation Controversy over Han Kang's *The Vegetarian*," *Meridians: Feminism, Race, Transnationalism*, vol. 20, no. 1, Duke University Press, 1 Apr. 2021, pp. 193–217.

16. Sun Kyoung Yoon, "Deborah Smith's Infidelity: *The Vegetarian* as Feminist Translation," p. 946.

17. 조재룡, 「번역은 무엇으로 승리하는가?」, 『번역과 책의 처소들』, 46면, 55-58면.

18. 김번, 「『채식주의자』와 *The Vegetarian*: 원작과 번역의 경계」, 『영미문학연구』 32호, 영미문학연구회, 2017년, 8면.

19. Deborah Smith, "What We Talk About When We Talk About Translation," *Los Angeles Review of Books*, 11 Jan. 2018.

20. "Comparative income of literary translators in Europe," CEATL, 2008.

21. 대한출판문화협회, 「2023 한국출판연감: 2023년 기준 한국 출판생산 통계」, 2024년.

그녀를 믿지 마세요

1. 김혜영, 『국어 번역문과 번역 글쓰기』, 한국문화사, 2009년, 77-83면.

2. 위의 책, 59면.

3. 위의 책, 167-168면 표.

4. 「Translation Guidelines 2011」, 청담러닝, 2011년.

5. 박재희, 「3인칭대명사 '그'에 관한 소고」, 『韓民族語文學(한민족어문학)』 71호, 한민족어문학회, 2015년, 118면.

6. 전무용, 「한국어 성경의 대명사 고찰」, 『성경원문연구』 19호, 대한성서공회, 2006년, 113-118면.

7. 박진영, 「근대소설의 양식과 매체, 그리고 언어」, 『번역과 번안의 시대』, 소명출판, 2011년 참고.

8. 위의 책, 146-147면.

9. 박재희, 「3인칭대명사 '그'에 관한 소고」, 『韓民族語文學(한민족어문학)』 71호, 120면.

10. 조풍연, 「그; 그 여자; 그녀」, 『語文研究(어문연구)』 4권 4호, 1976년, 486-493면.

11. 한중선, 「韓國語 女性 三人稱代名詞 "그녀" 成立過程 考察: 일본어 "彼女"의 번역을 중심으로(한국어 여성 삼인칭대명사 '그녀'의 성립 과정 고찰: 일본어 '가노조'를 중심으로)」, 『日本研究(일본연구)』 54호, 2012년, 502면.

12. 안소진, 「대명사 '그녀'의 텍스트 유형별 쓰임에 대하여」, 『한국어 의미학』 50호, 2015년, 127면.

13. 김초엽, 「그녀를 쓰지 않는 실험」, 『엘르』, 2020년 6월 25일.
14. 리베카 솔닛, 『해방자 신데렐라』, 홍한별 옮김, 반비, 2023년, 30면.

성경과 옥수수빵

1. Homi K. Bhabha, "The other question," *The Location of Culture*, Routledge, 1994, pp. 102–104.
2. 수잔 바스넷, 『번역』, 윤선경 옮김, 동인, 2017년, 72–75면.
3. Else Ribeiro Pires Vieira, "Liberating Calibans," *Postcolonial Translation*, edited by Susan Bassnett and Harish Trivedi, Routledge, 1998.
4. George Steiner, "The Hermeneutic Motion," *After Babel: Aspects of Language and Translation*, Oxford University Press, 1998 참고.
5. Don Mee Choi, *Translation is a Mode=Translation is an Anti-neocolonial Mode*, Ugly Duckling Press, 2018, p. 5.
6. Ibid., p. 8.
7. 테레사 현, 『번역과 창작: 한국 근대 여성 작가를 중심으로』, 김혜동 옮김, 이화여자대학교출판문화원, 2004년, 109–110면.
8. Homi K. Bhabha, "The commitment to the theory," *The Location of Culture*, p. 33.

틈새의 여자들

1. 줌파 라히리, 「에코 예찬: 번역의 의미를 고찰하며」, 『나와 타인을 번역한다는 것』, 이승민 옮김, 마음산책, 2023년 참조.
2. Daniel Weissbort and Átráður Eysteinsson, *Translation: Theory and Practice: A Historical Reader*, Oxford University Press, 2006, p. 56.
3. "Mary Sidney," *Wikipedia*.
4. 버지니아 울프, 『자기만의 방』, 이미애 옮김. 예문, 1990년, 78–79면.
5. 김영조, 「드라마 '옷소매 붉은 끝동' 덕임이 필사한 책」, 『우리문화신문』, 2022년 5월 13일.
6. 테레사 현, 『번역과 창작: 한국 근대 여성 작가를 중심으로』, 29면.
7. Anna North, "Historically, Men Translated the Odyssey. Here's What Happened When a Woman Took the Job," *Vox*, 21 Nov. 2017.

8. Wyatt Mason, "The First Woman to Translate the 'Odyssey' Into English," *The New York Times Magazine*, 2 Nov. 2017.

9. Anna North, "Historically, Men Translated the Odyssey. Here's What Happened When a Woman Took the Job."

10. Emily Wilson, "A Translator's Reckoning With the Women of the Odyssey," *The New Yorker*, 8 Dec. 2017.

11. Lori Chamberlain, "Gender and the Metaphorics of Translation," *The Translation Studies Reader*, edited by Lawrence Venuti, 4th ed., Routledge, 2021.

12. Paul de Man, "Conclusions: Walter Benjamin's 'The Task of the Translator' Messenger Lecture, Cornell University, Mar. 4, 1983," *Yale French Studies*, no. 69, *The Lesson of Paul de Man*, Yale University Press, 1985, p. 35.

침묵과 메아리

1. 장미영, 「번역을 통한 근대 지성의 유통과 젠더 담론: 『여원』을 중심으로」, 한국여성문학학회 젠더와번역 연구모임, 332–360면 참조.

2. 쟌 스태포드, 「러브 스토리」, 오기방 옮김, 『여원』 1959년 9월호, 347면.

3. 위의 책, 348면.

4. 위의 책, 349면.

5. 위의 책, 349면.

6. Eliot Weinberger, *Nineteen Ways of Looking at Wang Wei*, New Directions, 2016 (Reprint).

7. 줌파 라히리, 「에코 예찬: 번역의 의미를 고찰하며」, 『나와 타인을 번역한다는 것』, 79면.

기계 번역 시대의 번역가

1. Douglas Hofstadter, "Translator, Trader: An Essay on the Pleasantly Pervasive Paradoxes of Translation," Afterword. *That Mad Ache: A Novel*, by Françoise Sagan, translated by Douglas Hofstadter, Basic Books, 2009 (Kindle Location), pp. 3162–3164.

2. Ted Chiang, "ChatGPT Is a Blurry JPEG of the Web," *The New Yorker*, 9 Feb. 2023.

3. Zaixiang Zheng et al., "Mirror-generative neural machine translation," *International Conference on Learning Representations*, 2020.

4. 호르헤 루이스 보르헤스, 「둘째 밤: 악몽」, 『말하는 보르헤스』, 송병선 옮김, 민음사, 2018년, 147면.

5. 호르헤 루이스 보르헤스, 「바벨의 도서관」, 『픽션들』, 송병선 옮김, 민음사, 2011년, 102−103면.

6. 위의 책, 102면.

7. 정영목, 「읽기로서의 번역」, 『완전한 번역에서 완전한 언어로』, 102면, 107면.

다시 흰 고래

1. 너새니얼 필브릭, 「낸터킷」, 『사악한 책, 모비 딕』, 홍한별 옮김, 교유서가, 2020년, 30면.

2. 매슈 레이놀즈, 「정의」, 『번역』, 30면 참고.

3. William Shakespeare, *A Midsummer Night's Dream*, 3.1, ll. 118−119.

4. Paul de Man, "Conclusions: Walter Benjamin's 'The Task of the Translator' Messenger Lecture, Cornell University, March 4, 1983," *Yale French Studies*, p. 36.

5. Damion Searls, *The Philosophy of Translation*, p. 223.

6. 리베카 솔닛, 『마음의 발걸음: 풍경, 정체성, 기억 사이를 흐르는 아일랜드 여행』, 김정아 옮김, 반비, 2020년, 76면.

7. 앤 카슨, 「침묵하고 있을 권리에 관한 변주들」, 『플로트』.

8. 〈3단 제단화 5월−6월(Triptych May−June)〉(1973)을 보라.

9. 데리언 니 그리파, 「다른 숨 쉴 곳을 찾아」, 『목구멍 속의 유령』, 서제인 옮김, 을유문화사, 2023년, 60면.

10. 허먼 멜빌, 『모비 딕』, 194면.

참고문헌

책

김혜영,『국어 번역문과 번역 글쓰기』, 한국문화사, 2009년.

너새니얼 필브릭,『사악한 책, 모비 딕』, 홍한별 옮김, 교유서가, 2020년.

다와다 요코,『글자를 옮기는 사람』, 유라주 옮김, 워크룸 프레스, 2021년.

대니얼 헬러-로즌,『에코랄리아스: 언어의 망각에 대하여』, 조효원 옮김, 문학과지성사, 2015년.

데리언 니 그리파,『목구멍 속의 유령』, 서제인 옮김, 을유문화사, 2023년.

데이비드 벨로스,『내 귀에 바벨 피시: 번역이 하는 모든 일에 관하여』, 이은경, 정해영 옮김, 메멘토, 2014년.

루이스 캐럴,『Alice in Wonderland:『앨리스』 출간 150주년 기념 디럭스 에디션』, 승영조 옮김, 꽃피는책, 2023년.

리베카 솔닛,『마음의 발걸음: 풍경, 정체성, 기억 사이를 흐르는 아일랜드 여행』, 김정아 옮김, 반비, 2020년.

———,『해방자 신데렐라』, 홍한별 옮김, 아서 래컴 그림, 반비, 2021년.

매슈 레이놀즈,『번역』, 이재만 옮김, 교유서가, 2017년.

박진영,『번역과 번안의 시대』, 소명출판, 2011년.

버지니아 울프,『자기만의 방』, 이미애 옮김, 예문, 1990년.

수잔 바스넷,『번역의 성찰』, 윤선경 옮김, 동인, 2015년.

———,『번역』, 윤선경 옮김, 동인, 2017년.

수전 손택,『우울한 열정』, 홍한별 옮김, 이후, 2005년.

여원 편집부,『여원』 1959년 9월호, 여원사, 1959년.

애니 프루,『시핑 뉴스』, 민승남 옮김, 문학동네, 2019년.

앤 카슨,『플로트』, 신해경 옮김, 봄날의책, 2023년.

윌리엄 셰익스피어,『소네트 詩集』, 피천득 옮김, 샘터사, 1996년.

――, 『베니스의 상인』, 최종철 옮김, 민음사, 2010년.

이레네 바예호, 『갈대 속의 영원: 저항하고 꿈꾸고 연결하는 발명품, 책의
　　모험』, 이경민 옮김, 반비, 2023년.

전국국어교사모임(엮음), 『국어시간에 세계 시 읽기』, 송무 기획, 휴머니스트,
　　2020년.

정영목, 『완전한 번역에서 완전한 언어로』, 문학동네, 2018년.

정지용, 『정지용 전집 1: 시』, 민음사, 1988년.

조재룡, 『번역과 책의 처소들』, 세창출판사, 2018년.

조지 엘리엇, 『미들마치』, 1-2권, 이미애 옮김, 민음사, 2024년.

줌파 라히리, 『나와 타인을 번역한다는 것』, 이승민 옮김, 마음산책, 2023년.

테레사 현, 『번역과 창작: 한국 근대 여성 작가를 중심으로』, 김혜동 옮김,
　　이화여자대학교출판문화원, 2004년.

테리 이글턴, 『셰익스피어 정치적 읽기』, 김창호 옮김, 민음사, 2018년.

프루 쇼, 『단테의 신곡에 관하여』, 오숙은 옮김, 저녁의책, 2019년.

한강, 『채식주의자』, 창비, 2022년.

한국여성문학학회 젠더와번역 연구모임, 『젠더와 번역: 여성 지(知)의 형성과
　　변전』, 소명출판, 2013년.

허먼 멜빌, 『모비 딕』, 김석희 옮김, 작가정신, 2019년.

호르헤 루이스 보르헤스, 『만리장성과 책들』, 정경원 옮김, 열린책들, 2008년.

――, 『픽션들』, 송병선 옮김, 민음사, 2011년.

――, 『말하는 보르헤스』, 송병선 옮김, 민음사, 2018년.

호메로스, 『오뒷세이아』, 이준석 옮김, 아카넷, 2023년.

――, 『오뒷세이아』, 천병희 옮김, 숲, 2015년.

Aleksandr Pushkin, *Eugene Onegin: A Novel in Verse: Text*, vol. 1, translated by Vladimir
　　Nabokov, introduction by Vladimir Nabokov, foreword by Brian Boyd,
　　Princeton University Press, 2018.

Alexandra Lukes, "Translating Artaud and Non-Translation," *Modernism and
　　Non-Translation*, edited by Jason Harding and John Nash, Oxford University
　　Press, 2019.

Antonin Artaud, *Antonin Artaud Selected Writings*, edited by Susan Sontag, translated
　　by Helen Weaver, Farrar, Strauss and Giroux, 1976.

Damion Searls, *The Philosophy of Translation*, Yale University Press, 2024.

Daniel Weissbort and Átráður Eysteinsson, *Translation: Theory and Practice: A Historical Reader*, Oxford University Press, 2006.

Dante Alighieri, *The Divine Comedy: Volume 1: Hell*, translated by Dorothy L. Sayers, introduction by Dorothy L. Sayers, Penguin Publishing Group, 1950.

Don Mee Choi, *Translation is a Mode=Translation is an Anti-neocolonial Mode*, Ugly Duckling Presse, 2018.

Douglas Hofstadter, "Translator, Trader: An Essay on the Pleasantly Pervasive Paradoxes of Translation," Afterword. *That Mad Ache: A Novel*, by Françoise Sagan, translated by Douglas Hofstadter, Basic Books, 2009, Kindle Edition.

Edward Fitzgerald, *The Letters of Edward Fitzgerald*, vol. 1: 1830–1850, vol. 2: 1851–1866, vol. 3: 1867–1876, vol. 4: 1877–1883, edited by Alfred McKinley Terhune and Annabelle Burdick Terhune, Princeton University Press, 1980.

Eliot Weinberger, *Nineteen Ways of Looking at Wang Wei*, afterword by Octavio Paz, New Directions, 2016 (Reprint).

Else Ribeiro Pires Vieira, "Liberating Calibans," *Postcolonial Translation*, edited by Susan Bassnett and Harish Trivedi, Routledge, 1998.

Friedrich Schleiermacher, "On the Different Methods of Translating," translated by Susan Bernofsky, *The Translation Studies Reader*, edited by Lawrence Venuti, 4th ed., Routledge, 2021.

Gayatri Chakravorty Spivak, "The Politics of Translation," *The Translation Studies Reader*, edited by Lawrence Venuti, 4th ed., Routledge, 2021.

George Steiner, *After Babel: Aspects of Language and Translation*, Oxford University Press, 1998.

Giorgio Agamben, *Höderlin's Madness: Chronicle of a Dwelling Life, 1806–1843*, translated by Alta L. Price, Seagull Books, 2023.

Homer, *Odyssey*, translated by Emily Wilson, W. W. Norton & Company, 2017.

Homi K Bhabha, *The Location of Culture*, Routledge, 1994.

Jacques Derrida, "Des Tours de Babel," *Difference in Translation*, edited by Joseph F. Graham, Cornell University Press, 1985.

Jean Stafford, *The Collected Stories of Jean Stafford*, Farrar, Straus and Giroux, 1969.

Jeremy Munday, Sara Ramos Pinto and Jacob Blakesley, *Introducing Translation Studies: Theories and Applications*, Routledge, 2020.

Lewis Carroll, *Alice's Adventures in Wonderland*, 1865.

———, *Through the Looking-Glass*, 1871.

Lori Chamberlain, "Gender and the Metaphorics of Translation," *The Translation Studies Reader*, edited by Lawrence Venuti, 4th ed., Routledge, 2021.

Mark Polizzotti, *Sympathy for the Traitor: A Translation Manifesto*, The MIT Press, 2018.

Omar Khayyám, *Rubáyát of Omar Khayyám*, translated by Edward FitzGerald, edited by Daniel Karlin, introduction by Daniel Karlin, Oxford University Press, 2010.

R.F. Kuang, *Babel, or the Necessity of Violence*, Harper Voyager, 2022.

Victor Hugo, *Les Miserables*, D.W.Mcdevitt, 1870.

Vladimir Nabokov, "Problems of Translation: Onegin in English," *The Translation Studies Reader*, edited by Lawrence Venuti, 4th ed., Routledge, 2021.

Walter Benjamin, "The Task of the Translator," *Walter Benjamin Selected Writings, 1913–1932*, Vol 1, edited by Marcus Paul Bullock et al., Belknap Press, 1996.

William H. Martin and Sandra Mason, *The Man Behind the Rubaiyat of Omar Khayyam: The Life and Letters of Edward Fitzgerald*, I.B. Tauris, 2016.

William Shakespeare, *The Merchant of Venice*, annotated by Burton Raffel, Yale University Press, 2006.

학술지 수록 논문

김번, 「『채식주의자』와 *The Vegetarian*: 원작과 번역의 경계」, 『영미문학연구』 32호, 영미문학연구회, 2017년, 5-34면.

박재희, 「3인칭대명사 '그'에 관한 소고」, 『韓民族語文學』 71호, 한국민족어문학회, 2015년, 103-128면.

안소진, 「대명사 '그녀'의 텍스트 유형별 쓰임에 대하여」, 『한국어 의미학』 50호, 2015년, 123-146면.

이경원, 「아체베와 응구기: 영어제국주의와 탈식민적 저항의 가능성」, 『안과 밖』 12호, 영미문학연구회, 2002년, 66-87면.

전무용,「한국어 성경의 대명사 고찰」,『성경원문연구』19호, 대한성서공회, 2006년, 96-122면.

조재룡,「한국번역비평학회 창립학술대회 보고서」,『번역비평』창간호, 고려대학교 출판부, 2007년, 51-67면.

조풍연,「그; 그 여자; 그녀」,『語文研究』4권 4호, 1976년, 481-493면.

한중선,「韓國語 女性 三人稱代名詞 "그녀" 成立過程 考察: 일본어 "彼女"의 번역을 중심으로」,『日本研究』54호, 2012년, 491-510면.

Alexandra Lukes, "The Asylum of Nonsense: Antonin Artaud's Translation of Lewis Carroll," *Romanic Review*, vol. 104, issue 1-2, 2013. https://doi.org/10.1215/26885220-104.1-2.105

David Constantine, "Service Abroad: Höderlin, Poet-Translator A Lecture," *Translation and Literature*, vol. 20, no. 1, Mar. 2011, pp. 79–97. https://doi.org/10.3366/tal.2011.0007

Erik Gray, "Forgetting FitzGerald's 'Rubáyát'," *Studies in English Literature, 1500–1900*, vol. 41, no. 4, *The Nineteenth Century*, Autumn 2001, Rice University, pp. 765–783. https://www.jstor.org/stable/1556206

Jacques Derrida, "What Is a 'Relevant' Translation?," translated by Lawrence Venuti, *Critical Inquiry*, vol. 27, no. 2, 2001, pp. 174–200.

Julia Trubikhina, "Nabokov's Beginnings: 'Ania' in Wonderland or 'Does Asparagus Grow in a Pile of Manure?'," *The Translator's Doubts: Vladimir Nabokov and the Ambiguity of Translation*, Academic Studies Press, 2015, pp. 38–85, https://doi.org/10.2307/j.ctt1zxsjwj.5

Lawrence Venuti, "Translation as Cultural Politics: Regimes of Domestication in English," *Textual Practice*, vol. 7, no. 2, 1993, pp. 208–223. https://doi.org/10.1080/09502369308582166

Min Young Godley, "The Feminization of Translation: Gender Politics in the Translation Controversy over Han Kang's *The Vegetarian*," *Meridians: Feminism, Race, Transnationalism*, vol. 20, no. 1, Duke University Press, Apr. 2021, pp. 193–217. https://doi.org/10.1215/15366936-8913188

Paul de Man, "Conclusions: Walter Benjamin's 'The Task of the Translator' Messenger Lecture, Cornell University, 4 Mar. 1983," *Yale French Studies*, no. 69; *The Lesson of Paul de Man*, 1985, Yale University Press, pp. 25–46. http://www.jstor.org/stable/2929923

Roman Jakobson, *Child Language, Aphasia and Phonological Universals*, Berlin, Boston: De Gruyter Mouton, 1968. https://doi.org/10.1515/9783111353562

Sun Kyoung Yoon, "Deborah Smith's Infidelity: The Vegetarian as Feminist Translation," *Journal of Gender Studies*, vol. 30, no. 8, 2021, pp. 938–948. https://doi.org/10.1080/09589236.2020.1858039

Theodore Hiebert, "The Tower of Babel and the Origin of the World's Cultures," *Journal of Biblical Literature*, vol. 126, no. 1, 2007. https://www.jstor.org/stable/27638419

웹 소스(2025년 2월 3일 접속)

김영조, 「드라마 '옷소매 붉은 끝동' 덕임이 필사한 책」, 『우리문화신문』, 2022년 5월 13일. https://koya-culture.com/news/article.html?no=135320

김종목, 「읽기 쉬운 '일리아스' 대 호메로스 표현대로 '일리아스.'」, 『경향신문』, 2023년 6월 23일. https://www.khan.co.kr/culture/book/article/202306231033001

김초엽, 「그녀를 쓰지 않는 실험」, 『엘르』, 2020년 6월 25일. https://www.elle.co.kr/article/47282

대한출판문화협회, 「2023년 기준 한국 출판생산 통계」. https://member.kpa21.or.kr/kpa_bbs/2023년-기준-출판생산-통계/

"번역가라고 하면 어떤 이미지인가요?," 82cook. https://www.82cook.com/entiz/read.php?bn=15&num=3240685

『성경전서 개역개정판』, 대한성서공회. https://www.bskorea.or.kr/bible/korbibReadpage.php?version=GAE

어수웅, 「직역이냐, 의역이냐」, 『조선일보』, 2012년 1월 11일. https://www.chosun.com/site/data/html_dir/2012/01/11/2012011102894.html

정원식, 「의역과 축역 사이, '번역 대결'」, 『주간경향』 953호, 2011년 12월 6일. https://weekly.khan.co.kr/khnm.html?mode=view&dept=&art_id=201111291818541

최원형, 「"원문 가깝게"-"쉽게 다듬어야" 온라인서 '번역 대결'」, 『한겨레』,

2011년 11월 20일. https://www.hani.co.kr/arti/culture/culture_general/506346.
html

"탑 (타로)," *Wikipedia*, Wikimedia Foundation. https://ko.wikipedia.org/
wiki/%ED%83%91_(%ED%83%80%EB%A1%9C)

3 Baruch, The Pseudepigrapha. http://www.pseudepigrapha.com/
pseudepigrapha/3Baruch.html

Alexander Nazaryan, "Middlemarch Grasped the Human Condition Like Few
Novels Before or After," *Newsweek*, 22 Jan. 2014. https://www.newsweek.com/
middlemarch-grasped-human-condition-few-novels-or-after-226814

Anna North, "Historically, Men Translated the Odyssey. Here's What Happened
When a Woman Took the Job," *Vox*, 21 Nov. 2017. https://www.vox.com/
identities/2017/11/20/16651634/odyssey-emily-wilson-translation-first-woman-
english

Anne Enright, "The Genesis of Blame," *London Review of Books*, vol. 40, no. 5, 8 Mar.
2018. https://www.lrb.co.uk/the-paper/v40/n05/anne-enright/the-genesis-of-
blame

Charles Montgomery, "Allie Park interviews translator Deborah Smith (*The
Vegetarian*)," *Korean Literature in Translation*, 15 Jun. 2014. https://www.ktlit.
com/allie-park-interviews-translator-deborah-smith-the-vegetarian/

Charlotte Higgins, "The Odyssey Translated by Emily Wilson Review - A New
Cultural Landmark," *The Guardian*, 8 Dec. 2017. https://www.theguardian.
com/books/2017/dec/08/the-odyssey-translated-by-emily-wilson-review

Christopher Hitchens, "When the King Saved God," *Vanity Fair*, May 2011.
https//www.vanityfair.com/culture/2011/05/hitchens-201105

Claire Armitstead, "Lost in (mis)translation? English Take on Korean Novel Has
Critics up in Arms," *The Guardian*, 15 Jan. 2018. www.theguardian.com/books/
booksblog/2018/jan/15/lost-in-mistranslation-english-take-on-korean-novel-
has-critics-up-in-arms

"Comparative income of literary translators in Europe." https://www.ceatl.eu/
wp-content/uploads/2010/09/surveyuk.pdf

Dante Alighieri, *Divine Comedy, Longfellow's Translation, Complete*, translated by

Henry Wadsworth Longfellow, Project Gutenberg, 1 Aug. 1997. www. gutenberg.org/ebooks/1004

Deborah Smith, "What We Talk About When We Talk About Translation," *Los Angeles Review of Books*, 11 Jan 2018. https://lareviewofbooks.org/article/what-we-talk-about-when-we-talk-about-translation

"Dorothy L. Sayers," *Wikipedia*, Wikimedia Foundation. https://en.wikipedia.org/wiki/Dorothy_L._Sayers

Emily Wilson, "A Translator's Reckoning With the Women of the Odyssey," *The New Yorker*, 8 Dec. 2017. https://www.newyorker.com/books/page-turner/a-translators-reckoning-with-the-women-of-the-odyssey

John Milton, *Paradise Lost*, Project Gutenberg, 1 Feb. 1992. www.gutenberg.org/ebooks/26

Josephus, *The Antiquities of the Jews*, Book I, Wikisource. https://en.wikisource.org/wiki/The_Antiquities_of_the_Jews/Book_I

Marina Warner, "The Politics of Translation," *London Review of Books*, vol. 40, no. 19, 11 Oct. 2018. https://www.lrb.co.uk/the-paper/v40/n19/marina-warner/the-politics-of-translation

"Mary Sidney," *Wikipedia*, Wikimedia Foundation. https://en.wikipedia.org/wiki/Mary_Sidney

Rabba Genesis, Internet Archive. https://archive.org/details/RabbaGenesis/page/n349/mode/2up?view=theater

Rachel Donadio, "Keeper of the Canon," *New York Times Book Review*, 8 Jan. 2006, p. 27. https://www.nytimes.com/2006/01/08/books/review/keeper-of-the-canon.html

"Rubáyát of Omar Khayyám," *Wikipedia*, Wikimedia Foundation. https://en.wikipedia.org/w/index.php?title=Rubaiyat_of_Omar_Khayyam

Ted Chiang, "ChatGPT Is a Blurry JPEG of the Web," *The New Yorker*, 9 Feb. 2023. https://www.newyorker.com/tech/annals-of-technology/chatgpt-is-a-blurry-jpeg-of-the-web

Thomas Carlyle, "On Heroes, Heroworship, and the Heroic in History." https://www.gutenberg.org/files/1091/1091-h/1091-h.htm

Wyatt Mason, "The First Woman to Translate the 'Odyssey' Into English," *The New York Times Magazine*, 2 Nov. 2017. https://www.nytimes.com/2017/11/02/magazine/the-first-woman-to-translate-the-odyssey-into-english.html

Zaixiang Zheng et al, "Mirror-generative neural machine translation," *International Conference on Learning Representations*, 2020. https://github.com/zhengzx-nlp/MGNMT

기타

Chants of Sennar, developed by Rundisc, published by Focus Entertainment, 2023.

Metropolis, directed by Fritz Lang, screenplay by Thea von Harbou, UFA, 1927.

흰 고래의 힘에 대하여

초판 1쇄 2025년 2월 15일
초판 2쇄 2025년 3월 15일

지은이 홍한별
편집 곽성하, 김아영
디자인 전용완
제작 세걸음

펴낸곳 위고
펴낸이 조소정, 이재현
등록 제2012-000115호
주소 경기도 파주시 돌곶이길 180-38 1층
전화 031-946-9276
팩스 031-696-6729

hugo@hugobooks.co.kr
hugobooks.co.kr

ISBN 979-11-93044-23-0 (03810)